原SIN罪

嫉妒

VI

妒‧嫉恨者

（※ 本故事內容純屬虛構，如有雷同，純屬巧合。）

楔子

她從未這麼希望一個人死。

在那一刻她明白了所謂的「人性」，是如何的自私，只要達到自己的目的，可以不擇手段。

女孩打開置物櫃，準備換下一身汗濕的舞衣，四周靜寂得只剩她的呼吸聲，她卻覺得異常的痛快。

空氣如此清新，終於只剩她一個人練習了。

她忘情的在更衣室內再跳了一小段古典舞，自己哼著曲調，悠美的旋轉後，突然看見了她身後的置物櫃。

那個櫃子，再也不會有人開啓了。

喉間的小曲未停，女孩滿心愉悅的回身，脫下舞鞋、更衣，心情無與倫比的輕鬆。

更衣室裡的燈有一搭沒一搭的閃爍著，有一區的燈管快壞了，最近閃爍得越來越頻繁，女孩快速的換上衣服，磅的關上置物櫃，她再檢查有無遺漏物品，身爲最後一個離開更衣室的人，她關上所有的燈，再把門給鎖上……咔。

清楚但輕微的聲音傳來，正要把大門關上的她愣了一下。

那是置物櫃開啓的聲音。

她把要關上的門又開了條縫，藉由走廊上的光線，隱約的能見到那扇彈開的置物櫃。

眾所周知，置物櫃不是那麼輕易會鬆開的。

女孩僵在原地，手仍緊握著門把，但是潛意識的恐懼已經讓她不自覺的發起抖來。

不會的不會的，她在心裡喃喃唸著，只能想著是卡榫鬆了……她一邊說服自己，腦海裡卻湧現了最近學校裡大家在談論的各種八卦奇談。

從去年開學，一年級學妹的終極自殺開始、莫名起火的汽車、失蹤的老師、一場颱風後引發的怪象與「躺平」風氣、甚至到了學校科展頒獎那天，全校師生集體失憶，而禮堂地板破了一個大洞，之前失蹤的老師屍體卻出現了。

各種離奇的事件頻發，整個S區、學校都瀰漫著怪異氛圍，他們這成了「鬧鬼S區」。

「不會的。」她這麼告訴自己，但是並沒有想進去把櫃子關上的意思。

因爲，那是「那個人」的櫃子啊！

說時遲那時快，彈開的櫃門倏地像被什麼拉開一樣，唰地向後大開了。

「哇！」她下意識的尖叫出聲，同時把更衣室的門用力關上！

沒有鎖門的打算，她轉身就急忙的朝著樓梯奔去！只是奔下樓，穿過穿堂，爸爸就在校門外等她了！

只是她還沒衝到樓梯，卻戛然止步。

大樓的燈光通明，沒有一絲陰暗詭譎，可是在樓梯口上的那雙舞鞋，卻讓她自腳底寒上了背脊。

那雙，紅布面佐以金線繡珠的手工舞鞋，獨一無二。

啪！一隻手忽地從樓梯下方伸出，用力擊打著地面，撐著身子要起來，像是有人剛摔在階梯上，這會兒正準備撐起身子。

曲起的手臂，撐起了黑色長髮的頭顱，果真有那麼一個人，爬上了二樓樓梯口。

她甩動頭髮，騰出一隻手撥開了前髮，露出那張熟悉的臉龐。

『差點就趕不上了。』女孩望著她，笑了起來。

女孩上半身向後微拱，像是在做什麼準備似的，深吸了一口氣。

下一秒，她瘋狂疾速的就朝她爬了過來！

「哇啊啊啊啊啊！」

她嚇得扔掉了手裡的東西，扭頭就跑！

身後的女孩爬得飛快，身形詭異的朝她衝去，她連回頭都不敢，只知道沒命的跑，照理說，雙腿應該能跑得過雙手吧？

如果……如果那、個還是人的話？

追在後方的女孩，是沒有小腿的，她只能拖著下半身，雙手穿戴著那雙舞鞋，瘋也似的尖笑著。

『還我的腳來——』

「救……救命！呀——妳已經死了！死了！」前方狂奔的女孩歇斯底里的尖叫著，「救我！救我啊——惡魔，我以你之名，在此召喚你——」

「利維坦！」

第一章

一雙斷腿

男孩皺著眉，跪坐在地板上，已經盯著他床下方一塊地毯十分鐘了。

不對勁啊！

早在上週開始就有點怪異了，他踩在地毯上時會感受到一股溫熱，這幾天更是覺得似乎有光從這塊小地毯中露出來！他雙手打直抵著膝蓋，無力的低垂下頭。

「不會吧……事情都結束了啊！別搞我啊！」

他內心千萬隻草泥馬通過，眞的不要鬧！他上次就不是故意的啊！

他只是剛好拿到「惡魔之書」、剛好不想交出去，剛好試著想畫畫看召喚惡魔的陣法有多簡單，結果剛好踩到坑好嗎？他又不是傻子，無緣無故召喚惡魔做什麼？所以他一開始就沒打算把召喚陣完整畫好的！

誰知道他剛好選到了「怠惰」的咒陣！這咒法的陷阱就是：懶到只要隨便畫某幾個元素就成立了！他哪會知道！

「怠惰」的惡魔貝爾菲格被召喚而出，加強了人們偷懶跟躺平的想法，他們整個S區的人們變得懶散，因爲如此發生了許多事件，社會運行幾乎面臨停擺……即使現在解決了，但很多人彷彿被觸發了「偷懶」的開關，認爲懶散過一天也是一天，何必兢兢業業的過生活？

所以整個社區的運作並沒有辦法恢復從前，一樣有店沒開、或是開得晚但收得早，許多人不再勤勞，投機躲懶的事件頻出，因此仍舊有許多零星事故。

那是他的錯，他承認。

但他只敢一個人關在房間裡承認，他不敢跟任何人說：他早就拿到了惡魔之書，還不小心召喚出了怠惰的惡魔。

惡魔之書，據說是惡魔故意放在人界流傳的書本，裡面記載了各種咒法，以滿足人類的欲望，不管你想要什麼願望，照著那本書可能都能實現——只是以惡魔的方式實現。

之前就發生過許多詭異的事件，都是有人為了滿足願望，使用了那本書裡的咒法。

「我知道惡魔不死不滅，但我以為事情結束了啊！」杜書綸都快給地毯跪下了，「我拜託各位惡魔大人了，就放過我吧！我跟珈珈現在也不好過，因為貝爾菲格大人把之前那個貪汙老師的屍體挖出來了，我們已經做過好幾次筆錄了！」

他很想跪拜，但深怕一不小心成了惡魔信徒，誰叫跟惡魔扯上的事好像處處是陷阱！這分寸之間也太難拿捏了。

說時遲那時快，一陣煙竟從地毯下冒了出來，硫磺味跟著竄出，杜書綸當場愣在原地—這又是在做什麼？

他嚇得回身從書桌上拿下了一把刀，那是能殺惡魔的惡魔之刃，不是什麼聖水聖刀，惡魔界自己的武器，他們互相打架時用得著的。

伸出的手無法克制的發抖，如果珈珈在就好……不，珈珈在的話，他會先完蛋。

以刀尖揭起地毯一角，木質地板上果然再度泛出了微微橘光，地獄之火灼燒出魔法陣，之前有人召喚惡魔時，魔法陣也會出現這樣的岩漿橘，但是——他現在沒有召喚任何惡魔；也沒許……願啊……

「我剛剛沒有許願！我沒畫陣沒放祭品，沒求哪位惡魔！」杜書綸驚恐的自言自語，對著地板上那一圈焦黑解釋著，「我只是希望不要再發生……等等，不是，這不是許願——天哪！是爲什麼要——」

他看著泛著橘光的魔法陣，怠惰事件已經結束了，一切都恢復正常了，而且惡魔之書在他手上，還有誰會召喚惡魔？該不會眞的有多版本吧？

「到底是——」杜書綸極度不安的望著那個陣法，可是怎麼有哪邊怪怪的？怠惰的魔法陣他當然還記得，他可是過目不忘的人，當初就是隨便幾筆就奏效了，可是現在地板這個烙印的焦黑魔法陣卻相當複雜，根本不一樣！

「怎麼可能……我總不可能半夜起來夢遊，在這裡畫新的召喚陣吧？」

他煩燥的亂搓頭髮，這絕對不可能，因爲召喚陣的位置是重疊的，而且現在正產出能量，他完全可以感受到！

杜書綸一把將地毯全部移開，起身認眞的由上方再端詳了一次。

「怎麼可能……」

他意識的瞬間，一股寒意從背脊涼到了腳底，跟著打了個寒顫！

有什麼東西又被啓動了嗎？有誰召喚了惡魔……或是，有惡魔又爬出來了！

他立即旋身衝回書桌邊，打開暗屜，把他藏起來的惡魔之書取出，認眞的翻閱著對應的魔法陣圖，這是……是……誰？

他們所居住的S區，屬於國家的偏僻地帶，但是步調悠閒緩慢、民風淳樸，可近來出現了好多跟惡魔有關的事件，與其說是有人召喚惡魔完成心願，不如說是每人內心深處的渴望，召喚了相對應的惡魔前來！

七原罪，每一樣都是人類原始的欲望，現在只剩下嫉妒跟傲慢。

是哪個？利維坦還是路西法？

媽呀！他心藏都快跳出來了，如果是路西法，那不是完蛋嗎？惡魔之王……有人在收集什麼卡牌嗎？每一個惡魔都收集齊了，然後會發生什麼事？

「書綸！珈珈來了！」

樓下母親的叫喚聲讓他將手裡的惡魔之書滑落，在地板上發出叩咚的聲響。

一樓的少女抬起頭，有點凝重的看著發出聲音的天花板，她之前都沒注意到，書綸家的天花板怎麼……有種詭異的壓迫感。

「今天星期六，你們還要去學校啊？」杜媽倒了杯麥茶遞給她。

「去幫忙場佈而已，義務的。」聶泓珈尷尬的笑了笑，「是我想去幫啦，杜書綸是被我拖去的。」

如果不是她硬拖，杜書綸根本不會去幫人做任何事。

S區說大不大，說小不小，但「讀書人」這個名字眞的很難不知道——所謂別人家的小孩。

天才兒童、S區的榮耀，早就能越級唸博士班的天才，偏偏待在家裡自學，過度聰明的他，也比一般人思考更多、看清更多事情，相對地也比較……自私！

他想的也沒錯，學生會的事，無關緊要的他們幹嘛去幫忙？他都不會想說班上同學在學生會裡可能忙不過來，去幫一下又怎樣！

「拖，盡量拖他出去，我都不知道有這麼多書可以看？每天都關在房間裡不知道幹什麼，我有時寧願他出去唱歌、玩樂都好！」杜媽媽嘆了口氣。

「我現在忙著研究ＡＩ都來不及了，沒在看書啦！」腳步聲說話聲同時傳來，少年三步併作兩步的自二樓奔下。

聶泓珈看向走下來的人，不自覺的泛起淡淡微笑。

「你是不是又長高了？」她看著走來的男孩，看著他的視線越來越高了。

杜書綸不客氣的直接從她手裡拿過杯子，一口喝掉大半杯麥茶，「應該是喔，我腳一直在痛。」

半年內抽高了十公分，這成長速度讓他睡覺都不舒服。

「我們可放心了，之前多怕他一直就那麼矮！」杜媽媽喜笑顏開，「說不定有機會跟珈珈一樣高呢！」

「我一陣子沒量了，不知道有沒有再長！」聶泓珈倒是沒成長痛。

「妳都要一百八十公分了，可以不要再長了，分我一點吧！」杜書綸將背包揹妥，「走吧！出門！」

「晚上會回來吃飯吧？」

「會啦，就去搬幾張椅子而已！」男孩出門前，帶著不情願的頭疼唸著。

走出木屋，走下僅七階的階梯，聶泓珈的腳踏車已經停在杜家的前院裡了，他們兩個都騎腳踏車上學，學校距離並不遠，二十分鐘內能騎到。

他們兩家比鄰而居，當初還是一起蓋的房子，位置是偏僻了些，畢竟旁邊就是國家森林保護區，兩家父母都是好友，所以他們也才會一起長大。

下意識看向遠處的森林保護區，那裡依然是一片死寂，詭異的氛圍沒有消散，轉紅的樹木再也沒有回復綠色，而政府已經將某一區封鎖起來，禁止民眾進入了。

因爲那裡發生了難以解釋的異象，而且邪氣沖天，基本上正常人都能感到不適，所以過去假日會去走走的居民也都不敢靠近了。

「搬家的事，你跟杜爸杜媽他們說了嗎？」聶泓珈突然幽幽地問向杜書綸。

杜書綸神情微斂，眼鏡下的雙眼變得銳利，搖了搖頭。

「這事有點敏感，我得找時機說。」

唉，豈止敏感？簡直就是扯！

聶泓珈何嘗不知道，這兩棟木屋是兩家父母一起合蓋的，一片一釘都是自己的心血；當初選在這個偏遠城市，就是因爲好山好水好風光，根本是退休養老的好地方，誰會想離開？

但是，最近太多離奇的事件發生，惡魔一個接一個的出現，他們似是催化了人性的欲望，讓許多人爲達目的不擇手段，放大了人性的惡之後，死傷的案件頻發，而亡者更無法安息，魍魎鬼魅根本在S區橫行。

聶泓珈是較敏感的體質，從小就比較容易見鬼，現在……S區眞的變得很可怕！

「表姐勸我們搬離這裡，她覺得這裡很快會出事……但我也沒敢跟我爸說，畢竟我爸很討厭我媽娘家那邊的人。」聶泓珈也是很掙扎，「但是光看到那片森林，我就會覺得表姐說得好像沒錯。」

殷紅的樹木與樹葉，養分來自於人血及欲望，土裡的樹根像血管一樣，溫熱且有彈性，裡頭流動的都是人類的欲望，這些血管從森林土裡、一路鑽到城市地底，連結著整個S區！

之前連惡魔信奉者都出現了，他們高唱躺平萬歲，希望懶散舒服的過一生，或是希望「對手」懶成一灘爛泥，給予他們競爭成功的機會，總之，刻意匯集了許多條人命，獻祭以換得惡魔的降臨。

天曉得！惡魔根本想怎麼來就怎麼來，都什麼年代了，哪可能非要獻活人他們才能到來？一切都是套路。

腳踏車一前一後的停在紅綠燈前，從他們家出發後沒多久一拐，就會拐進寬闊的產業道路，這裡一邊是山壁，另一邊是一望無際的芒草原。

以前是他們很喜歡的地方，但現在……聶泓珈光看見就會起雞皮疙瘩了。比人還高的芒草原裡，藏了太多祕密，性、血腥、毒、暴力，還有那憑空出現、如麥田圈的「魔法陣」——能讓惡魔爬出來的地方，現在遠遠看去，都能感受到陰氣森森。

「要不要進去看一下？」杜書綸突然提議。

聶泓珈瞬間回頭瞪了他一眼，有病嗎？把芒草原當遊樂場是吧？

「好好好，說說而已。」杜書綸趕忙住嘴，他如果勉強她的話，珈珈一定會起疑。

例如：你是不是又知道誰召喚了惡魔來？你怎麼知道的？爲什麼會知道？

他絕對不能告訴珈珈，那本大家都在找的惡魔之書，在他手上。

在他手上也沒什麼不好嘛，不會流傳出去、就不會讓有心人想跟惡魔交換條件，書本好端端的躺在他的書桌裡，也不會興風作……嘖！

地毯下擅自更改的魔法陣，突然闖進他的腦袋裡。

硍！他不免在心中低咒了一聲，握著龍頭的手更緊了——那東西根本就不該在人類的世界流傳好嗎！

抵達學校，假日自然沒什麼人，但警衛對他們兩個很熟，畢竟一個是天才少年杜書綸，另一個是橫看豎看都不像女性的高壯女孩，聶泓珈。

看看那體格、那手臂肌肉，警衛伯伯覺得她隨便一拳都能讓他回老家。

儘管聶泓珈在高中入學前，是希望成爲一個不被人注意到的透明人，好好過完高中三年的。不過，光是她近似男生的身高體型就已經很引人注意，更別說後來發生各種事件，她都或多或少扯上關係，再加上——S區的天才杜書綸突然進入正常高中就讀，還跟她同班，瞬間變成風雲人物。

聶泓珈後來也不再掙扎了，因爲根本沒效，先排除其他因素——只要杜書綸在的一天，她就不可能是那個透明人！

「聶泓珈！杜書綸！」迎面走來某位他們不太熟悉的老師，「今天週六啊，你們來學校做什麼？」

「老師好，我們是來幫忙場佈的！學生會不是準備了生涯分享？學長學姐會陸續回來分享大學生活的，我們來幫同學的忙！」聶泓珈邊說比劃了自己的身高優勢。

「啊啊，對對！你們班……李百欣跟婁承穎都是學生會的嘛！」老師這才反應過來，接著用一種複雜的眼神看著他們，「你們兩個最近還好吧？累的話，隨時可以找導師或是輔導室幫忙。」

聶泓珈當下一怔，悄悄緊張的握了拳。

「還好，我們就是配合警方調查。」杜書綸主動上前，他知道珈珈不適應面對這些事，「羅老師的事我們也就只知道那些，那時我們也只是找她問事情而已，平時都沒有交集啊！反正知道什麼，我們就回答什麼就好了。」

聶泓珈低著頭，沒有做任何回應，這種事交給杜書綸就對了，他總能說謊說得面不改色。

羅菈琳老師，是學校的一位英文老師，除了教課外，還身兼活動組組長的職務，因此校內所有活動都由她一手操辦，也是之前禮堂重建的主要負責人。她深受學生愛戴，但是卻利用各種假帳，將學校公款中飽私囊，被他們發現後，更是打算殺人滅口！彼時學校大禮堂正在重建，老師跟黑道勾結，打算把他們兩個都扔進工地的水泥裡封起來，這樣就萬無一失了。

結果羅菈琳老師不知道，那時有許多因被詐騙而死的亡者心有不甘，加上貪婪惡魔的蠱毒，每個人、每個亡靈都爲錢殺紅了眼，人殺人、鬼也殺人，大家都想從對方身上拿到更多的錢……人與亡靈在他們學校的操場展開一場貪得無厭的屠殺，最後的大贏家，卻是瑪門。

但也是瑪門大人，從羅菈琳手上救下了他們兩個，羅老師自己則摔入了下方的水泥中，成爲禮堂的一部分，靈魂則被瑪門吃乾抹淨；直到幾週前，貝爾菲格以科研基金會理事長的身分風光出場，還把那裹著水泥塊的腐屍，硬生生從地底拉出來，再將屍體摔在學生集會場地中。

當初羅菈琳失蹤後，他們兩個就被叫去問過話了；現在屍體出現了，他們又被叫一輪。

那位老師只是拍拍他們的肩頭，然後交代他們小心點，別太晚回去就走了。

「虧你說得出口！反正知道什麼，我們就回答什麼就好了。」聶泓珈不安的模仿他的語氣，「我們要是被分開偵訊，我都不知道能不能堅持！」

「放心，才不會有那麼一天！」杜書綸自信的微笑，「妳覺得武警官不知道那個貪財老師發生了什麼事？」

武警官，是特別調查小組的警官，專門負責無法以科學解釋的案件。是啊，他知道，那晚操場上煞氣多重，厲鬼處處，甚至連死亡的人都還在渴求著錢財，而詐騙集團的成員，個個身首異處。

武警官的確會幫他們打掩護的。

路過穿堂，他們班科展第一的消息還是貼在了上面，支援科展的基金會刻意訂做了一個超大面錦旗，就掛在穿堂裡！對外說法是讓大家知道，在眾多人選擇懶散過日子的那段時間，還是有學生積極努力的研發各種物品，最終獲得優異的成績。

致贈者刺眼的印在上頭，紅底黃字，是貝菲，一位紅髮的豔麗女人。

貝爾菲格，怠惰之魔。

「死不了的惡魔，沒再來找我們麻煩就謝天謝地了！」杜書綸伸出兩根指頭，主動把聶泓珈眉間的皺紋撥開，「妳不要一副憂心忡忡的樣子。」

「我害怕啊！杜書綸！你不怕的嗎？」聶泓珈緊張的壓低了聲音，「那不只是鬼，是魔啊，他們只要想，我們……根本什麼都做不了！」

「但他們是惡魔君主啊，爲什麼會想找我們區區高中生的麻煩？」杜書綸抱持不同的看法，「如果是我，一定要針對的話，我會找唐家姐弟他們兩個，因爲他們是專門驅魔！」

聶泓珈深吸了一口氣，不是調整情緒，而是調整力氣，她不客氣的伸手狠狠捏了杜書綸的手臂！

「哇——很痛！哇——」

氣耶！聶泓珈立即拔腿就追，每次跟他討論這個嚴肅的話題，他總是一副無所謂的樣子，他們不但什麼都不會，她還是個容易撞鬼的人，就這樣還敢掉以輕心？

而且他們已經傷過惡魔君主兩次了，第一次是杜書綸捅了暴食別西卜大人一刀，一次是他們預先把整個S區用返卻陣包起來，強硬把降臨的惡魔貝爾菲格送回地獄！

惡魔都不要面子的嗎？她不懂，但至今的安然無恙，反而無法讓她放心！

追著杜書綸進入社團大樓，雖然她腳長，但是杜書綸最近體力也變好了，抽高很多，她發現沒以前那麼好追了！

「你給我——」她終於一伸手，抓到了他的後衣領。

「噓！」

前方的杜書綸卻主動停下，嚴肅的抬手，輕聲讓她靜下來。

聞到了嗎？

聶泓珈立即鬆了手，不安的蹙起眉心，這氣味實在太熟悉了……那天貝爾菲格現身，把羅菈琳的遺體從地底拉出來時，空氣中也瀰漫著相同的氣味。

腐臭味。

只是這個味道淡多了，可能剛開始腐爛不久。

他們身在社團大樓的二樓，杜書綸循著味道，往前走去。

聶泓珈第一時間拉住他，努力瞪圓著雙眼搖著頭，「你去哪裡？你要去找嗎？我們先報警！」

「還沒確定報什麼警！萬一是小動物呢？」杜書綸連開口都沒有，只是比劃了兩個手勢，聶泓珈立即就懂了。

小動物的話不是更糟嗎？這是社團大樓，有人把小動物殺掉藏起來直到腐爛嗎？

杜書綸冷不防地彈了她的前額一下，她沒擋沒躲的抬眼瞪他，開什麼玩笑，以她的運動反射神經，若非願意，他根本彈不到她好嗎！

「說不定只是死老鼠。」杜書綸暗暗說了句，動手搓了搓聶泓珈的頭。

咦？溫暖罩著她的頭頂，一頭短髮被微微搓亂，這是杜書綸第一次以這樣親喔的姿勢摸她的頭啊……因爲他比她矮啊！

低首瞧去，因爲她還站在樓梯上，那傢伙已經站在二樓平面了，不然他得踮起腳才碰得到她的頭頂好嗎！

「讓你得意！」她低喃著，看似不高興的把自己被揉亂的頭髮整理好！

一抬頭，杜書綸已經離她好幾公尺遠了！

學長姐回來分享大學生活的活動會持續一個月，原本應該在禮堂舉行，可是現在的禮堂有個科學無法解釋的大洞尚未修復，根本無法使用，所以改在了社團大樓。

他們應該要去七樓的，不過……隨著往前，氣味越來越濃，二樓都是大型教室，專供需要大場地的社團使用，熱舞社、跆拳社、劍道社，以及舞蹈社等等。

社團大樓的樓梯是在建物中間，一踏上二樓的左前方就是舞蹈社，他們有間非常大的練習室外，旁邊還連接著挺豪華的更衣室與沖澡間。

「沒有音樂聲，假日學長姐們沒來練習？」聶泓珈相當好奇，因爲她記得最近很多比賽，應該練得如火如荼啊！

「不知道，但是……」杜書綸再靠近了些，教室裡沒有燈光透出來，「看來沒人。」

可是腐臭味的確是從裡面傳來的。

「我們去跟警——」聶泓珈本想讓警衛或老師處理這件事，但是說話的同時，杜書綸已經按下了門把，「喂！」

單扳手的門把輕易壓開，聶泓珈扣著杜書綸的衣袖，這份熱心是不是能用在平日跟同學互助友愛上啊？越不該碰的事，他倒是積極得很！

不是啊……為什麼社團教室的門沒有鎖？

還來不及說下一句，杜書綸直接拉開了門。

唔——衝鼻的氣味隨著開啟的風吹出來，兩個都下意識的閉了氣，這絕對是腐臭味！

杜書綸順手打開了燈，舞蹈教室裡自然有個滿牆的鏡子，氣窗在最上方，白天裡頭算是敞亮，教室裡完全沒有人，地板也不見任何血跡，杜書綸朝裡走了兩步，但也不願再上前，就怕足印過多，萬一真出什麼事，影響搜證。

「絕對有東西爛在這裡！」杜書綸喃喃唸著。

聶泓珈謹慎的繃緊神經，身為比較敏感的人，她在意的有時不一定是人……唔！她掩鼻，這味道真的越來越重了！

「這聞起來是大型——啊！」她才想再走近杜書綸一點，右額尖卻突然撞到了什麼！

杜書綸聞聲立即回頭，當場臉色唰白的倒抽一口氣，「妳不要動！」

唰——說時遲那時快，有東西直接從上方朝聶泓珈攻擊般的打過來！

她直覺反應的騰出手擋下，同時還握住了攻擊她的東西！

「什——」她驚恐的抬頭，赫然發現她握住了一隻腳……腳踝？

雪白修長的腳，還穿著一雙黑色的舞鞋。

與此同時，一滴血不偏不倚的落入了聶泓珈的眼睛裡。

『啊啊啊啊——』慘叫聲，幾乎同時傳進了她的腦海中！

「哇呀——哇——」她失控的甩開了手，朝前衝向杜書綸！

杜書綸立即用身體擋下了可能亂撞的聶泓珈，緊緊扣住了她的身體，「沒事！珈珈！妳冷靜點，我在這裡！」

「我的眼睛！我的——」

他張開雙臂，環住了崩潰的聶泓珈，發顫的身體，不知道是來自於她？還是他？

杜書綸僵直著身體抬起頭，看著那雙被吊在舞蹈室門口的一雙腿，修長勻稱、滿是肌肉、蒼白毫無血色，還好好的穿著那雙舞鞋。

但，就只有那雙小腿。

年長的刑警皺著眉看向被取下來拍照取證的小腿，一雙腿被擱在鋪設在地面的白布上，鑑識小組剛剛拍照完畢，現在準備帶回證物室。

小腿是從膝蓋處鋸下的，鋸口慘不忍睹，膝蓋骨也被鋸得亂七八糟。

「看腐爛狀態差不多兩天而已，但保存環境很差，這個鋸法一看就知道不是專業的了。」鑑識人員先就看到的部位粗淺說明，「左腿還是從膝蓋中間鋸的，我看對方也費了九牛二虎之力了。」

「這不只完全不懂人體結構了，根本斷鋸一通。」老李蹲在一旁，正揉著眉心，「還眞費心，還特地吊上去。」

「前天學生們晚上練習時都還沒有異狀，預估放置的時間是昨晚七點後到今天上午，警衛處也沒有登記到有人進入。」一位女警上前低聲報告，「假日只有學生會的抵達，他們的場地在七樓，沒人會到二樓的舞蹈教室。」

老李揉著眉心，沒有目擊者、沒有人進出，這雙腿像憑空吊在這兒的，他怎麼都不意外？喔，對啊，他是特殊案件小組的一員，有什麼好意外的！

「李警官，家屬過來了！」另一名警察匆匆跑來。

「好好！我去處理……先把東西送回去吧！」老李趕忙起身，找受害者一點都不難，別說那雙特色舞鞋了，因爲這學校就剛好有個失蹤的女孩，剛好有這雙舞鞋。

一轉身離開舞蹈室，老李就看見了在舞蹈室隔壁的更衣室門口，坐著的聶泓珈跟杜書綸。

「又……」他一臉心死的模樣，搖了搖頭，「別讓他們離開！」

社團大樓的出入樓梯位在中間，平面圖類似一個H型，所以四角都有一段短走廊，涵蓋兩間到三間的小教室；而舞蹈室隔壁便是更衣室，有從教室內直達的，也有從外頭進入的，更衣室剛好就位在短走廊的盡頭，現在也恰巧可以遮蔽其他人的目光。

醫護人員正在幫聶泓珈檢查她的左眼，被斷腿上的血液滴入，不知道會有多少細菌，等等勢必還要去醫院一趟。

但聶泓珈不對勁的地方不只是那滴血，她全身抖得厲害，整個人幾乎是偎在杜書綸身邊，緊緊的拉著他。

聶泓珈不是弱小之徒，她一拳就能把人的鼻骨打裂，五拳之內可以打裂人的臉骨，以前的個性也是張揚明快，膽大心細；即使曾發生過「那件事」，她個性轉變成低調，但並非膽小。

厲鬼、惡魔都見過了，再恐懼還是會去面對，那才是聶泓珈。

「我在，珈珈，我在。」杜書綸摟著她的肩膀，一再的重複這句話。

淒厲的哭聲傳來，在整層樓裡迴盪著，想必是家屬認出了那雙舞鞋，崩潰的大哭出聲。

接著熟悉的腳步聲傳來，杜書綸看著走廊口，樓梯走上的寬廣之處正兵荒馬亂，看熱鬧的、緊張的、憂心的人都被隔離在封鎖線外，但他依舊能聽出那急促且穩健的足音。

「讓家屬去警局做詳細筆錄，要知道死者生前的軌跡……要快，這裡有學生……假日怎麼會有學生呢？」

挺拔的男人終於來到了走廊口，眼神是直接投射過來的。

武警官萬般無奈，溫柔的蹲下身子，「聶泓珈，還好嗎？那血液會不會造成什麼影響？」

「必須消毒，抗生素都得打，屍塊已經腐敗，恐有感染的風險。」

聶泓珈難受的低著頭，好痛！她的眼睛好痛！

「那快點先去醫院啊，筆錄可以等等再做！」武警官打算扶聶泓珈起身，卻立即被杜書綸拒絕。

我來就好。

他望著他的眼神堅定異常，這個時候的珈珈，不適合依賴其他人。

「下週開始有大學生涯分享會，學長姐們會回來，我們過來幫忙場佈，只是才上二樓我們都聞到腐敗味……不得不說，我們兩個對那個熟悉度比較高。」杜書綸說得很無奈，「教室門沒鎖，一拉開就進去了，然後珈珈撞到了吊在上面的腳，繩子晃動反彈打回來，她只是直覺伸手去擋，可能是這樣，血液才落下。」

不偏不倚，滴進了聶泓珈的眼睛裡。

「別緊張，去醫院讓醫生看看，該消炎殺菌的都不能馬虎！」武警官謹慎的交代著，「我等等有空就去醫院看你們。」

杜書綸頷了首，走出走廊區塊的他們，立刻聽到了同學的叫聲，李百欣緊張的揮著手，大喊著他們的名字。

他凝重的搖了搖頭，比了個噓，便趕緊把手放回聶泓珈身上，摟著她跟隨警方離開。

「怎麼回事啊……賭輸人表情好難看喔！」連一向粗枝大葉的張國恩都發現了，「而且妳看到聶泓珈了嗎？這麼大一個人在大鳥依人！」

李百欣毫不客氣的直接巴頭，「不會用成語不要用！」

她知道張國恩在形容什麼，聶泓珈或許不想出風頭，或許低調，但看看她連走路都無法好好走，抖成那個樣子就完全太不對勁啊！

她可是可以撲向惡鬼、連續狂揍惡鬼的人啊！

「她……受傷了？」身後的男孩開了口，「好像還得住院。」

咦？同學紛紛回頭看向濃眉大眼的陽光男孩，婁承穎指指自己的助聽器，「我會讀唇語，記得嗎？」

喔喔，對喔！婁承穎出生聾啞家庭，自己有隻耳朵也不太好，所以擅長唇語跟手語！

「沙……沙沙……」

其實從一到學校，他的助聽器就一直發出了詭異的雜音，當時他就感覺到學校裡可能有問題了。

「那快點，我們跟去醫院！」李百欣說風就是雨的，推著張國恩就要快點下樓。

婁承穎眼疾手快的拉住她，「等等，你們現在去沒有用吧！他們應該還會在警方的保護下，都還沒做筆錄，而且聶泓珈也要先做治療，這樣不是會打擾到她嗎？」

李百欣眨了眨眼，立即冷靜下來，「說得對，我太急了！我一直怕他們出事！」

「他們出過的事還算少嗎？」學生會的小宋搖了搖頭，「你們班那兩個眞的有夠強，什麼事都有他們！」

「什麼話？是你你願意嗎？」李百欣立即幫同學說話，「他們今天到校本來就是來幫我們的耶！」

啊！他們的場佈！李百欣終於想起來他們原本的工作！

「想起來了？」婁承穎失聲笑了出來，「還想著去醫院咧！」

「對不起對不起！」李百欣趕緊轉身往電梯奔去，「我立刻回去！」

順著李百欣奔跑的方向，婁承穎卻見一條怵目驚心的血痕，從舞蹈室一路拖到了電梯的方向，形狀紊亂極其不規則，沿路甚至還有血紅的掌印！

「李百欣！等等！」婁承穎即刻叫住了她，「我們……我們走樓梯上去吧！」

啥？李百欣止步回頭，「七樓耶大哥！」

婁承穎露出了乾笑，「我覺得……走樓梯眞的比較好。」

他的表情太微妙，那看似尷尬的笑容其實還帶著難言之隱，反應快的李百欣立即意會，一手拉過張國恩，另一手拽過小宋，就走樓梯。

「爲什麼要走樓梯啊？我剛搭電梯下來時好好的啊！」小宋還在掙扎。

「運動運動嘛！」李百欣胡謅著，硬拽著她上樓。

身後的哭聲未曾間斷過，死者的母親幾乎哭到暈厥癱軟，由警方攙扶著才能走路，半拖半拉的帶離這棟大樓；父親則由一雙兒女攙扶，大家都哭到崩潰，感覺得出似乎是感情很好的一家人。

「怎麼會這樣呢？三年級舞蹈班這兩天不是都去參加比賽了？」站在樓梯上的小宋回首朝下看著，「爲什麼會在學校裡出事？」

「知道是誰嗎？哪個學姐？」張國恩突然有點激動。

李百欣立即看向張國恩，「你有認識的人嗎？這麼緊張？你怎麼會認識我不知道的人？」

婁承穎不禁莞爾，看李百欣的態度，以後張國恩如果要交女朋友也有困難了！他們兩個也是鄰居加青梅竹馬，天天生活都在一起，他們之間的氛圍，與聶泓珈、杜書綸間一模一樣……婁承穎眼神沉了下去，奇怪的是，對李百欣這對他只會莞爾，但是對於聶泓珈……他心裡就是不舒服。

尤其，剛剛杜書綸摟著她離開的模樣，始終揮之不去。

「我哪認識舞蹈班的學長姐啦，但是古典天仙總聽過吧！」古典天仙，是他們學校的風雲人物之一，號稱千年一遇的古典舞奇才，近一年來大小獎項都拿過，更因爲一支影片在社群媒體上爆紅。

李百欣莫名也緊張起來，「不是她吧？」

「不會吧？是的話現在哪會這麼平靜！」小宋連忙擺擺手，「但不管怎樣，在學校裡殺人就是很可怕！」

更上方的婁承穎喉頭緊窒，「我覺得，好像不是眞的有屍體在裡面……」

嗯？大家紛紛再投以狐疑的目光，他靜默數秒，現場還是不少人，低調點好；所以他下走了兩階，悄悄的在同學邊耳語，「我剛看那些鑑識人員在說話，裡面不是一具屍體……」

而是一雙小腿。

李百欣當場掩住嘴，強迫自己不要尖叫出聲——一個舞蹈生的腿被鋸下來？這比死亡還殘忍了好嗎！

『是她幹的！』

婁承穎突然痛苦的掩住耳朵，尖銳的聲音逼出他一身冷汗！

「怎麼了？助聽器出問題了？」張國恩趕緊上前。

「不，沒事，沒關係。」他壓著顫抖，不敢貿然回頭，顫抖的把助聽器緩緩取下。

『沙沙……』

『是她！把我的腿還給我！』

第二章

失蹤的學姐

那雙腿的主人，是三年級的徐立暄學姐，的確是舞蹈班的一員，為了能考上更好的藝術大學，這陣子都在努力練習；週末的比賽自然也報名了，推甄需要優異的成績，每場比賽都至關重要。

只是她沒有出席，老師第一時間發現時便聯繫了家長，家長說她前一晚就先到比賽場地附近的旅館入住，就怕隔天早上晚起會來不及；旅館有入住紀錄，但她於前一晚出門後，就沒有再回去。

下一次出現，是在兩天後的舞蹈教室裡，而且只有一雙小腿。

秦聿嬨是在注視中走進校園的，雖然她在學校裡算是大家熟悉的人，可是從未有像今天一樣，如摩西過紅海般的盛況。

從校門口開始，她走到哪兒，哪兒的學生就自動站成兩排，紛紛投以注目禮，並伴隨著竊竊私語。

跟在身後進入校園的聶泓珈跟杜書綸絲毫沒注意到這個情況，因為他們光自己就自顧不暇了。

牽著腳踏車的聶泓珈不停的眨眼，被屍體的血液滴入的左眼依舊隱隱作痛，醫生說沒有發炎就是好事，而且也絲毫沒有腫脹的跡象，可是……

「還不舒服嗎？」一旁的杜書綸低聲問著。

聶泓珈朝右邊的他看了一眼，舒展不開的眉心代表了一切，但她卻還是擠出笑容搖了搖頭。

騙子。杜書綸在心中喃喃唸著，可是珈珈不想讓他擔心，他也就不戳破她。
住院住了一晚，觀察後其實沒什麼特殊狀況，但珈珈異常不安的狀態讓他覺得很奇怪，再三詢問卻什麼都不說，只說左眼一直很刺，好像有什麼東西卡在裡面。

被腐爛的血滴到，除非有傷口，否則影響應該不大……所以醫生認爲，是心理因素。

珈珈有這麼脆弱嗎？現在她喜歡低著頭，避開人的眼神與視線，但不代表她脆弱，她是害怕、逃避，但不是怕其他人，她恐懼的永遠是自己的過去。

終於，杜書綸感受到眾人交頭接耳，自然有一部分的目光是對著他們……這也得習慣，畢竟他們是小腿發現者，但更多的目光是落在前面那位，身段婀娜、儀態甚好的女孩。

「剛剛那誰？」

把車停在腳踏車棚後，杜書綸自來熟般的問著其他學生。

「咦？你不知道？古典天仙秦聿嬿啊！」回答的是一年級的學妹，異常激動，「號稱千年難得一遇的古典舞天才，我們三年級的學姐啊！」

「哦……」這名字他聽過，但沒注意長相，「我對運動方面的沒興趣！」

「……啊？喔……」學妹們難以接話，舞蹈跟運動……是能這樣歸成一類的嗎？「但是她眞的很有名！」

「對對，我聽過，拿一堆比賽冠軍嘛！」杜書綸朝著學妹們頷首，「謝啦！」

噫噫噫！學妹們細聲尖叫，「沒有你有名！學長！」

杜書綸耶！杜書綸！腦子好、人也好看的天才降級來唸他們高中，入學前大家都知道，這樣有名的人就在他們學校啊！

「這好像小說照進現實喔，人聰明就算了，爲什麼長得這麼好看！」

「我之前聽說他很娘，但現在看還好啊，那個哪是娘！他五官多清秀啊！氣質好特別！」

「而且也不矮啊，誰說他跟女生一樣的！」

學妹們吱吱喳喳的，杜書綸聽了一會兒皺眉、一會兒微笑……等等！什麼叫又矮又娘？是誰在外面這麼傳他的啦！他這叫秀氣好嗎！天生骨架就沒這麼魁梧，不然他能怎樣？

在珈珈的「督促」下已經有在鍛鍊身體了，但是都還是沒她壯咧！

聶泓珈在腳踏車棚外等他，帶著點神祕微笑，「有粉絲了啊？」

「最好，妳不是不知道討厭我的人居多。」他把幾乎沒重量的書包甩上肩。

「他們那是嫉妒！」聶泓珈輕笑著。

嫉妒，是啊，儘管不認識、毫無交集，就可以單純因爲他的優秀而嫉恨！他對這種感情處之泰然，一律歸成酸葡萄心理，他的智商超群並沒對不起誰，酸葡萄的人只是因爲自己的缺乏而感到無力，再把怒火發在他身上，似乎這樣就能解釋自己的不足了。

以前對他來說是無傷大雅的，但、是，當他被這些嫉妒瘋了的人傷害到時，事情便沒這麼簡單了！

有那麼一票同樣聰穎的學生，爲了獎學金爭得頭破血流，當他橫插一腳輕鬆拿走獎金後，得到的反撲挺嚇人的——尤其在惡魔與欲望的驅使下，那些與他年紀相當的學生，眞的爲了殺掉他不惜一切代價，即使被惡魔吞噬靈魂也不在乎了。

只是那時遇上的是別西卜大人，暴食的惡魔，優等生們爲了拼過他、不惜藉毒品讓自己專心，最終走向了不歸路。

現在他更在意這些事了，因爲他們這裡出現的惡魔如果按原罪來算的話，還未出現的只剩下「嫉妒」與「傲慢」；而在他房間地毯下，那擅自改變的魔法陣——正是嫉妒。

「是妳叫她出去的！」

才經過穿堂，就聽見了女孩尖吼的回音，他們教室是往北走，不過聲音來自於穿堂旁的三年級大樓，剛剛那位儀態完美的學姐直接被堵在了路口；隔壁大樓略高一點，所以與穿堂的連結處有一階階梯，他們就卡在那兒。

她靜靜站著，前方的路被一票女生堵住。

「我已經跟警察說了，她那天離開旅館，是因爲妳叫她出去！」看上去很氣岔的女孩紮著一頭高馬尾，「妳到底把她叫出去做什麼？」

秦聿嬨平靜的掃視著眼前的同學們，最終嘆了一口氣，唉。

那聲氣息如此沉重，滿是萬般無奈。

「妳確定是我叫她出去的嗎？她跟妳說的？」秦聿嬨倒是很冷靜。

「是——」黃淇雪頓了頓，看起來不是很確定啊！

「不是啊，妳們之間不是有事沒解決？徐立暄那晚就說要速戰速決的！」曾悅迎接了話，她留著一頭長捲髮，丹鳳眼。

「所以是她叫我出去的，而且我沒答應，那晚我跟她並沒有見面。」秦聿嬨再往上走了一階，「可以借過了嗎？」

長馬尾女孩絲毫不讓，她一個箭步上前，幾乎用胸部把秦聿嬨給擠了後退，她重新退一階回到了平面。

「妳說沒見就沒見嗎？這事一定跟妳有關係。」黃淇雪哽咽著，「她出門前跟我說了，要去跟妳把事情處理掉！」

秦聿嬨看著紅著眼的同學們，她只是無奈的搖搖頭，「既然妳跟警方說了，那就交給司法吧，反正我有不在場證明，事實會說明一切。」

繞路吧，秦聿嬨想試著不走走廊，從外頭廣場處繞行，但是圍觀的同學真的太多了，她一時還擠不出一條路。

「這都不能改變跟妳有關係的事實！」曾悅迎試著追上前，「要不是妳，她也不會——」

她伸出手，想從後揪住秦聿嬿的長髮。

但有人更快，直接閃身到了秦聿嬿背後，一抬手就擋住了她的動作。

「嘿，學姐！這樣抓很危險的。」身強體壯的張國恩笑著，指指地面，「我們這裡不平啊，又有小階梯的！」

張國恩？聶泓珈愣了一下，事實上她都已經快逼近看熱鬧現場了，只是沒想到張國恩速度更快！

張國恩曾是運動健將，成績不甚好的他，進入S高就是憑優異的運動成績跟獎牌，原本應該是能一路保送到大學的閃亮之星，卻因爲之前暑假加入詐騙集團當車手，人生沾上了汙點，因此被取消所有保送資格。

不過體魄仍在，那身高跟體型光站著就有壓迫感，即使那幾個找麻煩的學姐站在兩階高的走廊上，也抵不過他的氣勢。

「你幹嘛？」黃淇雪不客氣的看著他，「你不是那個詐騙犯嗎？」

聶泓珈幾乎沒有猶豫，一邊喊借過，一邊就伸手把兩邊的人給別開了！

「是啊！我是！」張國恩回得很自然，「但跟這件事沒關吧！妳們圍著秦學姐要做什麼？搞得她好像是罪犯喔？」

「二年級的？關你什麼事？這我們班的事。」

秦聿嬿出不去，她回首看著高壯的張國恩，對這位學弟相當陌生……不過學校裡「崇拜」她的人很多，都是由於她出色的舞蹈與成就。

「這不是你們班的事，這是刑事案件，有個人被殺了。」聶泓珈淡淡的出聲，「這件事不應該是大家自己判定誰有罪無罪吧？妳們圍著她，搞得好像是這位學姐是犯人。」

「不知道的人閉嘴！」黃淇雪高分貝吼著，「要說全世界最恨徐立暄的人，就是秦聿嬿了！那晚她們又約見面，就算不是她殺的，也絕對跟她脫不了關係！」

「是有病吧？都不必警察了，給妳們講就好了？」

「這跟知不知道有關係喔？妳是在命案現場嗎？講得這麼振振有詞？」

「妳在現場要不要直接說凶手是誰？」

「那個學姐的上半身呢？」

一旁眾人你一言我一語的，都回嗆著三年級學姐，因為她們實在蠻橫無理，而他們心目中的古典天仙，看上去是如此的文靜優雅，形單影隻的被欺負——破碎感拉滿啊！

以黃淇雪為主的幾個女生相互交換眼神後，轉身離開，她們不想在這裡吵架，這些不過都是不相干的人！這些事，等秦聿嬿到班上後，大家關起門來自己解決。

「學姐，妳還好吧？」張國恩趕緊回身，看著秦聿嬿不由得紅了臉。

「我沒事，謝謝你們……大家。」秦聿嬿環顧四周，一一跟大家道謝。

「學姐，妳們班同學都這樣嗎？」張國恩非常不解，「大家都是舞蹈生，怎麼會想在這種階梯上動手？」

秦聿嬿低頭看著穿堂與其他樓之間的小落差，嘴角不由得擠出一絲嘲諷的笑意。

「她們……應該巴不得我受傷吧！」哼哼，秦聿嬿喉間發出了嘲諷的笑聲。

四周興起震驚的抽氣聲，人人面面相覷，學姐在說什麼？

「怎麼會這樣想？舞蹈生的腳要是受傷的話……」

是啊，萬一受傷的話，就不能跳了啊！

幾乎也在同時，大家都意識到，秦聿嬿在學校或其他人眼中，是天之驕子、是舞蹈奇才，可是在同學間，或許就是一個令人羨慕嫉妒恨的人！

聶泓珈下意識越過重重人潮，看向了在外圍的杜書綸……S區的天才學生，杜書綸所受的嫉恨比起學姐更是百倍千倍吧！

他當然在外圍，這種閒事他是不會管的，她更不該管……聶泓珈驚覺到自己怎麼又進入人群中間了？就因爲聽見有人要找張國恩麻煩，她就又忘了想當透明人的初衷了！

唉唉。

「謝謝大家，我沒事，我得快點進教室了！」

隨著秦聿嬿離開，人潮終於也散去，張國恩則帶著紅潤的臉頰跟笑彎的眼，朝著他們走過來。

「早安！」

「早，我看有人都快飛起來了！」杜書綸打趣的問著，「我都不知道你這麼喜歡那個秦聿嬿耶！」

「拜託！她跳舞超美的好嗎！千年一遇不是講假的，古典舞的身段那眞的太有氣質了！」張國恩邊說還打算邊比劃舞蹈動作，「唉唉，像我這麼硬的筋骨根本沒辦法學！」

「我們都是肌肉取勝的，不可能那麼柔軟啦！」聶泓珈非常理解，打拳她可是一流的，但論及柔軟度時，只能科科。

「眞的！」張國恩邊說邊激動的就往聶泓珈肩上一搥，「妳懂……哇！」

他愣了一下，握起拳又朝她的上臂擊打幾下，聶泓珈的肌肉可眞不是普通的硬耶！他詫異的打量著她，之前的確見識過她瘋狂拳打性變態的景象，但好像沒見過她展示過肌肉。

「喂，聶泓珈，妳袖子捲起來，稍微……」張國恩動手就要撩起她的袖子，一旁的杜書綸動作飛快的打掉他的手，一把將聶泓珈拉開。

「她不要。」簡短三個字加白眼，杜書綸又成了代言人。

張國恩怔了住，又這樣，這兩個眞的彼此代言耶，都是對方肚子裡的蛔蟲！

「我就想看看妳練多大！」他壓低聲音，朝聶泓珈身邊逼近。

聶泓珈連忙搖頭，真的朝杜書綸身邊躲去，她才不想展現她的肌肉咧！她拳多重她自己知道就好。

杜書綸很明顯的護著她，不讓張國恩再多做糾纏，一把推開他時，眼鏡下的雙眼湧出了一股威嚴，這讓張國恩愣了住，不僅是意識到不該再鬧，更多的是——最好以後不要再提。

他不由得慢下步，「那個……我等一下李百欣，她今天排早餐。」

「那我們先上去了。」杜書綸一秒恢復成平日的溫和模樣，跟著聶泓珈身後朝樓梯走去。

望著他們離去的背影，張國恩這才長舒一口氣，他剛剛甚至差點忘記呼吸，而且……他居然冒冷汗了！

之前骨架纖細的杜書綸平時也只是給人散漫的感覺，他是有本錢散漫的好嗎！他來唸一般高中本來就是打發時間的，日常除了跟聶泓珈在一起外，也很少有朋友或跟其他人混在一起，總之就是個很聰明很厲害的大魔王，成天到學校殺時間，每個方面都非常低調。

但剛剛那一瞪，瞪出他一身冷汗，抬起手臂，上頭汗毛根根直豎，從不知道他這麼具威嚴感耶！

或是，他真的冒犯到聶泓珈了嗎？唉呀，以後還是小心一點，這種打從心底發毛的感覺，很難想像會從一個削瘦的少年身上傳出來。

「張國恩！早！」肩上一個輕拍，沒回頭就知道是某個小太陽了，「怎麼一個人站在這裡？」

陽光爽朗的男孩拎著早餐跟書包，熱情的打著招呼，班上的婁承穎有著俊秀的五官跟燦爛的笑容，什麼事都是直來直往，單純開朗的讓大家都很喜歡，接近他就會有暖暖的感覺，他對待每個人也都一樣好。

這麼好的人，上天總是會給他一點點小缺憾：他有遺傳性的耳朵疾病。幸得科技發達，戴上助聽器就能解決生活難事，而且他還因此會讀唇語呢。

「啊我在等李百欣，她今天負責排早餐，我先幫她拿書包。」張國恩指指肩上的兩個書包，「聶泓珈他們才剛上樓，你快去還遇得到。」

婁承穎燦爛的笑容微僵，向遠望去，果然看見那高大的女孩跟略瘦的男孩，永遠肩並著肩。

「呃……不了，我先去社辦那邊看一下，今天就有學長姐要來演講了！」婁承穎拍拍他，轉身朝社團大樓前去。

張國恩皺起眉，奇怪……總覺得最近大家都怪怪的？

以往婁承穎總是喜歡跟著聶泓珈，而且到了大家都看得出來他故意在跟杜書綸爭人的地步了，或是拉著聶泓珈去買東西、聊天、吃飯，假日有空就想要約她出來玩，甚至唸書都行。

之前李百欣就說，她感覺不久的將來，說不定會有男人間的戰爭。

「你怎麼還在這裡？沒進教室？」李百欣氣喘吁吁的跑來，果然拎著他們兩個人的早餐。

張國恩嘆了一口氣，把從遇到秦聿嬿學姐，到婁承穎刻意遠離聶泓珈他們，先跑到社團大樓的事跟青梅說了一遍。

「是喔……我也覺得，最近他們甚至不一起吃飯，幾乎不再纏著聶泓珈了。」李百欣連連點頭，兩人一起往自家教室走去，「應該是吃醋吧！」

「吃醋？」張國恩覺得這兩個詞有點誇張，「是吃聶泓珈跟杜書綸的醋嗎？」

「不然還有誰？聶泓珈他們兩個要不是不同性別，可能連上廁所都在一起，杜書綸黏她黏得多緊！」李百欣挑了挑眉，「客觀來說啦，我覺得婁承穎勝算不大，雖然他挺帥，又很陽光，人個性又暖……」

其實男生這邊一點都不是重點，張國恩皺著眉，「欸，我們在說的是聶泓珈耶，妳知道我剛碰到她三頭肌有多硬嗎？不知道多大塊，我跟她對上我都沒勝算……」

只見李百欣冷了眼，瞪了他一眼。

「是怎樣？帥氣女生沒春天喔？」

「……我覺得她不限於帥氣這個詞。」張國恩客氣的回著。

一般帥氣的女孩，應該沒辦法打裂人的臉骨的。

「只是喔，如果婁承穎對聶泓珈眞的是喜歡的話，應該是更要找機會接近她，然後對杜書綸各種找麻煩才對……」

爲什麼會選擇遠離呢？他應該是要嫉妒杜書綸，然後展開各種攻防才對。

「唉，說不定很單純，沒興趣了！」張國恩用直男的思維，「妳也說了，他長得好看，光情書就收不完了啊！」

嗯嗯，李百欣聳了肩，張國恩說得有理啦，但她總覺得事情沒那麼簡單！因爲婁承穎不像是對聶泓珈失去興趣的模樣，他依舊時不時偷看她，只是整個人變得冷漠……不，是逃避。

刻意避開聶泓珈他們嗎？爲什麼？

早自習鐘聲敲響後，各班都靜了下來，相較於考普通大學的學生們，舞蹈班的學生於筆試上，比較沒有那麼的重要，但班上的氣氛因爲凶殺案而顯得異常沉悶。

低泣聲不絕於耳，徐立暄在班上的人緣絕佳，以她爲首的那一票人均難以置信，上週大家還一起出去唱歌、一塊練舞，爲什麼說出事就出事了？

「說好比賽後要去吃麻辣鍋的，位置都訂好了！」黃淇雪最無法接受，「就說不要出門了，她爲什麼一定要……」

「喂，秦聿嬿！」有男生直接轉了過來，「妳說老實話，妳是不是跟徐立暄約了？妳們兩個都先跑去會場附近住啊！」

「是她約我，但我沒理。」秦聿嬿看著自己桌上的課本，口吻沒有任何起伏，「我們沒住在同一間旅館，住在一起的話，我想她只要上樓來敲門就好。」

「徐立暄又找她做什麼？」有同學說了句公道話，「我說眞的，你們就是沒事找事，大家都同學，硬要搞得跟仇人一樣。」

說話的是坐在挺前面的寬闊背影，街舞組的蕭御晟，如同自由奔放的街舞般，他是那種很酷又討厭麻煩的個性；班上的班群裡總是腥風血雨，他看到就煩，也就同學的愛恨糾葛活像肥皂劇。

「關你什麼事！」喜歡紮辮子的胡芝霖輕拍桌子出聲警告了，「現在重點是徐立暄發生了什麼事！」

只見蕭御晟回首，輕蔑一笑，「等警察去查不就知道了！你們要幹嘛？用猜的還是多數決，來表決都是秦聿嬿的錯喔？」

秦聿嬿旁若無人的看書，但眼神卻微微抬起，看著隔著三個人的寬闊背影。蕭御晟，班上少數不會參與欺負她的人之一，他並不會挺她，至少別攪和在裡面就很好了。

「無論如何，我覺得跟秦聿嬿都脫不了關係！因爲徐立暄有打電話給我，她說是秦聿嬿找她出去，要把恩怨講清楚。」黃淇雪一邊說，一邊回頭忿忿的瞪著秦聿嬿。

全班立即吱吱喳喳起來，秦聿嬿緩緩抬頭，朝十一點鐘方向看著黃淇雪，嗯哼，原來那傢伙這樣說嗎？

「就查吧，現在到處都有監視器，我有完美的不在場證明。」她聳了個肩，「而且你們覺得我是白痴嗎？我跟徐立暄關係這麼差，我去赴什麼約？隔天就是重要的比賽了，對她而言沒什麼，但每場比賽對我都至關重要！」

「什麼叫對她而言沒什麼？」曾悅迎也跟著不滿起來，「上週是兩區的大賽，對誰都很重要好嗎！成績都跟推甄息息相關。」

「嗯哼。」秦聿嬿淡淡應了聲。

對，所以對徐立暄來說沒什麼差別，她最多就是得個經驗，名次與她根本絕緣！

「妳是以爲妳會第一名喔？就算妳跳得再好，大家也不會喜歡妳啦！」胡芝霖冷冷的說著，「許多舞都是講究團隊的，妳這麼沒人緣的人，以後去到任何一個舞團都不會受歡迎的。」

「舞蹈的世界也不大，以後我們畢業後就算唸不同大學，但業界也就那個範圍，像妳這種知名人物，背後的黑料更多人感興趣。」黃淇雪直接站起身，回頭挑釁般的看向她，「大家早晚會知道千年天才的眞實面目，而且光妳這種爛個性，也不會有幾個人想跟妳合作。」

無所謂，當個獨立舞者也可以。

秦聿嬨實在很不想理他們，因爲她現在心情很好，無論這些人再怎麼對她酸言酸語，她都可以忽略。

班級導師不一會兒走了進來，臉色果然很差，班上有位同學下落不明，唯一出現的只有小腿，身爲導師的她怎麼可能會好過？

「我們舞蹈生……沒有什麼比這雙腳重要，警方認爲凶手刻意鋸下……雙腿，表示對徐立暄帶有強烈恨意。」導師話都說不完整，「如果同學有什麼線索，或是知道徐立暄在校外的交友，任何一個小細節，都務必要告訴老師。」

好些人回頭看向秦聿嬨，她面無表情的迎接這些扎人的視線，只看著導師。

「秦聿嬨的事我知道，都交給警方去處理就好，有沒有在場證明，是不是真的跟徐立暄見過面，這都不是我們單方面能判斷的。」導師看著秦聿嬨，語重心長，「秦同學，對外也要……注意謹言慎行，偵查期間，還是不要多話比較好。」

秦聿嬨擱在桌上的手握了握，黃淇雪這些人這樣對她說話，班群裡各種誣衊她時，導師明知道卻一字不吭？現在徐立暄出事了，髒水又潑向她時，她還是不能爲自己發聲？

「我知道了。」在內心吶喊後，秦聿嬨還是咬著牙吐出了這幾個字。

「還有，班上的事也沒有必要對外說。」導師突然又追加了要求，「妳知道我在說什麼。」

秦聿嬨迎視了導師，這一次的目光毫不客氣，但是她再生氣，也不敢過分造次，因爲她仍是學生，現在是高三關鍵時刻，她沒有本錢跟老師爭。

上對下的關係，一向都是學生的弱點。

她沒有口頭允諾，只是重重嘆了口氣，不情願的低下了頭。

「老師！都還沒有找到徐立暄嗎？」曾悅迎舉了手，大家關心的是，現在只有那雙腿，人呢？是不是有可能還活著？

導師搖了搖頭，目前什麼線索都還沒有，或者說是警方都未曾公佈。

班群裡同時跳出訊息，導師傳了一張警方給的照片，是徐立暄最後的影像——她穿著一身白色的洋裝與運動鞋出門，黑色的風衣外套，還有她的幸運斜背包。

「這是徐立暄離開旅館的影像，目前除了她媽媽親手爲她縫製的舞鞋外，什麼都沒被找到，同學間相互注意，如果有看到相關的物品，多一分敏銳度。」

胡芝霖把照片放大再放大，不由得皺起眉。

「不是啊，老師……徐立暄穿著的是平常穿的運動鞋耶！不是舞鞋啊！」

事實上除了警方與目擊者外，沒有人知道被鋸下的腿上，穿著一雙手工舞鞋。

「該不會是她媽媽縫的吧？那是比賽時才會穿，她平時不可能穿出去啊！」

導師明顯的臉色不太好，因爲她不小心提及了舞鞋的事了。

「幸運包包是她的沒錯，那個胡芝霖織給她的毛線包，上台前她一定會戴，那是她的幸運符。」曾悅迎指向胡芝霖，「包包……不在嗎？」

導師嚴肅的皺了眉。

「除了鞋子，沒有其他的遺留物品……剛剛是我疏忽，我不該說出舞鞋的事，請大家先不要對外公開，等警方公佈了再說。」導師頓了頓，又是一陣長嘆，「她身上穿的這些衣物，全部都沒有找到！」

旅館房間維持著她離開時的樣子，雖說有許多物品四處放置，但出門穿戴的那套衣服、鞋子，甚至包含那個紫黃交錯的毛線編織包，都沒有出現。

可是，應該好整以暇放在旅館裡的舞鞋，卻穿在那雙斷腳上。

黃淇雪緊握的雙拳微微發抖，悄悄回頭偷瞄了秦聿嬿一眼。

秦聿嬿不只是舞姿優雅得動人，彷彿天選古人，長得也是古典美，白皙的皮膚、鳳眼高鼻梁、鵝蛋臉、絕佳的骨相，再配上那極佳的舞姿，才會成爲「千年一遇的古典天仙」。

就是這樣，才會令人這麼不順眼。

但是現在的狀況看來……徐立暄出事，不太可能跟秦聿嬿有關係。

因爲如果眞的是秦聿嬿，她一旦前往徐立暄的旅館拿鞋子，警方隨便都查得到，用不著他們在這裡叫囂，潑她髒水。

可是，好好的人怎麼會出事呢？鋸下雙腳這行爲針對性太強了，跟徐立暄最有仇的，除了秦聿嬿還有誰？

而且那晚徐立暄眞的打給她，說了等等要跟秦聿嬿出去，長久的恩怨要做個了斷……不知道爲什麼，黃淇雪又瞪了秦聿嬿一眼，只要看見她那副雲淡風清、對徐立暄的意外沒一點在乎的樣子，她就更氣了。

拿出手機開始在班群傳訊息，立暄絕對也希望她們這麼做，討厭秦聿嬿是不會改變的，讓她生活不愉快，是她們的人生最大宗旨！

班群裡開始跳出訊息，人人都把手機拿出來看，他們班經過表決，不同意上繳手機，只不過上課時大家不會拿出來，都高三了，人人都該有自制力。感受到所有人都在看手機，秦聿嬿也好奇的取出……嗯，果然。

又是針對她啊……一連串的惡搞照片，有人把她的照片P成了各種醜照，還把她P成被捉拿的嫌疑犯模樣，手持身分證，背後是身高表，牌子上寫著「殺人償命」。

秦聿嬿已經習慣這種欺負了，她在舞蹈班一向如此，在外不管多風光，關起門來，在這個封閉的班級裡，她永遠都是眾矢之的；各種流言滿天飛，嫌她臭嫌她髒嫌她生活習慣差，嫌她沒禮貌陰險又霸道，最多的是說她憑著柔軟的身段跟外貌私下接援交，甚至還有價目表，她的手機號碼被外傳，都不知道換過幾次號碼了……唉。反正她除了會跳舞外，就是個爛人。

導師知道也都不介入，她只在意學生們能比賽獲得好成績，升學率好，這樣就好了……而且，秦聿嬨也能感受得到，導師也不是那麼喜歡她。

大家反而都更加喜歡沒什麼天分的徐立暄。

嫉妒吧！她只能找到這個原因，或許因爲她太優秀，反而成了刺眼的存在……除此之外，她眞的找不到任何大家討厭她、甚至中傷她的理由了。

默默將手機轉成飛航，班群裡的訊息暴增，都是在講她的，多看無益！她把書包擱上腿，將手機好好的放了進去……順便看一眼，那壓在最底下的毛線編織包。

紫黃相間，手工編織啊……秦聿嬨低著頭，長髮遮去了她的臉，也遮去了她忍不住勾起的嘴角。

誰看到他死？
是我，蒼蠅說，
用我的小眼睛，
我看到他死。
誰取走他的血？
是我，魚說，

我取走了他的血，
用我的小碟子。
——誰殺了知更鳥——

第三章

血紅的世界

生涯探索的活動維持兩週，每天兩場，設在午休跟放學後，有興趣的學生均可報名，只要跟老師報備後，就能自行前往會場；週三下午的自習課以班級爲單位，有的老師會強制學生參加。

學生會利用了社辦的三間教室當會場，有時甚至同一時段，會有兩到三組的學長姐前來，有專業技術、有文組也有理組，所以其實不會造成衝突；例如今天午休的三位學長姐，分別是美術大學、一般大學建築系以及英語系的。

這樣的安排其實很恰當，間間爆滿，學生會已經趕緊多申請教室及線上直播，否則難以應付求知若渴的學生們。

「妳想好唸什麼了嗎？」都還沒離開教室，周凱婷就好奇的問了。

他們今天來聽英語系的學姐分享外語學院的生活，以及未來可能修習的學科或畢業論文，這場人超多，許多人對英語系還是相當感興趣。

「還沒，我其實文理都行，都想聽聽看，其實是還沒找到眞的有興趣的。」

周凱婷登時睜圓了眼，一副被說中的樣子！

聶泓珈略顯無奈，「妳呢？我以爲妳會去唸大傳？」

「爲什麼妳知道？」她好奇的湊近，「我平常有說嗎？我好像都沒表現出來吧？」

聶泓珈忍不住笑了起來，「沒表現？妳口條一流、聲調又好，主持穩重，不在新聞社就是校刊社……然後還自己架 PODCAST？」

「呃……」周凱婷一時語塞，「妳爲什麼知道我有PODCAST？」

「平台推薦，我一聽就是妳的聲音！」聶泓珈憋著笑，「妳ＩＤ叫凱凱。」

唉……周凱婷嘖了一聲，她那是自己說好玩的，都在講一些生活鎖事或學校的煩心事，完全沒想到會被同學聽到。

「這樣就猜到我想唸大傳，也太厲害！」她嘟囔著，「要不要再猜我想唸哪一所？」

「Ｔ區的美聲大傳吧？」聶泓珈簡直秒答，「妳最近常去Ｔ區，然後之前說要加強英文成績，我看了一下總成績大概落在……」

周凱婷可眞愣住了，她不可思議的看著這個平時低調、不喜說話，總低著頭又聲如蚊蚋的中性高大女子，從來不知道聶泓珈的觀察力這麼強耶！

「我說句不禮貌的，這眞的是妳發現的，還是杜書綸？」

「妳覺得他會管班上同學的事嗎？」聶泓珈苦笑一抹。

「我的天哪！果然……天才怎麼會隨便交朋友，能成爲杜書綸青梅竹馬的人果然不一般！」周凱婷終於瞭解了！

「其實只要住在隔壁，很容易就會是青梅竹馬了。」聶泓珈只覺得莞爾。

當然，她不笨也是重點，否則有厭蠢症的杜書綸即使住隔壁，只怕也不會跟她做朋友吧！

「才不！果然妳其實很聰明耶！」周凱婷突然瞇起眼，又湊近了她，「妳每次都考全班第十名是不是故意的？說不定妳能考第一名！」

聶泓珈笑而不答，「我第一名？妳把杜書綸放在哪裡？」

「他在外太空好嗎，謝謝。」

是啊，其他人或許不知道，杜書綸考第一名是一回事，但是他每一次考試前，都事先設定各科分數，至今沒有一次失誤過，這才是可怕之處！

兩人一起走出教室，其實已經是下午第一堂課了，所以大家都不急，拖越久越好。

「妳都已經有目標了，爲什麼還來聽不同科系的分享？我看妳報了一堆！」聶泓珈難得好奇，實在是因爲周凱婷報了許多跟大傳八竿子打不著的分享。

只見周凱婷皺起眉，一臉尷尬又困惑的模樣。

「我覺得我提出來妳會覺得很扯，去年的我也會覺得這樣的人是神經病，但現在身在其中我才發現——談戀愛眞麻煩！」

嗯？聶泓珈圓了眼，戀愛？

「班上的嗎？」聶泓珈小小聲的問。

「我有男朋友了，我現在居然因爲他，不想考太遠的學校！」周凱婷哀聲嘆氣的，「妳也知道T大有多遠，我勢必要住校的，可是他生活就在這裡……」

「呃，他可以搬過去？」

「他搬……跟我一起住嗎？我覺得太快了點！而且我覺得剛到一個新環境，

如果還要照顧他，我覺得我沒辦法。」

聽著周凱婷認真分析，聶泓珈很想提醒她：他們現在只不過高二啊！她講得好像大家即將畢業了。

「其實很多解法的，他搬得離妳近一些，自己也在外租房，或是遠距離戀愛，真的喜歡的話，距離不會是問題。」聶泓珈再怯怯的問了一次，「我們班的嗎？」

周凱婷終於聽見了關鍵問題，她搖了搖頭，「就上次……我們不是幫忙把一堆吸毒熊拖離馬路上嗎，當時我抓了一個8＋9幫忙，後來我們就……嗯。」

聶泓珈驚訝的瞪圓雙眼，她有印象！喜歡躺平的吸毒人裝扮成布偶熊，散佈在S區的各地，其實都是祭品之一，杜書綸記得那個召喚陣的模樣，所以號召同學把祭品挪開……當時有個長毛說要揪人來幫忙，因此出現了一票看起來很囂張的8＋9，而且他們最後不但幫了大忙、甚至救下婁承穎那組。

「頭髮很長……長毛？」聶泓珈可真是太驚訝了，「你們……哇喔！」

「哈哈，很扯吧！我本來也很討厭他們那種8＋9的，但後來發現他也很單純啦，生活中就只有朋友，不動腦就瞎挺的義氣，多讓他唸點書就好像……」周凱婷突然靜了下來，腳步跟著停止，像是想到了什麼似的。

聶泓珈跟著她停下，兩個人就站在五樓半的階梯上，無視於身邊的人潮上下，各種聲音吱吱喳喳，畢竟這裡是社團大樓，不會影響到班級上課。

但隱隱約約，有音樂聲傳進了聶泓珈耳裡。

「啊！妳先回去好了！」周凱婷突然拿起手機，跟聶泓珈交代後就匆匆往樓下跑去。

他們班是要上繳手機到養機場的，看來周凱婷為了戀愛也偷偷藏了另一支啊！她應該是想到了什麼解法，所以才急著要跟男友分享，聶泓珈由衷為她感到開心，這也解釋了為什麼周凱婷最近變得比過去更加平易近人了。

記得剛入學時，周凱婷總是一副冷冰冰的模樣，而且因為看起來很凶，所以總覺得對每個人都有敵意，後來大家共同經歷了一些事，越來越熟，雖不改嗆辣個性，但最近溫和多了。

戀愛的魔力可真大。

輕快的腳步隨著越接近二樓而逐漸消失，剛剛那隱約的音樂聲變得越來越清晰，從三樓走下二樓的方向，可以直接看見左斜前方那寬敞的舞蹈教室，還有左側那條走廊。

那天她就是在那個走廊底接受簡單的治療跟詢問，的確因為H型的設計，所以無論是在樓梯上、或是她已經來到樓梯口這片場地，都難以看進走廊裡。

但是要看見亮著燈的舞蹈教室還是很容易的。

是天鵝湖的音樂！音樂聲是來自於舞蹈教室，午休時間仍在練舞並不稀奇，只是這音量未免也太大了；她站在樓梯下，聽著那樂曲繚繞，該是悠美的曲調卻讓她起了一陣又一陣的寒意……不知道為什麼，今天的天鵝湖聽上去格外的淒涼，而且間奏裡還有低泣聲。

不該去的。

她心裡這麼告訴自己，但她還是邁開了步伐。

舞蹈室的門相當寬敞，是那種向外拉的厚重鐵門，平時有是為了隔音，門上的玻璃窗可以看進教室裡的狀況。

聶泓珈站到了細長條的玻璃前，眨了眨眼，左眼又開始發熱，但她還是努力的想看清楚裡面……沒有人？

站在門外能聽見更清楚的音樂聲，但她換了幾個角度，就是沒瞧見人影，除非……有人剛好貼著門邊休息，所以她才看不見。

唰——一抹黑影倏地從玻璃窗前掠過，聶泓珈嚇得大退了一步。

她沒尖叫出聲，而是哽著喉嚨，才意識剛剛眞的有人是貼在門後休息，掠過的黑影不過是那個人走過去罷了。

緊閉起雙眼，再睜開，聶泓珈貼著玻璃窗再次看向舞蹈教室，見到一隻纖纖玉手正在空中比劃，隨著音樂舞動，可是……高度不對勁啊！

她貼著門板都很難看見曼妙的舞姿，那身高矮得太奇怪了！

她記得舞蹈班的人，無論男女，不可能太矮啊！

她不知道是不是因為一直設法想偷看練舞的學姐，手握著門把的力道太重了，向下一壓，喀的門就開了！

糟糕！聶泓珈嚇得收回手，但門已經開了，一定已經驚動到對方了！

「抱歉，我不小心的！」

她只能硬著頭皮，朝裡頭開口道歉，但還是探頭而入，多看了一眼。

看見舞者的瞬間，她就後悔了。

穿著粉色衣服的舞者正在原地轉著圈，她努力的維持平衡，彷彿在做天鵝湖的連轉，由遠而近，不停的旋著……只是，她沒有小腿。

她是用突出大腿下方的大腿骨在跳舞的！

染血的膝蓋轉著圈，已經血肉模糊得令人無法直視！

是那個學姐？

聶泓珈僵直著身子，看著那個學姐朝著她轉了過來，然後突然「啪」的趴到了地上！

喝！聶泓珈身體跟著她的落地而顫動。

『把我的腳……還給我……』

以手代腳，那女孩匍匐的朝聶泓珈爬過來了！

不不——她只是發現她的腳而已啊！

咬著自己的掌根，聶泓珈不忘重新甩上門，臉色唰白的轉身逃離現場，朝著近在咫尺的樓梯狂奔下去。

磅磅磅磅——一敲門聲彷彿就在耳邊響起，那個學姐爬到門邊，她搆不到門把、她要出來！她要離開那裡！

她要她的腿！

舞蹈室的門顫動著，但走下樓的學生們絲毫都沒有注意，只有聶泓珈驚恐的不停喊借過，以及倉皇失措的跑步聲在樓梯間響著。

有個男孩站在三樓樓梯中，扣著扶把往下，將一切盡收眼裡。

耳裡傳來的音樂聲，逼出他一身雞皮疙瘩。

他咬著牙，神情嚴肅的摘下了耳上的助聽器，轉身也朝一樓走去……別看，他不停的告訴自己，絕對別朝舞蹈室看去。

啪！染血著掌印擊上了舞蹈室大門上那長條玻璃窗的下緣，或許是斷腿的女孩，拼了命才能觸及的高度。

『我的腳——』

「嘔——」

乾嘔也沒吐出東西，聶泓珈扭開水龍頭，全身僵硬的站在洗手台前，看著涓涓流出的水，有一種想哭的衝動。

班上正在上課，她剛剛那模樣一看就知道在逃難，用那樣的狀態衝進教室裡是不好的！

她忍不住舉起左手，掌根按住左眼，看著鏡子裡的自己，那一瞬間，她眞的差點就要哭出來！爲什麼又遇到這種事？她只是敏感了點，她發現了那雙小腿，但不代表是傷害學姐的人啊！

而且警方都沒找到學姐本人的其他部分，她的亡靈卻已經在舞蹈教室裡繼續練舞了……被鋸下雙腿後仍舊堅持跳舞，她不想回憶卻記得清楚，她的大腿骨宛如她的腳，在那兒輕點、大跳，舞姿輕盈依舊。

「眞的不是我！如果學姐想告訴我……妳在哪裡的話，我可以幫忙。」她喃喃對著鏡子說話，「但不是我害妳的。」

杜書綸跟她提起了惡魔的事，他們S區彷變成惡魔集合地，許多惡魔都從這裡爬出，或許是有人召喚惡魔交換條件，也或許是因爲人心的欲求不滿，才引起惡魔的回應。

七大原罪，唉，現在剩下嫉妒與傲慢。

杜書綸認爲連別西卜大人都能出現、瑪門大人能救下他們，貝爾菲格甚至還能是科研基金會理事長的話，那嫉妒與傲慢不可能缺席。

「嫉妒嗎？」她喃喃說著，「爲什麼又……」

她想低調的，她不想被矚目，但光是遇到亡靈跟惡魔這些事情，就很難不成爲特殊份子！算算看，高一到現在，他們發現幾次屍體了！

早知道星期天就不要去找腐臭味的來源！

她緩緩放下左手，咬著唇抹去淚水，伸出顫抖的手洗了乾淨後，頹然的走了出去。

「呃！」

一走出來，沒看路的她差點撞上了路過的人。

「小心！」對方及時拉住了向後仰的她，避免她摔倒。

婁承穎！聶泓珈有點訝異，但他是學生會的一員啊！剛剛結束的講座，他們自然也晚歸。

婁承穎看向聶泓珈的下一秒，即刻避開眼神，同時鬆開手。

沒有再說一個字，他立刻朝教室走去。

「婁承穎！」聶泓珈難得主動叫住了他。

從進高中以來，婁承穎就是那個總是繞著她轉的人。

即使她說了自己社恐、不想跟同學有過多交集，甚至矢志成爲透明人後，他依然關心她、找她聊天，就是不讓她孤單，他像個太陽一樣，溫暖又熱情，更希望幫她脫離社恐日子，跟同學打成一片。

即使後來書綸強硬唸普通高中，還跟學校指定要進她的班級、坐到她身邊後，婁承穎也沒有放棄過……她感覺得出婁承穎對她不一般，或許是想拉她一把，或許就是喜歡她。

但她把這種喜歡，定義成朋友的喜歡，畢竟她實在不太像女孩子。

婁承穎還是止了步，回頭看了她一眼，「嗯？」

「我不打算上這節課了……去福利社，我請你吃東西，聊一下？」

婁承穎喉頭一緊，左拳略握了握，最終點了點頭。

聊聊。

是該聊的，因爲婁承穎在某個瞬間，突然對她非常冷漠，冷漠到甚至比同學還不如，舉凡點頭頷首打招呼，全部沒有。

她又不知道該怎麼問他，傳訊息好像怪怪的，顯得很刻意，剛剛那瞬間，對上他閃躲的眼神，她卻不自覺的脫口而出。

他們之間發生了什麼事？讓婁承穎感覺像跟她斷交似的？

他們到福利社買了飲料，再躲在前往頂樓的樓梯平台那兒，這兒可以避開所有老師的視線，也不會有學生來，至少撐到下課沒問題。

婁承穎挨著她坐了下來，聶泓珈這幾天變得憔悴許多，眼裡有血絲，黑眼圈也變深，應該是沒睡好，過去的她從未有這種情況……一切都是從週日那天，她發現斷腿開始。

可是以前就算遇到可怕的惡鬼，珈珈也不是這樣脆弱的人。

「妳還好嗎？」

「嗯？」她尷尬的看向右邊的婁承穎，「嗯，還好，沒事……只是有點累。」

空氣中又瀰漫了沉默，聶泓珈不停掐著水瓶，是她要找人家聊的，她得先開口啊！

「那個——」他們同時轉頭看向對方，異口同聲。

又是一陣莫名尷尬，婁承穎甚至不自覺的紅了耳朵，匆匆別過了頭。

「我做了什麼讓你不高興的事嗎？我可以道歉。」聶泓珈心一橫，率先開了口。

咦？婁承穎愣住了，他重新看向聶泓珈，一顆心開始悄悄加速。

「沒……什麼……」

「我不傻，你現在連招呼都不打了，我一直想不通我哪裡做錯了？你像是要跟我斷交一樣……」聶泓珈緊張的不停深呼吸，「你最後一次跟我說話，是把布偶熊拖走，我們好不容易才把惡魔請回去那天開始。」

婁承穎低頭不語，他內心正在天人交戰，他不知道該怎麼回答。

「是不是怕了？」聶泓珈接著開口，「因爲一直遇到那些可怕的厲鬼、屍體，甚至是難以預防的人？」

婁承穎驚訝的轉過來，「怕？」

「我也不是故意的，我們沒有想遇鬼的意思，但就是……就是看得見，就是會撞上，我也不想的！」聶泓珈略微激動的解釋，「遇到這些事是很煩人的，有時我是眞的需要大家幫忙，否則沒有辦法度過危機的。」

他不怕，問題癥結點從來不在於此！

婁承穎剛想開口，響起的鐘聲打斷了他欲說出口的話語。

下課了嗎？他們還眞的混過了這一節！聶泓珈以爲婁承穎不想回答，場面被她搞到太尷尬，好像她在逼婁承穎非得給一個答案似的。

「我其實沒有別的意思，我只是覺得同學之間突然變成這樣有點怪怪的，如果你願意告訴我的話，我會很高興，因爲我也很珍惜你這個朋友，有誤會想解開；但如果你不想說，我也不會勉強你。」

聶泓珈慌張的站起身，就想往樓下走去，再不逃不行，這情況比剛剛遇到斷腳學姐還棘手！

「我喜歡妳。」

婁承穎衝口而出，他甚至來不及反應自己說了什麼！

咦？聶泓珈戛然止步，她剛準備扶著握把往樓下衝，被那句告白震得雙腳麻痺！

他剛剛說了什麼？

婁承穎突地再上前一步，逼近了她，聶泓珈扣著樓梯扶把的手，已經用力到泛白……不要鬧啊！婁承穎！

「我眞的喜歡妳，可能受不了妳每天跟杜書綸形影不離吧！」婁承穎鼓起勇氣繼續說道，「我希望跟妳交往！」

眼尾瞄見了伸過來的手，聶泓珈下一秒採取的是——狂奔！開什麼玩笑啊！她的速度比剛剛看見斷腿學姐還快，甚至剩五階階梯都直接跳的，用百米速度直接奔進了教室裡！

杜書綸！她第一時間想找杜書綸，一衝進教室卻發現最後一排的兩個位子空空如也，他人呢？

「妳怎麼現在才回來？」坐在前方的周凱婷回頭，一臉賊笑，她還比她早進教室耶！

「杜書綸呢？」

「啊？剛剛一下課就有可愛學妹來找他了！」

天哪天哪天哪！聶泓珈轉身再逃出教室外，她到底是犯到什麼事了，爲什麼連續遇到這樣可怕的事，現在用斷骨跳舞已經不可怕了，學姐爬向她也不再填滿她的腦海，現在她腦子裡都是——婁承穎喜歡她？異性的喜歡！

她這男不男女不女的樣子，到底哪裡吸引人啊!?

她跟表姐是不一樣的類型，她的表姐是格鬥王者，可是她健美、漂亮、英姿颯颯，還是電玩遊戲代言人，可是她——

衝到樓下，果然在一旁的中庭花園看到熟悉的身影，只是她才剛出大樓，立刻朝一旁的柱子躲去。

一年級的超可愛學妹滿臉通紅，正遞出一盒包裝精美的巧克力，還有一張卡片，緊張得手都微微發抖。

她在告白。

天哪！聶泓珈嚇得轉身讓自己藏在木架後，她站著的地方是中庭花圃的花架，那細細一根柱子，只怕根本遮不住她。

又是告白……杜書綸這幾個月突然抽高，人也變得跟以前不一樣，逐漸像個男人的樣子，原本的秀氣的五官反而變成顏值加分項，而聰穎的頭腦跟那絕佳的氣質，別說學妹們了，學姐們送禮的也不在少數。

「我不認識妳，也對妳們沒興趣！」杜書綸隻手插在口袋，左手敷衍的揮了揮，「不要再來吵我了！」

「咦？可是學長，我們可以試著……」

「我不做浪費時間的事。」杜書綸正眼都沒再瞧她們一眼，他的目光早就盯著根本遮不住的高大身軀上。

他直接轉身朝花架走去，穩穩的站到了聶泓珈身邊。

「妳去哪裡了？」

喝！聶泓珈嚇了好大一跳，顫了一下身子，呆然的轉頭向右，看著莫名其妙出現的人。

她錯愕的看著杜書綸，再轉向左後方查看依舊站在原地、都快哭出來的學妹……

「你不是在……」

「浪費我時間，我想去買吃的。」杜書綸皺著眉，「周凱婷早就回來了，妳溜去哪裡了？」

不等她回答，杜書綸拉過她的手，直接朝著福利社去。

幾個小學妹忿忿的看著那個背影，誰不知道杜書綸身邊有個不男不女的人，聽說是青梅竹馬，每天都在一起，多少人告白都失敗，但問了杜書綸是不是另有喜歡的人，他卻也沒承認過。

「關妳屁事」是一貫的答案。

「那個聶泓珈很煩耶，每天都黏在學長身邊，別人想接近都沒辦法。」

「其實如果她是男生的話，還挺帥的啊！」

「但她是女的，就更怪了！」告白者顧詠藍噙著淚，看向身邊的同學，「她是不是那種漢子茶啊？」

「嗄？」

「就是假裝自己中性，跟學長稱兄道弟，其實就是個綠茶！霸占學長身邊，這樣無論誰都不可能跟他交往。」

「好賤喔，對耶！」同學們恍然大悟，「不然她爲什麼可以穿褲子？都裝作男生打扮！」

「太茶了吧！學長也很奇怪，這麼優秀的人，爲什麼會喜歡那種不男不女的？既不可愛又不美！」

「聽說是青梅竹馬！一起長大的啊！」

「就這種最討厭了！」

女孩們妳一言我一語的，叫顧詠藍的女孩不知道爲什麼，只看著那高壯的背就覺得一肚子火。

已經有很多人告白失敗了，杜書綸的態度的確也沒多好，但是聽說條件再優異的學姐也完全沒入他的眼，日常不參加社團也不跟其他人混，每天就只會跟那個聶泓珈在一起而已。

眞的非常非常令人討厭，獨享那麼好的人……憑什麼啊！

聶泓珈背後起了股惡寒，她不安的回首望去，只見告白的學妹還在那兒，但眼神可稱不上客氣。

「你跟人家說了什麼？學妹感覺有殺氣！」聶泓珈拽了拽杜書綸。

「拒絕啊，我又不認識她！」杜書綸才踏進福利社，立即引來注目，「妳喝什麼？水？還是咖啡牛奶？」

「不喝了，我吃個餅乾。」她才剛喝完啊！

「爲什麼這麼晚回教室？你們在課堂開始二十分後就結束了。」杜書綸沒忘記這件事，「跟妻承穎在一起？」

咦？聶泓珈差點滑掉手裡的蘇打餅，一臉震驚的模樣已經告訴了杜書綸答案——他怎麼會知道？

「我剛遇到……」聶泓珈還沒說完，福利社阿姨突然遞了五元過來。

「同學，剛剛少找妳的！那個飲料我算錯了！」

嗯，聶泓珈尷尬的接過錢，她不知道自己在緊張什麼，但現在的狀況搞得她好像做錯了事……尤其杜書綸眼鏡下的雙眼如刃，她覺得再被多看幾秒就會被割傷！

「嗯哼。」杜書綸喉間發出不明聲音，抱著餅乾跟飲料，逕自走了出去。

唉唷！鬧屁啊！聶泓珈實在很想追出去，一掌從他後腦杓巴下去。

「他最近對我們很冷淡，比別班的還不如，我就是想問問他到底怎麼了……但是，在此之前，有更麻煩的事。」聶泓珈趕緊把話題岔開，「我剛經過舞蹈室。」

杜書綸果然立即停下腳步，瞥了她一眼，「遇上什麼了嗎？」

聶泓珈點了點頭，把聽見異常清楚的音樂聲，到門邊偷看、門自動開啓，然後遇上那個轉著圈又爬向她索要小腿的學姐。

「看樣子那個學姐是眞的已經不在了，死後還依舊在練舞，好勤奮啊，果然是遭嫉的對象。」杜書綸沉吟道，「我跟妳討論過，接下來可能是嫉妒。」

「要幫她找到……身體嗎？」

「當然不要！」杜書綸回答得斬釘截鐵，「只是幫她發現小腿，就追得妳要腳了，我覺得是非不分的亡者不要管比較好！」

聶泓珈皺起眉，還眞像是杜書綸說的話！

她突然握住了他的手，顫抖清楚的傳遞過來，繃緊著身子讓杜書綸瞬間感到不對，他嚇得緊握住了她的雙臂。

「妳不對勁，珈珈，究竟發生了什麼事？」這幾天她都不對，他又不瞎，只是想等珈珈主動問而已。

「我的眼睛……」她咬著牙，聲如蚊蚋的開口。

緩緩抬眼，她可以看見憂心忡忡的杜書綸，可以看見身後的走廊，看見許多經過他們身邊後又回頭看著他們竊竊私語的學生們。

她的視力沒有問題，可是，她眼前的世界，是紅色的。

一片通紅，那滴血滴入她的眼睛後，就像紅墨滴進了一小池水，讓世界都變成紅色的了！

第四章

舊時錯誤

只用右眼，是正常顏色的世界；只用左眼，世界便是一片紅；同時睜開兩眼，她就像透過一缸紅水在看世界。

「我聽見音樂聲不是偶然，我只用左眼看的話，我還能看見舞蹈室那裡更加深紅。」她難受的閉著眼，「我知道我不該過去看，但是……」

「妳不想看，對方有心還是會讓妳看到。」杜書綸轉著筆，「我實在很想知道，是不是又有惡魔爬出來了！」

「嫉妒嗎？利維坦眞的會被召喚過來嗎……」聶泓珈努力的回想，「最近芒草原那邊沒有感覺到什麼異樣，可是現在不準了，因爲我們旁邊的森林太可怕，邪氣重到我都已經快麻痺了。」

森林那邊是一個謎樣的地方，彷彿像個惡魔巢穴似的，他們至今仍膽顫心驚，晚上稍有動靜都會驚醒。

「對啊！哪需要惡魔之書！光是人類那塡不滿的欲望跟想法，直接就變成了灌溉那片森林的養分，只要有人有邪念，說不定就傳送到了！」杜書綸沉吟著，所以他藏起那本惡魔之書根本沒啥用。

或者……正是因爲他藏起來了，惡魔就改用另一種方式誘惑人類了？

「嫉妒這種情緒太容易了，光我們班上隨便抓，都可以抓到一把嫉妒你的人。」聶泓珈其實很畏懼這個情緒，「嫉妒會使人瘋狂的！」

凶殺案中的情殺，有一大部分正是源自於嫉妒啊！

嫉妒眞的會使人面目全非，失去一切理智，變得極端偏執，而這份嫉妒又不限於愛情，只要是有感情的人，都會嫉妒！

「是啊，我還差點掛了……雖說是暴食淩駕了一切，但起因就是他們的嫉妒。」杜書綸提起這個，他腿部就隱隱作痛。

或許傷口已經好了，也或許一輩子都會疼，惡鬼們化身成的巨大蒼蠅，用他們的腳刺穿他的腿，將他釘在地上，腿上兩個窟窿好不容易痊癒，至今卻仍會隱隱作痛，像是在提醒他不要忘記那段回憶。

「所以這種情緒是非常容易產生，像舞蹈班的事好了，那位徐立暄學姐可能太優秀擋到他人的路，所以就——」聶泓珈壓低聲音說著，「照以前的慣例，這種情緒只會越來越重，惡魔會加重欲望，使人越來越瘋狂。」

杜書綸挑了眉，幽幽向左看向她，用似笑非笑的眼神瞅著她，「珈珈，鋸掉一個人的雙腿，已經夠瘋狂了。」

唔……她不由得嘆口氣，是啊，就算爲了升學，鋸掉腳還不夠瘋嗎？這已經不是正常人會做出的事了！

聶泓珈突然趕緊把頭轉回來，手忙腳亂卻又想假裝沒事的瞟著自己桌上的書，這動作拙劣得過於明顯，自然引起杜書綸的注意；他即刻看向走進來的人，是婁承穎。

他正用異常冰冷的眼神看向背對他的聶泓珈，接著視線轉移，與杜書綸對上眼。

一瞬間，杜書綸感受到極強的怒意！

婁承穎再度撇過頭去，恢復到之前的視他們如空氣，在幾秒內換上平時的陽光笑容，跟張國恩開起玩笑。

這是怎麼回事？哪來這麼大的敵意？他？對他？

因爲婁承穎是坐在左邊靠窗那排，聶泓珈剛剛也刻意的舉起左手撐著臉，試圖遮去一切視線，現在正偷偷從指縫中偷瞄那狀若無事、依舊跟同學談笑風生的婁承穎，還悄悄鬆了一口氣。

「呼……」

一口氣幾乎是吹在她耳邊的，聶泓珈一驚縮起了頸子，右手一揚就揮打向後！

杜書綸眼疾手快的站起閃開，珈珈這人運動神經永遠最快。

「幹什麼啦！」她掩住右耳，不知道自己漲紅了臉，幹嘛在她耳邊吹氣！

「我才要問妳咧！怎樣？鬆一口氣？」杜書綸啪的再度落座，「你們昨天一定發生了什麼事。」

唔！記憶力這麼好做什麼？聶泓珈想到昨天婁承穎的告白，她完全不敢直視他啊！

「聶泓珈！吃完了沒？」李百欣突然衝到她面前，「走吧！」

「走？」她愣住了，「去哪裡？」

「聽下午的生涯講座啊，我們今天的自習課排生涯講座，早上導師在說沒在聽喔！」李百欣看向杜書綸，「快點吧，這是全班都要去的！你也是！」

咦？聶泓珈有點心慌，她焦急的看向杜書綸，結果他人已經起身走了！走了？他是在不爽什麼啊！

聶泓珈腦子亂烘烘的，慌亂收拾東西，「不是啊，一定要去嗎？」

「自習課啊，同學！」李百欣勾起了她，「快點快點，這堂的學長姐一定有妳感興趣的！」

「有哪些人……我忘記了！」

「那正好，等等妳就知道了！」李百欣眉開眼笑的說著，拖著她往外走。

她不可能忘記！因爲這週是絕對不能去聽講座的！

她記得自己在行事曆上註明得很清楚，這週三到週五都不能參加任何生涯講座，連靠近社團大樓都不行，因爲那裡面有她不想再去碰觸的人與科系！

李百欣也是學生會的一員，看她這麼開心的模樣，還說給她驚喜……這根本警鐘大作！

杜書綸真的在鬧脾氣，甚至沒幫她留位置！他們第一次隔開坐，他人縮在最後一排角落，她則被李百欣還有其他同學拉著，坐到中間後段去。

負責今天這場的婁承穎正在前面調整音量、麥克風，然後他緩緩看向了聶泓珈。

令人不寒而慄的眼神與她對望，那是大家從未見過的婁承穎，全班都在吱吱喳喳，無人留意到婁承穎的神情——除了杜書綸之外。

那傢伙不對勁！全身開始起雞皮疙瘩，杜書綸不安的握了拳，決定起身，帶聶泓珈離開這裡！

只是才剛站起來，婁承穎就已經歡迎今天分享的學長姐入場，當熟悉的名字響起時，聶泓珈連呼吸都要忘記了！

「鐵拳學姐，國家代表隊！是我們的女子拳擊高手，她當初就是以拳擊的優異成績，直接保送進第一體育大學，現在仍在國家隊服役中。」

鐵拳學姐是她的外號，這個學姐是鐘曉曉！

血液彷彿從身體褪去，一股寒意竄遍全身，聶泓珈連呼吸都困難，她緊繃著身子看向前方，如坐針氈！這裡不是舞蹈室，沒有斷腿跳舞的學姐，每一個人都是活生生的人……但在她看出去的紅色的世界裡，有個角落，緩緩冒出了更深的鮮紅色。

是婁承穎。

鐘聲才敲響，杜書綸簡直是跳起來的，不等導師在上頭做結論，立刻跑到聶泓珈身邊，拉著她就要走！

「杜書綸！聶泓珈！」結果導師即刻叫住了他們，「我還沒說下課。」

這兩個學生真的太扯！

「有事。」杜書綸完全沒理，拽著聶泓珈就要離開。

導師只有無奈，像杜書綸這樣的學生她是真的拿他沒辦法，只好隨意擺擺手，示意大家下課了。

聶泓珈因慌亂而踉蹌，她極度想逃離這裡，立刻、馬上！

才衝出教室外，她又聽見那熟悉的音樂聲，明明在七樓，天鵝湖卻如彷彿同樓般清楚響亮，而且，還伴隨著那一聲又一聲的拍門聲。

「聶泓珈！等等！」

又一陣急切的呼喚聲，硬生生把他們喚住。

聶泓珈下意識還是停下腳步回頭，只見婁承穎匆匆跑了出來，甚至連李百欣也跟著追出來了。

「妳這麼急做什麼，就說有驚喜要給妳了！」李百欣眉開眼笑的直接跑過來，還勾過了她的手。

咦？她被往回拉走，但另一頭的杜書綸卻更用力的握住她的手，朝樓梯的方向扯去。

「杜書綸！放放放！」李百欣不客氣的直接往他的手上拍著，「什麼事這麼急啦！等等！」

「就是有事，聶泓珈！」杜書綸的聲音低了八度，甚至喊她全名了！

聶泓珈還來不及說話，婁承穎已經帶了剛剛分享的鐵拳學姐過來了。

「這就是我跟妳提到的，我們班有個拳擊也非常厲害的女生！」婁承穎指向聶泓珈，向學姐介紹，「她力道非常大又非常準，眞的很強！」

聶泓珈立刻低下頭，讓頭髮遮住自己的臉，死死盯著自己的腳尖看……這情景活像時光倒流，初入高中時的她，總是低垂著頭，跟誰都不熟、只希望當個小透明的模樣。

頷個首，連說聲學姐好都沒有。

「她骨架好寬啊，眞高大！」鐵拳學姐倒是沒覺得不禮貌，而是上下打量著她，「至少有一百八十公分吧！手長腳長，也是打拳擊的嗎？」

「沒有，一般生。」什麼都不知情的李百欣樂意介紹著，「但是她如果眞的去打拳擊，說不定眞的能有成績呢！」

「要不要來試試？」鐵拳學姐大方的握了拳，發出了友好邀請。

鐵拳學姐身高差不多一百六十五左右，而近一百八十公分的聶泓珈站在她面前，就算把頭垂得再低，也難以遮去全部樣貌，她的瑟縮躲避反而引起了鐵拳學姐的好奇。

尤其，她覺得這個高大的女生有點面熟。

「沒必要，她沒有想透過體育推甄。」杜書綸上前把聶泓珈往後轉，「謝謝學姐，今天的分享很精彩。」

後面那句一點感情都沒有，充分表達了敷衍之意。

聶泓珈踉蹌的轉身，鐵拳學姐瞇起眼看著那背影，這身材真的很熟，或許沒有這麼高，但是……

「請等一下！」鐵拳學姐突然出了聲，「我們是不是見過？」

不——不！聶泓珈手握著筆記本掐得死緊，她們不認識！

杜書綸也跟著僵硬，他打算對一切充耳不聞，拉著聶泓珈往樓梯下走去。

「聶泓珈！」鐵拳學姐下一秒就喊出了她的名字，「妳是聶泓珈對吧！」

不！聶泓珈戛然止步，她差一點點就因腳軟滑下階梯了，杜書綸使勁扣住她的手臂，側首回頭的他，不客氣的朝上看向鐵拳學姐。

或許該說是瞪，更來得貼切。

「咦？學姐真的認識她？」張國恩哇的一聲，他果然沒看錯，聶泓珈的拳擊能力不是一般玩票等級的。

聶泓珈感受到杜書綸在施力，他要拖她走，但是她動不了……事已至此，逃避已經沒有用了！聽著足音，鐵拳學姐已經走到了聶泓珈身邊，認認真真的再打量了一次。

「妳又長高了啊，眞不可思議，是要長多高啊？不過……妳變得跟以前不一樣了耶！」鐵拳學姐露出似笑非笑的神情，「這還是我認識的聶泓珈嗎？」

「不認識，就少說話。」杜書綸凌厲的出聲，他是眞的在威脅學姐。

鐵拳學姐皺著眉，她不認識杜書綸，也不在乎，視線始終鎖在聶泓珈身上。

「她沒在打拳了？」鐵拳學姐仰頭，問著圍觀的同學們。

同班同學搖了搖頭，聶泓珈從未展現出任何運動相關的天賦。

「眞有趣，我認識的聶泓珈，是個相當張揚的人！」鐵拳學姐雙手握拳，呈打拳姿勢，「憑藉身高優勢跟一雙拳頭，根本打遍天下無敵手，全校沒有人敢惹她！」

咦？李百欣聽著鐵拳學姐的話語，怎麼哪裡怪怪的？

「爲什麼說得像聶泓珈以前是惡霸？」

「對啊，用拳頭打人嗎？」

疑惑聲在同學間傳來，大家小聲的交頭接耳，這些細碎的聲音只是讓聶泓珈更加痛苦……但是，讓她汗毛直豎的不只是這些閒言碎語，而是有個正從樓梯下爬上來的身影。

啪——啪——一隻手攀上階梯，撐著往上爬，下一隻手再撐著、再往上……

樓梯下方冒出了更多深紅色。

「是啊，多可怕，連我都不敢碰她。」鐵拳學姐刻意繞著聶泓珈，冷冷笑著，「妳居然還是唸高二喔？表示根本沒有懲罰嘛！沒留級？」

「我現在很低調，我跟以前不一樣了。」聶泓珈啞著聲開口，「請學姐放過我。」

這對話聲只在她們二人間，聶泓珈用近乎懇求、卑微的姿態告饒著！高中只剩下一年半、就剩一年半，她希望平靜的度過！

「那誰放過他？」鐵拳學姐後退一步，提高了音量，「未成年殺人果然都沒事，殺了一個人，可以毫不影響的就回到正常日子了！」

「咦——」倒抽一口氣的聲音在人群中響起，殺人？

聶泓珈？

聶泓珈倏地看向了鐵拳學姐，噙著淚的雙眼帶著恐懼與怒火。

「她沒有殺人。」杜書綸即刻用平穩的聲音澄清，「妳少在那邊亂下結論！」

「那個人就是因爲她而死的不是嗎？」學姐指向了聶泓珈，「那是一個超無辜的學弟，他還從未惹過妳，結果卻莫名其妙就被妳害死了！」

「鐘曉曉！」杜書綸出聲，連名帶姓的喊，警告意味濃厚。

「她做過的事還不能說嗎！雖然我不認識那個學弟，但那幾屆的人誰不知道！一個無辜的學弟，就因爲她聶泓珈的義氣，過得生不如死，最後還賠上一條命，而她——」鐵拳學姐轉向了上方所有包圍住樓梯間看戲的學生們，「她在這裡心安理得的唸S區最好的高中，未來她還有大把人生可以度過！」

啪——啪——舞蹈室裡的女孩終究還是爬上來了。

她依舊穿著一身黑色的舞衣，身後拖著又長又鮮紅的血痕，在六樓半的平台抬頭看向她。

『嘻……嘻嘻……』斷腿學姐昂首，滿是血絲的雙眼瞪著她，『把妳的腿換給我吧！』

一、二、三、四，秦聿嬿默默數著拍子，正專注的在熱身，她選在舞蹈室最角落練習，如此不會受門口進出的人影響。

「欸，樓上好熱鬧喔！」

「對啊，聽說有班級在上面吵起來了。」

門又開啓，進來兩個興奮異常的人，「八卦八卦！是天才杜書綸那班！今天生涯分享的學姐是拳擊國手，她認出每天跟在杜書綸旁邊那個高大的傢伙，好像是殺人犯！」

驚呼聲四起，「眞的假的！殺人？不必坐牢的嗎？」

「拜託，幾年前的事了，當時那個女的未成年啊，有BUFF啊！我們學校之前割喉的不也沒事！」

「我的天哪！杜書綸知道嗎？是青梅竹馬嗎？」

「這種人怎麼能跟杜書綸在一起啊，他瘋了嗎？」

「快去跟二班的秀秀說啊，她有機會了！她不是超喜歡杜書綸嗎？」

討論激烈，許多人匆匆的跟著跑出去看熱鬧，秦聿嬿依舊不爲所動，她不只要推甄上心目中的學校，分數還得優異，下個月的全國最大比賽她要一舉奪冠。

她不是要考大學而已，她已經篤定未來要走舞蹈這條路，她只能是萬中選一的優秀。

沒時間討論這些八卦。

熱身完畢，準備要放音樂，走到小音箱旁時，卻發現自己的電線被拔掉了……她環顧四周，另一頭以黃淇雪爲主的一票人正挑釁式的看著她，擺明就是他們做的，絲毫不避諱。

這也不是第一次了，秦聿嬿早已習慣，她戴上耳機，連接自己的手機，一樣能練。

抬腳，轉圈，擺腰，她看著鏡子裡的自己，每一個動作背後，都有另一道殘影跟著她。

再婀娜點，再有韻味些，古典舞不能只是動作，要有氣韞！

聲音彷彿透過耳機傳了過來，她沉醉的陷在音樂裡，盡情的跟著音樂舞動，詮釋著樂曲裡的情感。

她不知道她的沉浸，已經引起了其他同學的注意，連曾悅迎都暗自抽了口氣，看著那美妙的舞姿都傻了眼。

「……秦聿嬿是不是比之前更厲害了？」她忍不住開口，「她今天跳得好像更有力了！」

黃淇雪皺著眉，不只是有力而已，她在原本的柔媚中加了點勁道，不多不少，反而讓舞蹈變得更有張力，而且……情感澎湃洶湧，甚至添了一絲悲傷。

「前幾天她還不是這樣的，怎麼進步這麼快？」黃淇雪也感到不可思議，「每個舞種都不同，她這彷彿揉和了兩個舞種！大家的肌肉記憶沒那麼容易被取代的！」

男孩們早就看得入迷了，眼神跟著她的每一個動作而淪陷，眞的太好看了，豈止千年一遇……照秦聿嬿的水準，下個月的全國大賽應該能拔得頭籌！

導師此時走了進來，自然立刻被獨舞的秦聿嬿所吸引，在舞蹈室的每個人都忘記呼吸，目不轉睛的看著那幾要奪魂懾魄的舞蹈！也許別人看見自己學生如此優秀，會震驚與陶醉，但導師更多的是詫異與不安。

一曲舞罷，秦聿嬿優美的結束，上氣不接下氣的喘著，她對著鏡子緩緩睜眼，卻彷彿在鏡中看到了另一張臉，覆在自己的臉上！

「啪啪啪啪啪！」掌聲從導師手中響起，其他學生不由得跟著鼓掌。大家是不喜歡她，但剛剛那舞蹈實在太令人讚嘆了！

秦聿嬨從鏡裡看見走來的導師，才趕緊摘下耳機，維持基本禮貌的頷首，「老師。」

「妳這幾天進步很大啊，秦聿嬨！怎麼突然改變舞風？」

「改變嗎？」秦聿嬨頓了一下，下意識朝鏡裡瞥了一眼，「我只是加強了一些小細節而已，而且更深刻的理解曲子罷了。」

「不……妳跳得很好，古典舞揉和了現代爵士。」導師一眼就知道她揉合的舞種，「你的舞，讓我想到了一個人……」

「誰？」

「一個很久很久以前的學生，非常非常的優秀！她就是跳芭蕾的，但爵士也相當擅長，還沒畢業，就有舞團來找了！」導師回憶起那名學生，嘴角都鑲著笑，「可惜……」

「可惜？」

導師靜默了數秒，彷彿沉浸在自己的世界中一樣，她是看著鏡子，但卻不是望向自己，而是看向某個地方。

上方？

「老師？」秦聿嬨再喚了聲，「是哪位學姐？我們認識嗎？」

「啊！不認識的！都十幾年前的事了。」導師擺擺手，立即轉過身去，「怎麼只有這些人？其他人呢？都去叫回來！」

擊掌數聲，許多人開始動了起來，有人繼續熱身，有人出去把看熱鬧的人都給喚回。

曾悅迎他們好奇的交換著眼神，她也是跳爵士的，沒聽說他們學校有哪個學姐這麼厲害！

「我是聽說啦！」一個男生壓低了聲音，「舞蹈教室以前就出過事，徐立暄不是第一個。」

嘖！黃淇雪不客氣的推了他一把，說什麼！

「又不是說她，我只是說，舞蹈室以前就出過意外了！」忠明踉踉蹌蹌的單腳朝後跳著，「最近社群上很多人在說吧！」

正是因爲那雙小腿的可怕案子，掀起了一波回憶潮。

「什麼意外？」黃淇雪還是忍不住問了，「我怎麼沒看到？」

「好像十幾年了，聽說有人在這裡——」

忠明不敢明說，但指了指天花板，再比出個吊頸子動作。

上吊啊！

多年前舞蹈室也就有一起命案，傳說有學姐在舞蹈室裡上吊，就在大考前一個月，當時舞蹈教室還封閉了好一陣子，迫使舞蹈生都得到其他地方去練習。

秦聿嬿喝著水，從容的對鏡拭汗，她淺淺對鏡微笑，卻不是看著自己。

她知道，她會越來越好，所有能量都會源源不絕的進入，眼尾瞟了眼聚在一起討論的人們，輕蔑一笑。

然後，她看向了懸在舞蹈室中央上方的，那雙腳。

四年前，在大家都還只是七年級生時，聶泓珈是一個輕狂少年，她爽朗耀眼、恣意張揚，憑藉著開朗的個性、高大的身材、中性的氣質，在學校內一直很受歡迎。

加上她拳頭了得，渾身肌肉的線條，吸引了許多人，無論是崇拜、佩服，或是想跟她成爲朋友的如過江之鯽，而因爲父母在成長中長期缺席，同儕變成她非常重要的一環。

當時，她跟杜書綸的確很熟，但兩人各自有各自的想法跟生活，還沒那麼黏。

朋友再多，還是會以團體分群，聶泓珈當初跟某個小團體非常的要好，表面爲首的是她，其實是一個發育早熟、胸部傲人的汪崇婷爲主。

汪崇婷爲首的團體有男有女，五到八人，成員不是顏值高的人、就是成績好的，在校園內也相當受矚目，尤其當時他們唸的學校，還只是一個小地方的中學，稍稍出色就會很受歡迎。

聶泓珈重朋友，非常講義氣，朋友有難都會出面相挺，而且她是那種義氣爲先、是非在後的，也就是說就算是朋友有錯，只要受欺負，她還是選擇挺朋友，胳膊保證不向外彎。

而且她太容易相信人，一旦是朋友，終身是好友，對朋友無條件的信任，認定好友絕對不會欺騙她、也不會利用她，十幾歲的青少年，同儕就是她的全部——甚至贏過了杜書綸。

那時的杜書綸正在浩瀚的新知中遨遊，他跟一般人本就不同，對學校生活也沒興趣，加上沒有上學，也就與聶泓珈沒有共同話題，整天忙著跟親姐研究駭客、程式、ＡＩ、天文、物理，只想吸收各種他不知道的事。

而汪崇婷他們欺負其他同學，都不會當著聶泓珈的面，而是背地裡耍各種小手段：在網路上汙衊對方，逼到對方反擊時，才會讓聶泓珈看見！

這時她就會爲朋友出氣，一拳揮過去，再凶悍的人都會閉嘴，畢竟鼻骨被打斷的滋味，沒有幾個人想再感受第二次。

學校管不管？家長有無抗議？當然有，但每次的情況都是對方先出手，汪崇婷等人變成「受害者」，聶泓珈則是路見不平拔刀相助的「反擊」，討論下來雙方都有錯，所以最後都是採取和解方式，各打五十大板。

然後撐下去的人會被欺負得更慘，撐不下去的即刻轉學，被霸凌者會一直更換，無人知道被討厭的標準——直到那個男孩的出現。

瘦小文靜，內向瑟縮，卻為了同學站出來，請汪崇婷他們住手。然後，他就成了汪崇婷他們唯一的對象、同時也是聶泓珈眼中噁心的變態男。

「這是怎麼回事？」

人都還沒進門，急切的聲音就傳來了，杜媽忙不迭的趕緊推開紗門，聶峰焦心的步入。

「不知道！網上突然爆出當年的事，還有人詳細敘述，而且直接寫出了珈珈的名字代稱。」杜媽也非常緊張，「當時事情不是都處理好了嗎？而且當年她未成年，名字不可能公佈。」

聶泓珈的父親屬於特別警隊，專門負責重大案件，例如爆炸、或是窮凶極惡的通緝犯，所以他大部分時間都待在首都，那邊有非常多維安事件要處理，偶爾也要負責政治人物的安全，很少在家，所以她童年幾乎都在杜家度過！要不是突然發生這麼大的事情，他不會輕易請假回來的！

打開當地的社群，到處都在講這件事，S中的學校社群裡，更是赫然出現「殺人犯」這幾個字。

「前幾天才又發現斷腿，現在又出這種事……我覺得針對性太強了！」聶爸往屋子中間樓梯走去，「人呢？在書綸房間？」

餘音未落，就見杜書綸人坐在樓梯中間，他暗暗比了個噤聲。

「聶爸，小聲點，我怕珈珈受刺激，她現在需要安靜。」他嘆口氣走下樓，「她現在把自己關在三樓閣樓裡。」

閣樓啊……杜書綸的雙親與聶泓珈的父親不由得朝樓上看去，早該知道的，當年發生事情時，珈珈就是把自己鎖在窄小黑暗的閣樓裡，她明明害怕，卻希望用恐懼折磨自己。

她在等，那個男孩的亡魂現身，懲罰她、折磨她，或是殺死她。

還沒討論個大概，外頭罕見的傳來汽車引擎聲，杜媽即刻轉身往門邊走去，透過紗門看見了從私家車下來的武警官，他關上車門時就看見高處的杜媽，禮貌的頷了首。

「我找兩個孩子，都在這裡吧？」武警官禮貌的邊問，邊走上杜家小木屋前的七階木階梯，抵達了大門。

杜書綸越過聶爸，聽見武警官的聲音時，有種強烈疲憊感湧上。

「出去說。」

他逕直朝屋外走去，在這間屋子裡都不該有任何雜音，會影響到珈珈的。

武警官看見大人跟孩子都在，獨獨缺了聶泓珈，也猜到是怎麼回事了。

「網路上的事我們都知道了，已經有人在處理了……」武警官頓了頓，「我真沒想到是她，當時檔案裡的名字是塗掉的。」

聶爸不語，應該是上面幫他的。

「別處理，越處理會越糟！」杜書綸連忙阻止，「就讓事件發酵！」

「怎麼可以！」聶爸非常不能接受，「你讓珈珈怎麼辦？事情一旦發酵——」

「不覺得這是有人刻意的嗎？而且你們越想壓下這件事，只會讓大家覺得珈珈背後有人在護航！情況只會更糟！」杜書綸口吻帶著氣忿，「網路上一旦發生事情，大家就是想往死裡踩，因爲犯錯的是她，沒有任何藉口的。」

「我們只會針對講出全名的部分，因爲她的名字本來就不該曝光，當時她是未成年，而且——那孩子是自殺的。」武警官非常中肯的說道，「言論太過分的部分，家屬可以提告。」

聶爸擰眉，擺了擺手，他現在沒心情想這個。

「這個世代，有沒有罪是網路在評判不是嗎？這才是網暴的精髓，人人都能掌握他人生死，即使她無罪，只要全世界認定她有罪，沒把她逼死大家不會放手的。」杜書綸深吸了一口氣，「我會陪著珈珈的，你們放心。」

聶爸低咒著，握緊的拳都泛出青筋了，「我跟單位請假，我必須陪著——」

杜書綸立刻出手，搭上了聶爸的肩，他眼鏡下的雙眸澄澈冷靜，異常嚴肅的掐了掐他的肩頭。

「我不是冒犯您，但這時候，珈珈需要的是我。」

你冒犯到了吧，少年仔。武警官在內心喊著，怎麼會這樣對人家的父親說話咧？

聶爸的臉色果然瞬間鐵青，杜爸一把拽開兒子，趕緊安撫聶爸，先爲兒子道歉，再安慰說珈珈怎麼可能不需要父親的陪伴。

聶爸凶惡的瞪著杜書綸，一股無名火在腹中竄燒，這小子居然敢這樣對他說話，但更氣的是——小子說得沒錯！

該死的他，這十幾年來陪伴珈珈的日子一年都湊不滿一個月，她的精神依賴全在杜家！

磅！惱自己的拳頭，一拳搥在無辜的木屋門框上，震落了些許灰塵，幾個蜘蛛倉皇逃竄，杜爸心裡暗咒，爲什麼不去搥你自己家的門啊！

杜媽用眼神罵了自家兒子一百遍，他怎麼可以這樣跟聶叔叔說話咧？

「我冰了啤酒，先來一瓶吧！來！」杜爸趕緊推著聶爸進屋，朝老婆擠眉弄眼的，好好教訓兒子啊！

杜媽無語問蒼天，他家兒子誰管得動？

「還有嗎？您特地跑來應該不是爲了四年前的事。」而且聶泓珈當初就讀的中學，甚至不在這個武警官的轄區，「那雙腿的主人找到了嗎？」

對於過度聰明的孩子，武警官有時眞不知道該討厭還是該喜歡。

「沒有，但DNA確定是徐立暄沒錯了，旅館的監視器也查過了，她離開後完全沒人進出的影像。」武警官有些難爲情的開口，「我想問，你們有什麼事要跟我說嗎？」

杜書綸挑了眉，「什麼事？」

「就科學無法解釋的事。」武警官直白的說了，「我們什麼線索都沒有，徐立暄那天離開旅館時帶的包也不可能裝得下那雙舞鞋，鞋子怎麼穿上去的都是個謎……謎，你懂。」

他邊說，邊看向遠處那片紅葉森林，依舊陰氣森森，壓得人喘不過氣。

「朋友圈查了嗎？鋸掉舞者的腿針對性太強，恨意這麼強的話，不是應該從她的競爭對手，視她為敵的人查起？」杜書綸挑了挑眉，「不要懷疑，我們覺得現在走到了嫉妒的關卡。」

武警官明顯的露出狐疑的神色，他甚至嘶的抽了口氣，他不是沒注意到S區最近離奇的案子，與惡魔七原罪有關，也知道還有嫉妒與傲慢兩個原罪未出現，但、是——徐立暄遭嫉，實在是一件很勉強的事！

「那個女生在舞蹈班的成績是倒數的，沒有天分、沒有才能，硬跳硬練的，甚至能不能考上舞蹈學校都是問題！」朋友圈他們早調查過了，「她在班上人緣很好，唯一有仇的就是古典天仙，人緣好算不算會被人嫉妒的因素。」

杜書綸驚愕的聽著結論，「倒數？考不上？」

也就是個以後可能連拿舞蹈當職業都有困難的人，被人鋸掉雙腳？

「對，但秦聿嬿有不在場證明，她沒出旅館！」

「呃……有時候不能想得太狹隘，或許是一個更不會跳舞，或是有跳舞夢的人，嫉妒會跳舞的她？」杜書綸喃喃自語，「這倒是出乎我意料耶，我以爲是超優秀被嫉妒！」

「你們學校最優秀的是秦聿嬿，人美身材好又有天分，多少人羨慕嫉妒恨的對象。」武警官嘆了一口氣，「她在學校人緣很差，老李問了一圈，她應該是被欺負的對象。」

「嗯哼……」杜書綸正在思考別件事，「那個舞蹈教室裡有個斷腿的女生在跳舞，而且找珈珈要小腿。」

武警官立即皺眉，「找聶泓珈要腿？」

他下意識往屋裡看，總不會是聶泓珈鋸的吧？她已經有雙健壯的大長腿了，怎樣都不可能去看上舞者的腳啊。

「珈珈看見的，只能爬行，拖著一路的血痕，甚至還能用膝蓋骨當腳做跳躍，然後每天播放天鵝湖！前天珈珈當年的事被挖出來時，那個亡靈還從舞蹈教室爬到七樓，找珈珈要腿。」杜書綸一直在忖度這件事，「珈珈不是舞者，她是屍塊發現者，爲什麼徐學姐會針對珈珈？」

「還沒發現屍體，不能說是屍塊。」武警官良心提醒。

「我們見到的是鬼，武警官！」杜書綸直想翻白眼，「她穿著黑色的韻律服在那邊旋轉跳躍沒閉著眼，你要跟我說人還活著？」

「芭蕾？」武警官不由得一怔，「徐立暄芭蕾最爛！她學的是拉丁。」

杜書綸當場倒抽一口氣，拉丁？他記得學校的拉丁練舞服都有小裙子，沒有穿緊身韻律服，他們要臀部扭轉，小裙襬是必備的！

「有死者的照片嗎？」杜書綸緊張的問著，「傳給我啦！」

「屍體還沒找到。」武警官無奈的再強調了一次，還是出示了照片給杜書綸看，「我只能這樣給你看，還不能傳給你！」

「可是……」杜書綸嘖了一聲，認眞的端詳照片，反正如果學姐不死心的話，早晚會遇見，先熟悉熟悉也好。

「如果有知道人在哪裡的話，請務必告訴我們。」武警官禮貌的請求，「最近還有什麼其他異狀嗎？」

杜書綸看著他，笑得輕蔑。

「武警官，我覺得現在所有事情都叫異狀！」他喉頭緊窒，身體繃得僵硬。他懂。

其實聽得出杜書綸拼了命的壓制自己不要太大聲，但他情緒很是激動、憂心且氣忿，他比誰都緊張聶泓珈，但是現況卻是無能爲力。

徐立暄的家人天天到警局來等結果，他們也很努力尋找了，可是卻依舊找不到人在哪裡！至於她腳上那雙母親親手縫製的舞鞋，是怎麼從旅館房間穿到腳上的，他也無法回答。

現在還不是能告訴他們，可能是超自然現象幹的。

只能先用人們能接受的答案，例如鞋子早就被偷走、或是徐立暄可能早先把鞋子放在別處之類的理由，這理由都比被鬼拿走好得多。

「有狀況隨時跟我說，不只是斷腿案，聶泓珈的事……」武警官拍了拍他的肩。

「謝謝。」杜書綸由衷的回應。

他雙手擱在木條扶手上，目送著武警官離去，掐著橫槓的手都在發顫，四年前的事情改變了珈珈太多，他好不容易才把她從泥淖裡撈起，現在有人輕易就把她又打下去了。

從恣意張揚到封閉心靈，只想成為透明人，她受到的打擊並不小，她的確有錯，重點在：犯錯的人有沒有悔改的機會？

人的一生，難道都不能犯任何一個錯誤嗎？

只要犯錯，都必須以死謝罪嗎？

杜書綸闔上雙眼，做了幾個深呼吸，身體看似放鬆的同時，雙拳上的青筋卻浮起，他只是在壓抑。

重新睜眼時，他神情變得凌厲冰冷，表面看向澄澈的雙眸深處，有著翻湧的情緒。

「不管誰搞的鬼，我都不會輕易放過你！」

他可沒忘，他書桌的暗屜裡，還有一本惡魔之書。

第五章

第二雙腳

女孩關上自己的置物櫃，上鎖，眼尾瞟了眼隔壁一公尺處正在換衣服的同學。她巧妙的環顧四周，確定了現在這一區只剩她們兩個後，刻意大幅甩動自己的包包，風壓掃過左側，秦聿嬿嚇得閃躲，差點摔倒。

她及時扶住了自己的櫃門，朝左瞪向了曾悅迎。

「妳包差點打到我了！」

「是喔，對不起！」曾悅迎用不在乎的語氣回著，甚至擺明了讓秦聿嬿知道，她就是故意的。

秦聿嬿依舊忍了下來，她往旁再站了點，不想再跟這些人瞎耗。

但曾悅迎沒有想輕易放過她，朝門外走去時，刻意走了偏中間的位置，左肩扛的大包，再度硬生生的朝秦聿嬿的後腦杓撞了下去！

「啊！」秦聿嬿這次真的是被打到了，整個人往前撲，但所幸面前就是一整排的置物櫃，撐著才沒事，「曾悅迎！」

「哎唷，對不起啊！不小心的嘛！」曾悅迎轉了身，聳聳肩，「這包裡都是衣物，不會痛的啦，妳不要那麼矯情啦！」

「這跟矯情有什麼關係！妳們老是搞這種小把戲很無聊！」秦聿嬿真的是怒了，不客氣的對著曾悅迎開罵，「丟我東西、藏我東西、動輒或推或打有意義嗎？」

「有啊，會讓我們高興！」曾悅迎兩手一攤，「人的快樂有時候就是這麼簡單！」

秦聿嬿眞的氣不打一處來，她用力深呼吸，克制想衝上去揍人的衝動。

「我沒有惹妳們！從來沒有！」

曾悅迎凝視著秦聿嬿，她知道她說得沒錯，從入學開始，秦聿嬿就是一個非常低調的人，她如同己身氣質一樣，鮮少說話，文靜優雅，專心在自己鍾情的舞蹈上，也的確有過人的成績。

但她不知道，討厭一個人，並不需要先被冒犯的。

「有的人，存在即錯誤。」

曾悅迎用嘲諷的語氣說著，輕蔑的掃了秦聿嬿一眼，愉快的走了出去。

這是徐立暄的專用語。

一個家庭優渥、長相美麗、待人接物有禮，應對進退得宜、氣質出眾又有舞蹈天分，甚至連學科都不差的人，存在就是錯誤。

不管她私下有什麼缺點，至少在大家眼中，那就是個好到令人厭惡的人，所有一切都是矯揉造作，因爲世界上才不會有那麼完美的人！

像當紅的天才杜書綸，他再聰明，那個目中無人的個性也是遠近馳名，這才像個人嘛！

「妳怎麼這麼慢？該不會跟秦聿嬿對上了吧？」一樓等待的同學們問著，大家都在吃著點心，練舞是非常耗體力的！

「對耶，你們怎麼知道？」曾悅迎三步併作兩步的下樓，腳步輕快得很。

「就剩妳們在更衣室啊，我剛就不想跟她待在同一個地方，趕快換完就跑了。」黃淇雪倒是實在，因爲她看見秦聿嬿就會想到徐立暄，那個生死未卜的好朋友。

一旁的男生略皺著眉，他們雖然是一票，也跟著欺負秦聿嬿，但鮮少動手，原因很單純，人家就正啊！

欺負一個正妹蠻沒意思的，尤其還是才能比他們高這麼多的人，他們最多就是不當她的舞伴，在網路上罵罵罵，也算是給同學們一個交代了。

在男孩子心裡，他們不好奇女孩子間的恩怨，他們最想知道的是，秦聿嬿是不是眞的有在援交。

「徐立暄還是沒有消息，什麼都沒找到，徐媽媽都崩潰了。」黃淇雪牽著腳踏車感嘆的說，「我想這週末去她家一趟吧！看有沒有幫得上忙的地方。」

「好喔！我可以！」胡芝霖加一。

「我不太行啊，我舞伴要練舞，已經約好了！」晉佑歉意的說著。

「我週六可以，週日倒是不行，也得練！」曾悅迎也應了聲。

徐立暄有非常好的家人，其實她不只那雙舞鞋是徐媽媽親手縫製的，姐姐做健康甜點、哥哥幫她去求了幸運符，爸爸更是令人羨慕的大暖男，是會一起做家務、煮飯的那種人。

令人羨慕且美好的一家，身爲老么的徐立暄的確是驕縱了點，但個性其實還是很善良的，就算各科成績都沒有很好，她家人也從未苛求過；甚至連舞蹈學校如果考不上，大學的路也都安排好了。

日常她的家人對他們這些同學也很好，大家常去她家玩，跟其家人都相當熟稔。

一行人牽著腳踏車往校門走去，舞蹈生都是放學後在學校加練的，即使是夏日，天已經暗了下來，社團大樓的二樓依舊亮著；走廊窗邊，秦聿嬿看著一票遠去的學生們，多麼的有活力，嘻笑怒罵著，青春無限啊。

她帶著一抹淺笑，手裡正把玩著小小的、紫黃相間的編織包。

出校園後沒多久，大家在一個十字路口各分東西，各往各家去，曾悅迎熟練的騎著腳踏車在巷弄間左彎右拐，肚子餓得咕嚕咕嚕叫，剛剛就她沒來得及吃點心！

衝出巷口前她急煞，避免撞上人，但因爲他們住的地方只要遠離市中心，人車便不多，所以大家一向都騎很快。

左顧右看，卻瞧見了熟悉的身影。

秦聿嬿？曾悅迎認眞的看著遠去的身影，她記得秦聿嬿不是住這裡啊，而且她都是搭大眾運輸不是嗎？怎麼會騎共享腳踏車到這裡來？相反方向耶！

她趕緊拿手機拍照，傳到他們幾個的群組去：她怎麼出現在這裡？

好奇心驅使下，她扭轉龍頭，趕緊尾隨而去。

徐立暄說的該不會是眞的吧？她眞的有在私下做援交？之前會覺得徐立暄亂編來汙衊她的，現在感覺越來越有那麼一回事了！

尤其秦聿嬿是一個人住，她是離異家庭，父母各自又婚配又有情人，誰都不想帶著拖油瓶同住，簡單來說她就是沒人要的那個，最後把她扔在一個挺豪華的大房子裡，給她足夠的金錢，讓她一個人生活！

說眞的，光家庭的富裕就多令人羨慕，她的優雅與氣質都來自於富養，無論舞衣舞鞋都是最好的，去參加比賽也都跟大家住不一樣的飯店……甚至她是有錢能提前去住飯店的！

曾悅迎沒跟蹤過人，緊張得手心冒汗，好怕跟丟，又怕被發現，跟著左彎右拐的，卻突然失去了秦聿嬿的蹤影！

「咦？」她趕緊煞車，前方是筆直的路，一整條又長又直，旁邊看起來沒有巷子啊！

難道……她進入了某戶人家裡？

她把腳踏車停在一旁，躡手躡腳的在這小巷中走著，試圖看能不能發現點蛛絲馬跡，或是聽見聲音也好，她距離秦聿嬿也就五公尺內的事，怎麼可能一轉彎就不見？

小心的撥開住戶放在外面的大型木瓜樹葉子，彎著腰再繞過占位子的三角錐、腳踏車、汽車，再撥開木瓜樹的葉子，彎腰繞過——曾悅迎突然止了步。

她轉頭看向自己的右手，她的手背上還撥著木瓜樹開展的綠葉，但是……她剛剛是不是也經過一棵木瓜樹？

回首望去，巷子依舊筆直，她的腳踏車停在十步之遙，而她前方又有一個三角錐。

她明明已經走了好幾間了……意識到狀況不對的曾悅迎打了個寒顫，慌張的環顧四周，陌生的環境，走不完的巷子，還有——前方突然出現白色的身影，正往前奔跑著，女孩斜背的紫黃編織包，顯眼到讓曾悅迎失聲喊了出來！

「徐立暄！」

白衣女孩戛然止步，那披肩的長髮依舊，白色亞麻衣加七分褲，正是她失蹤那天的穿著！

女孩幽幽回頭，看向了同學。

徐立暄！曾悅迎瞬間飆淚，是她！就是她！「妳在這裡做什麼？」

徐立暄皺起鼻子，淚水跟著撲簌簌落下，她搖著頭，越搖越用力，接著一抹淚水，竟頭也不回的繼續往前奔去。

「站住！」曾悅迎白腿追上，「大家都在找妳！妳是在鬧什麼！」

她往前跑了幾步，世界陡然一片黑暗，她彷彿穿過了一片黑色的迷霧，嚇得她停下腳步，但是四周只有徹頭徹尾的黑暗！

「徐立暄！這是什麼……哇啊！」曾悅迎嚇得緊閉雙眼，抱著頭蹲了下來。

這到底怎麼回事？這條巷子是不是有問題？她還沒搞清楚，失蹤好幾天的徐立暄卻突然出現在這裡，還什麼話都不說……她哭了起來，全身顫抖著，多希望現在徐立暄就出現在她面前，用那輕快的聲音說著：「妳在幹嘛啦！」

帶著點寒意的強風颼至，或許吹散了一片黑暗，曾悅迎只知道自己被突然颼來的風嚇到，緊張之餘睜眼，卻發現剛剛那伸手不見五指的黑暗已經消失，路燈正打在她身上。

錯愕的她緩緩站起，而徐立暄就站在相隔兩公尺的面前，俏皮的朝她伸手。

「妳搞什麼，徐——」曾悅迎又哭又笑的往前，卻在瞬間失去了重心！

「啊！」

她一腳踩空，直接狼狽的跌了下去！

她重摔在地，痛得她大叫，其實只是幾十公分的落差，但問題是地面既硬又不平整，她的手骨好像斷了！

「嗚……」失聲痛哭，她的頭、臉、下巴，身體到處都痛，嘴裡的血腥味還特別濃郁。

左手半撐起身體，她才發現自己摔在了……鐵軌上？

「好珍貴的友情喔！妳開心到都忘記——她的腿早已經不在身上了。」

惹人生厭的嗓音自前方響起，曾悅迎激動的再抬高幾寸身體，仰首看著剛剛徐立暄站的地方……居然是秦聿嬿！

「秦聿嬿……妳……妳爲什麼在這裡？徐立暄呢？」曾悅迎咬著牙，她的臉被石頭磨破了，右手因爲下意識撐地而斷了，脛骨砸在鐵軌上，疼到現在都是麻的。

秦聿嬿蹲了下來，由上而下睨著她，眼神裡帶著一種無奈的嘲笑，輕輕搖了搖頭。

「妳眞的不聰明。」她皮笑肉不笑的抽著嘴角，「舞跳得倒是勉強，可是那雙腿眞美。」

「妳在說什麼……拉我上去！拜託！」到了這時候，人都會懂得示弱，「好痛，我手摔斷了，我沒辦法動了！」

秦聿嬿的微笑更滿了些，而且是眞摯的笑了。

厚重卻令人膽寒的喇叭聲自遠方傳來，趴在鐵軌上的曾悅迎明顯的感受到地面的震動，小石子在她面前跳躍著，她倏地向右方看去，兩道燈光在遠方亮起——叭！

火車！曾悅迎唰白了臉，腎上腺素爆發的她，右手一撐身子，踉蹌的站了起來，但腳實在摔得嚴重，所以再度不穩的趴回鐵軌上，膝蓋又是一擊！不過她還是強忍痛楚，朝前爬了幾步，往上伸出手。

「秦聿嬿！幫我！」

她的大喊聲捲進風裡，隨著火車逼近，陣風更強更大，她也更激動了。

秦聿嬿依舊蹲在原地，她沒有伸出手，紋絲不動，曾悅迎嚇得尖叫，發現她不作爲後便靠自己，拼了命的往前爬，往前、往前……往……她動不了！

曾悅迎回頭看著自己的雙腳，她的腿沒有摔斷，但是有一雙手竟從石子裡冒出，正緊緊抓著她的腳踝！

「走開！走開！」她瘋也似的踢著腿，但卻無論如何都踹不開那雙手！

她不認得那雙手的主人，但手上有一圈紅白交錯的幸運繩，上頭的鈴鐺清脆響著，竟能壓過令人心驚膽顫的火車鳴笛聲，清楚的在曾悅迎耳邊響起！

「別緊張，我們只是要妳的腿而已，」前方的秦聿嬿輕聲細語的說，「把腿留下來就好！」

「不不——秦聿嬿！對不起，我們不該那樣欺負妳，求妳救我——求……」淚水迷了曾悅迎的雙眼，她伸長手求救，車燈越來越近、鳴笛聲音又急又響，「不要不——」

軋——一尖銳的煞車伴隨著金屬火星在鐵軌上冒出，其實火車根本沒有感受到任何撞擊，因爲他們的確沒有「撞擊」到任何人。

火車在遠處終於停下，車長臉色蒼白的衝下了火車，向後狂奔而去，鐵軌上沒有他恐懼的屍塊分散，而是有個完整的女孩，趴在另一條軌上，而她的大腿以下，整整齊齊的留在了這條軌道上。

「啊啊……出事了！喂——」車長慌亂的拿起手機立刻報警，「撞到一個女孩了，穿著制服啊！快叫救護車！」

冷汗直冒，車長嚇得不輕，他趴在地上，試圖喚醒已經失去意識的曾悅迎，一邊報著警。

「對！S高的女孩……就，就只有一個人！」司機環顧四周，這偏僻之處，連這個女孩都不該出現在這裡啊！

一旁的樣子依舊，而與鐵道間有扇完好無損的鐵絲網，斜倚在牆邊的腳踏車也安靜的待在原處，掛在龍頭上的手機震動不止，只是，再也不會有人接聽。

誰來爲他挖墳墓？

我，貓頭鷹說，

我將爲他挖墳墓，

用我的鋤和鏟。

——誰殺了知更鳥——

她在奔跑。

她不知道自己爲什麼在跑，但是心底卻是急切的想把前方那個人逮住、抓住，她內心有著莫名的怒火，讓她加快了腳步。

那個男孩很弱小的，身高連一百五十公分都沒有，她輕而易舉的抓住對方的後衣領，拉轉了一百八十度過來後，她毫不客氣的用另一隻手揪住他的前衣領。

「你這個噁心變態！還有臉跑？」她氣急敗壞的朝著他吼。

男孩下意識的舉起雙手，擋住自己的臉，他幾乎被拎離地面，努力踮著腳尖試圖踩穩。

「我沒有……妳不要這樣！」他直接哽咽，嚇得瑟瑟顫抖。

「抖什麼啊？妳摸汪崇婷胸部時膽子不是很大嗎？偷拍美華裙底時怎麼不怕？現在在這裡哭給誰看？」

「我沒有！」他總是這樣喊著，「她們亂說！」

「笑死，哪個變態會承認自己是變態！」她毫不猶豫，一拳直接揮了上去。

砰！拳頭砸到他臉上時，她的手也是會痛的，但對打小練拳的她而言，這樣一拳的痛根本算不上什麼，但對於那變態而言……可夠他受的了！

那男孩直接被揍倒在地，他痛得摀住鼻子，聶泓珈收回拳頭時，可以看見拳上沾了紅血。

「噁！」她嫌惡的甩著手，直覺想往褲子擦去，只是低頭一瞧——

她白色的制服上，曾幾何時居然濺滿了鮮血！

聶泓珈嚇到了，她看著身上、袖子上，處處是飛濺的血跡，甚至連鞋子上都是，但這都不是她的血，因爲她身上沒有傷口啊！

「妳忘了嗎？」跌在地上的男孩突然收了哽咽之聲，徐徐道出。

聶泓珈緊皺著眉，「什麼？我忘了什麼？」

只見男孩略爲吃力的站起身，搖搖晃晃的，聶泓珈對這種景象一點都不意外，因爲平時吃到她拳頭的人，都會短暫出現類似腦震盪的暈眩。

「那些都是我的血啊……」男孩幽幽的說著，跟著往前跨了一步。

他的臉驟然塞到了聶泓珈的面前，雙手抓住她染血的衣服，接著鮮血從男孩的眼眶裡、鼻子、嘴巴、耳朵裡噴湧而出！

「哇——」放手！聶泓珈瘋狂的反抓住男孩的手，試圖將他拉開、拉、拉、拉不開！

「我是不是說了，我什麼都沒有做！」男孩哭喊著咆哮出聲，每一聲咆哮，滿嘴的血都噴在聶泓珈的臉上！

她躲無可躲，只能看著血跟噴泉一樣流出男孩的身體，然後他的頭顱啪的裂開，緊接著他開始腫脹、轉紫、腐爛、生蛆——

「哇——哇——」

聶泓珈狂亂的揮舞著雙手，驚坐而起！

她兩眼發直的看著眼前窄小的閣樓，陽光透著木板縫透露著已是白天，她渾身顫抖，感受著汗濕的背以及頰畔滑下的冷汗。

夢……也不是夢。

她痛苦得緊皺眉心，閉上雙眼，痛苦懊悔再次襲上，她只能曲起雙膝，把自己蜷縮成一團。

那不是夢，她眞的，曾經殺了一個人啊！

「你在嗎？在的話告訴我一聲。」

她幽幽說著，期待閣樓裡有任何響動，或是怨魂撲上來嘶咬她都沒關係。

但，只有一片靜寂回應她。

杜書綸正坐在通往閣樓的伸縮樓梯上，雙手抱胸，珈珈又做惡夢了吧？他輕輕抬手，遲疑了幾秒後，還是敲了敲閣樓屋頂。

「珈珈，六點半了，準備上學了。」

事發後第三天，網路並未平息，甚至冒出了許多當年的「同學」、同校的「學長姐」，把當年的案子，聶泓珈那票朋友，幾乎都被翻了出來，但重點依舊只提聶泓珈；網路上罵聲不斷，而且還有人成立了退學連署，要求學校將殺人犯、霸凌者退學，這種人，不配在學校唸書。

攻勢猛烈到近乎刻意，李百欣說學校也不安寧，很多人跑到班上找麻煩，還想把聶泓珈抽屜裡的書丟到水桶裡，都被他們擋下來了；杜書綸實在狐疑，他怎麼不知道珈珈有這麼多敵人？這些人的恨哪裡來的？

「昨晚舞蹈班又死了一個人，叫曾悅迎，是徐立暄學姐的朋友之一。」杜書綸彷彿在自言自語，「她莫名其妙在非平交道的鐵軌上出現，其實她只有雙腿被火車碾斷啦，但因爲大動脈都被切斷，送醫前血就流光了，沒救回來。」

閣樓裡一片靜默，只有隱約的啜泣聲傳來，四年前就是這樣，珈珈把自己關在閣樓裡絕食，希望夜半時分，亡靈會親自找她復仇，再不然，就這樣餓死算了。

「這個人的成績還行，但也不是那種頂尖的，所以目前兩個失去雙腿的人，實在沒什麼讓人嫉妒到要鋸掉雙腳的地方。」杜書綸繼續說著，「但我還是覺得這跟惡魔脫不了關係，因爲一般的競爭，實在不會用這麼殘忍的方式！再加上……」

再加上，珈珈的事。

這個傷疤被揭開得太過生硬，邀請那位鐵拳學姐來分享倒是沒什麼，不過刻意把聶泓珈留下來，還介紹給學姐認識，還勉強可以說是因爲「珈珈擅拳所以介紹」；但把當年的事件鉅細靡遺的寫出來，文中寫了同音縮寫，根本明示跟聶泓珈有關係，連標題都下聳動的「S高的殺人犯」，這就太刻意了！

倒回去想，連把珈珈叫住都是刻意的吧！

婁、承、穎！

那天他看著珈珈的眼神就不對，別說沒有以往的熱情跟溫暖，目光如刀，彷彿巴不得用眼神就將珈珈千刀萬剮似的。

他覺得這件事發生得太巧合，加上這三天網路上的各種攻擊都不尋常；但後面這串事情他收了聲，沒繼續說，怕珈珈受不了這個打擊。

輕嘆口氣，下樓準備吃早餐，他這幾天也非常忙，首先是查閱首都夜店：「百鬼夜行」店經理厲小姐送他的「惡魔文獻」，想看看有沒有能切斷欲望、阻止惡魔的方式，再來是瀏覽網路上所有謾罵珈珈的留言，真的看得他血壓都快爆表了。

最後，是感受著蓋在魔法陣上的毯子的熱能，就是這樣他才斷定跟惡魔有關，但終究無能爲力……他不知道該怎麼做！法器、信物、甚至能傷害惡魔的刀都擱上去了，那法陣依舊在作用。

走到一樓，杜爸杜媽憂心忡忡的望向他，杜書綸無奈的搖了搖頭。

「她三天沒吃飯了。」杜爸很不安，「這樣下去不是辦法。」

「我上去會被打死。」杜書綸挑了眉，「中午再沒動靜，讓聶爸去抓她？」

「阿峰去找相關單位，說要找人出來澄清當年的事件，珈珈沒有殺人！」杜爸焦心的說，「還是我現在先把她抓下來。」

別別別……杜書綸連忙攔下他，「爸，再給她一點時間！」她正在哭啊！

唉，聶爸怎麼這麼耐不住性？公私的他眞的差很多，工作時何其穩重，果然一遇到女兒就失控了！就說了不要去管網路上的輿論發酵，只怕越干涉，事情會越糟啊！

「那你今天去上學嗎？」杜媽把早餐遞上桌。

「嗯……我考慮一下。」

他其實該去的，他想知道學校現在的狀況，也想去找婁承穎「談談」。但是，放珈珈一個人在家是不行的，他不能離開她。

無奈的拖開椅子坐下，家裡的氣氛都跟著沉悶起來，因爲不只是學校社群，在地社群也都在討論這件事，聶泓珈不但不可能當那個透明人，甚至已經是備受指點的惡人了。

「天才學生的青梅竹馬，誰敢說當年的事情，天才不知道？」杜爸突然對著手機唸出了這麼一段，「當年所有霸凌過程，難道天才都沒勸過嗎？還是他們是一類人——這是在做什麼！」

來了。

「誰寫的？」杜媽跟著義憤塡膺的湊過去看。

對面的當事者終於忍不住挑起一抹笑，滿意的咬下吐司，唉唉，總算等到了。

「別氣，嘴長在別人身上，他們愛說什麼就是什麼。」杜書綸反而安慰起雙親，「這把火本來早晚會燒到我的，我正在等呢！」

他跟珈珈的關係，本來就很容易讓人做文章，這是個多好的機會可以落井下石對吧？

只可惜，他跟珈珈不一樣，他沒有在意的事，也不會被網路上這些言論威脅，更不會因此失去什麼！

「等什麼？這些人簡直是胡說八道！」杜爸氣得不輕。

「爸，別管這些，我會處理的！」杜書綸趕緊拍拍爸爸擱在桌上的拳頭，「只是我怕你們出去時會被指指點點，只管記住，都開無視，說謝謝指教就好了。」

「謝謝……」杜媽皺眉，「你這是挑釁吧？」

「是嗎？」杜書綸還能笑出來，「這沒辦法，有人眞的要問，都別回答，千萬不要自證。」

「可是——珈珈沒有殺人！」杜媽實在心疼，「把她寫成這樣、現在又把你扯進來，他們到底想做什麼？」

「是啊，我也想知道，究竟想做什麼？」

左手邊的樓梯上方，突然傳出了不該出現的聲音，杜書綸幾乎是第一時間跳起來的，椅子都因此向後倒去，但他完全不在乎，直接朝著樓上衝去！

聶泓珈憔悴的站在樓梯中的平台上，手裡抓著手機，剛剛杜爸唸出的那篇她稍早看見了……她自己沒關係，但不能原諒把書綸、杜家牽扯進來的人。

「珈珈……」杜書綸靠近她面前，緩下腳步，就差兩三階，「肚子餓了嗎？」

他朝她伸出了手，聶泓珈垂眼看著那書卷氣的少年，永遠不會捨棄她的人，她努力擠出微笑，伸手搭上。

「餓死了。」

杜媽趕緊到開放式廚房裡準備新的一份三明治，要既營養又大份，畢竟珈珈餓了好幾天，杜爸不知道該說什麼，只是站在那兒，眼眶含淚的望著她。

「我沒事的，杜爸杜媽，放心好了。」她深吸了一口氣，「我不是當年的我了。」

是、嗎？杜書綸在心裡唸著，如果眞的這樣的話，就犯不著又把自己關在閣樓裡啊！

聶泓珈沒再說話，她靜靜的坐在那兒，一雙眼睛盯著桌面，杜爸本想再說些勸慰之語，卻被杜書綸攔下；珈珈想說時自己會說，她至少願意離開閣樓了，這就是好事。

杜媽送上早餐後，聶泓珈便大口大口的吃起來。

入學以來遭遇過太多事，人類是如此脆弱渺小，學生遇到絕對權力的老師，被性騷性侵也無能為力、更何況遇到惡鬼、凶靈，甚至是惡魔？

不管再怎麼努力的生活著，人生都可能在瞬間消失。

遠的不說，就說舞蹈班的學姐，她跟大家一樣是去參加一個大型舞蹈比賽，爲的都是推甄，每個人都去了，卻只有她的小腿被鋸了下來；更近一點，所謂她的閨蜜，昨天放學後還在練習，結果幾分鐘後卻在鐵軌上被火車碾斷雙腿？

所以她沒那麼多時間浪費。

「罵你的留言我都看了，罵我的加減看了一些……」她在灌完牛奶後，終於開了口，「我覺得我們要先去把舞蹈班的事情搞清楚。」

杜書綸歪著頭，眼鏡下的雙眼滿滿愉悅。

「聞到很重的嫉妒味兒吧？全是落井下石，牆倒眾人推。」他聳了肩，「嫉妒我是自然啦，但是妳的話——妳要不要跟我說，妳晚歸那天，跟婁承穎在外面做了什麼？」

哎呀哎呀！桌子對面的父母可激動了，這是什麼對話！兒子怎麼好像在盤問女友一樣的口吻啊！

晚歸、跟另一個男孩做了什麼，哎唷……

聶泓珈垂下眼眸，「婁……承穎嗎？」她有此猜想，但至今仍不想接受。

那個待她極好、如陽光般的大男孩，一直希望她開朗的同學，爲什麼會這樣對她？

「做、了、什、麼。」這四個字低了八度。

聽見語調的不對勁，聶泓珈倏地抬頭，杜書綸生氣了！

「他……他向我告、告白了……他一定是胡說的，他突然說喜歡我，但怎麼可能，你也知道我——」

「妳回答了？」

咦？聶泓珈嘆了聲，她回答什麼？嚥了口口水，喉頭緊窒的搖了搖頭，「我跑了。」

呼……對面的父母大大的鬆了口氣，終於惹來兒子的白眼。

「看戲看得舒服嗎？」

「啊……我洗碗！」杜爸向來是俊傑，識時務的抄起杯盤就走。

「我準備點心讓你們帶去學校，該準備了喔！」

杜媽趕緊往廚房去，還因爲太緊張而絆到了腳。

兩個人笑嘻嘻的交換眼神，但絲毫不影響桌邊的一雙青少年。

「看來他不喜歡妳的答案。」杜書綸卻微微一笑，「走吧，快去梳洗，我們該去學校了。」

學校。

聶泓珈聽到這兩個字，身子不由得緊繃起來，她努力做了幾個深呼吸，好不容易撐著身體站起身。

「怕嗎？」男孩似笑非笑的說。

「怕。」聶泓珈點了點頭，「但我不想逃了。」

雖然逃避是可恥的，而且有用。

但她不想再逃下去了！

的確有一個男孩因她而死，直接或間接都跟她脫不了關係，她會受一輩子良心的譴責，但她不會因此毀掉自己的人生。

該面對的事就是得面對，她做過的事自己負責。

聶泓珈調整好心情後立刻往樓上走去，她得快點梳洗完畢，就要去學校面臨她的戰場，還有——舞蹈班裡的斷腳學姐。

「珈珈，」杜書綸把玩著手機，開口喚住她。

嗯？她回身。

「『他』有去懲罰妳嗎？」

聶泓珈暗自抽了一口氣，張開雙臂，展示著毫髮無傷的自己，沒有厲鬼、沒有惡靈，她好端端的站在這裡。

但是……

「我夢到他了。」她苦笑著，「滿臉是血的告訴我他最常對我說的話。」

我、沒、有、做。

第六章 跳舞的是誰

騎車在林蔭大道上時，聶泓珈就已經被眾多視線包圍了，她的身高與外貌早在S高就很受矚目，杜書綸入學後更是無人不知，加上連續牽涉到各式奇怪命案，根本無人不知。

全校唯一穿褲裝的女孩，比一般男生都高的身高，寬闊的肩頭、粗壯的骨架，一頭短髮，既帥氣、又帶著女性的柔態，妥妥中性斯文風，任誰只要看一眼都不會忘記。

更別說騎在腳踏車上那寬大背影，就算杜書綸最近長高了不少，還是沒聶泓珈壯。

「S高殺人犯」的稱號已經不遲而走，聶泓珈一夕之間成了「風雲人物」，所有人都以爲她會就此休學消失，沒想到三天後就再次出現，身後的學生們紛紛拿出手機偷拍，上團到社群上。

「應該是要去辦休學吧？」

「這種狀況，你辦休學會自己來嗎？她還穿制服耶！」

「我記得她好像是單親？爸爸又都把她扔在家，她不自己來，誰能來？」

「居然！原來家庭就是有問題才會這樣嗎？」

「樓上的是在說單親等於家庭有問題嗎？」

社群又吵了起來，就是這樣的熱鬧，才讓熱度居高不下。

聶泓珈緊張到心臟都要跳出來了，她用盡全力才能壓制下身體自然的顫抖，當年事發後她也經歷過一樣的恐懼與絕望，被所有人唾棄、欺凌，只上了一週學，剩下的時間選擇了自修，再也沒去學校。

所有人的視線都像針，針扎得她全身都劇痛，還有反撲而來的另一種霸凌週而復始的上演，那都是她未來可能會遭遇到的事。

她很清楚，但她還是選擇到校，因爲現在不是只有她一個人的事了。

門口的老師看見她時，閃過一秒的震驚，但接下來很快的恢復如常，笑著跟她打招呼；校內所有人早就在社群中接到消息，一堆人圍在校門附近看著他們，這次是聶泓珈感受摩西過紅海，一路牽車到腳踏車棚、停妥、上鎖。

但意外的，沒有人出聲、也沒有人來找麻煩。

不知道是否是身高的優勢？或是拳頭的優勢？

其實人們都是膽小的，那些在網路上跳得越高的人，現實生活中只怕連哼一聲都不敢。

聶泓珈一回頭，一票也在停車的學生就倉皇失措的左顧右盼，想假裝自己剛剛根本沒在偷看她似的，笨拙得讓杜書綸直接笑出聲，一點面子都沒留給人。

聶泓珈眼中的世界依然是一片淡紅色，只是每個人身後都泛出了深紅色如水霧般的東西，可能是某種較深的情緒或惡意吧？如果是惡意的話，呵呵，她忍不住苦笑，觸目所及，幾乎人人都有惡意啊！

一抹深紅色闖入她的眼尾目光，聶泓珈緊張的朝外頭走去，只見優雅的學姐正信步而去，有別於數日前她的出現令所有人駐足，今天無一人留意她，但是學姐身上……幾乎是鮮紅色的！

「妳別先走啊！」杜書綸趕緊追了上來，「別落單！在看什麼？」

「那個跳舞很厲害的學姐。」聶泓珈不敢明顯的指向秦聿嬿，「她全身上下都被紅霧裹著。」

杜書綸望著那連走路都好看的學姐，事實上就算現在她全身上下都染滿血，他也不是很在意；現在的他，只在意有沒有人會對珈珈不利而已。

「走吧，去教室了。」

聶泓珈今天反而跟以前不一樣，過往的她習慣駝背低頭，不讓人注意到自己的存在，希望這樣就可以變透明，但當她再透明也會有許多人注目時，她反而抬頭挺胸了。

只有杜書綸知道，她身體有多緊繃，她很怕未來會發生的事、同學的輕視或羞辱，但她還是選擇面對。

從後門一踏進教室的瞬間，全班眞的像是有人突然拔掉電視電線般，瞬間靜音，目瞪口呆的看著走進來的他們兩個；李百欣跟周凱婷詭異的正在擦桌子，而那張桌子是聶泓珈的。

聶泓珈走到桌邊，看著自己抽屜裡的小物都被扔在地上，教室底端的櫃子也被砸開，櫃門上還寫了「霸凌者去死」的字樣。

「我來吧，謝謝！」聶泓珈壓住周凱婷執抹布的手，「沒關係的。」

周凱婷緊張的看著她，有些不知如何是好。

「那個……課本我都收起來了，重要的東西都沒事。」李百欣反而比較自然，「妳要東西就跟我拿，但日常還是放我這邊比較好。」

聶泓珈露出有點虛弱的笑容，點點頭，「謝謝。」

杜書綸沒放下書包，而是看著前方正努力擦黑板的同學，剛一進教室就看見了，從殘餘的字跡可以讀得出，大概也是殺人犯之類的字樣；右側靠走廊的窗邊圍滿了圍觀者，看熱鬧果然也是人類天性之一。

「別擦了！」杜書綸主動踏上講台，接過了板擦，把張國恩推到一旁去，然後轉向走廊，「來啊，要寫什麼都盡量寫啊，聶泓珈就在後面，你們有什麼話儘管說！」

咦？這招讓外頭圍觀者措手不及，聶泓珈聞言，只遲疑了兩秒，冷不防放下書包，直接就朝門外走去了

哇！居然眞的走出來了！外頭瞬間亂成一團，一堆人慌張的往自己班級奔去，他們只是想看熱鬧、只是想落井下石，卻沒有想跟當事者槓上的意願。

瞧著外頭那鳥獸散的情況，杜書綸沒禮貌的又笑了出來。

「她眞的很敢耶！」班上也有人在竊竊私語，「要我才不敢來。」

「對啊，而且看她那架勢，是要出去打架嗎？」

聶泓珈從後門步出時，已經沒剩幾個人了，意料之外留下來的大部分都是女生，而且裡面很多都是熟面孔……嗯，例如上週跟杜書綸告白的學妹。

「妳幹嘛？妳也想霸凌我們嗎？」顧詠藍不客氣的直接嚷了出來，「敗類！」

「嗯，我曾是。」聶泓珈溫溫的承認，「我之前的確是個很囂張的人，也靠拳頭欺負過很多人。」

大概是意外她承認得太過乾脆，顧詠藍反而不知道該怎麼接話。

「妳很自豪嗎？還有臉在這裡站著，講妳以前的事？有個人因妳而死了耶！」聲音來自後方，聶泓珈回身，是三年級的學姐們。

「是啊，我很後悔，我也清楚的認知到我的錯誤了！」她苦笑著，「所以呢？你們希望我做什麼？要我自殺謝罪嗎？」

當年其實不是沒有試圖補償家屬，雖然她沒親手殺人，但伯仁的確是因她而死，扣掉民事賠償後，其餘補償家屬都不願接受，甚至幾度揚言要殺了她。她完全沒有反抗，去上香那天她在外頭被群毆，當時她是眞心覺得被家屬殺死也無所謂，只是爸爸會擋、書綸會擋，警察也會擋。

「被霸凌者都死了，妳用一條命換一條命，不是天經地義嗎？」三年級學姐說得雲淡風清，「他早就沒未來了，妳憑什麼有未來？」

「那就期待學姐去唸個法律係，成爲法官，未來可以對校園霸凌者有新見解跟新判罰，讓霸凌者一律死刑。」杜書綸從前門從容步出，「順便加一條，犯錯者永遠沒有改過自新的機會，乾脆所有罪都一律死刑好了，乾脆！」

「你……」三年級學姐見到杜書綸一陣惱火，「你就是要護著她就是？」

「對。」杜書綸雙手一攤，「我退一萬步說，李伯勳是自己跳樓的！」

「杜書綸！」聶泓珈連忙出聲制止！

是，男孩是自殺的。

但讓他走上自殺的人，何嘗不是她？他、她、他、她，數不清的人、不只汪崇婷那群、還有無數校園裡的師生？

杜書綸裝乖的噤聲，卻不懷好意的回首，望向教室的另一端，坐在最後一排的婁承穎——聽見了嗎？熟悉的名字，是不是很有感呢？

張姓導師這時走了過來，瞧見走廊一片混亂，不由得出聲制止，「幹什麼！吵什麼啊，早自習了……一年級跟三年級的，找我們班學生有事嗎？」

「你們班有殺人犯！」三年級學姐氣急敗壞的嚷著，匆匆的離開。

「過來！妳過來給我說清楚？誰！」張老師揚聲，怎麼可以任意欺負她的學生！

聶泓珈上前攔住老師，沒這個必要的，這是必然會發生的事，只是給班上帶來了不少麻煩。

回到班上，觀察的目光、打探的視線，各種耳語都不斷，聶泓珈只能承受，只是讓她難以忽略的，是曾經的好友也與她拉開了距離；雖然李百欣他們幫她保留課本的安全、擦掉桌上難聽的字眼，但從他們眼中依然能讀出惶惑與不解。

還有……聶泓珈悄悄望向左方，最後一排的高瘦背影，婁承穎。

是你嗎？爲什麼要這麼做？

他不知道在她眼裡，他身上也冒著深桃紅色。

「我想先跟大家道歉，最近因爲我的關係，所以造成大家的麻煩。」聶泓珈突然站起身，朝著全班一鞠躬，「我沒辦法阻止他們，只能跟大家道歉。」

一片靜默，自然也是有人是不想買帳的。

「這不是說廢話嗎？那我們不是一樣被妳牽連？妳爲什麼不考慮休學啊？」

「那你爲什麼不考慮休學？」張國恩突然出了聲，「這樣就不會被牽連了。」

「你在說什麼鬼話啊，我又不是始作俑者！」

「聶泓珈也不是啊，那是以前發生的事，跟現在有什麼關係？」張國恩也站了起來，「她過去的恩怨也不是跟我們、或班上任何一個人，有錯有罪在幾年前她也負責了，就像我對自己當車手負責一樣，最後該坐牢該賠錢都做了，不然呢？你還想怎樣？」

聶泓珈沒有出聲阻止，她看著張國恩那極健壯的身影，現在看起來格外有安全感；之前他曾因爲貪心，去詐騙集團打工當車手，因此人生路上沾上難以抹滅的汙點；目前還在走法律程序，由於他協助破案有功，或許最後也是緩刑處理；但過去那些體育健將的光環，全部都被抹除了。

未來的他再也不能從事體育相關的活動、也不能以優異的比賽成績保送進大學。

當時他也是被全校嘲諷是詐騙犯，動不動就一堆人來數落他、找他麻煩，那陣子第一時間挺他的人，總是聶泓珈。

她不由得泛起笑容，她懂張國恩護她的用意。兩人四目相交，她給了一個感激的眼神，默默坐了下來；右邊的杜書綸不動聲色的伸出左手，緊緊握住了她的右手。

正因爲經歷過，所以珈珈懂張國恩的痛。

如果一切順利，珈珈其實應該已經是國手了。

這就是她該付出的代價，說到底也只有聶泓珈付出的代價是最大的。

「都不要吵了！」導師還是制止了一切，「大家都在同一個班，張國恩有件事說得沒錯，聶泓珈沒有對不起我們任何一個人，我沒說一定要挺她，但至少同班不要跟著落井下石。」

台下是安靜了，但是心裡還是沒安靜，很多人有意見只是不明著講。

這種狀況聶泓珈已經習慣了，之前發生許多事，也知道班上哪些人什麼個性，說到底，其實是看她……或是杜書綸不順眼。

她斜眼瞥了杜書綸一眼，他有沒有發現，剛剛在走廊上找她麻煩的，都是跟他告白過的女孩子？顧詠藍或三年級學姐都是他的仰慕者。

早自習結束，第一堂課前有十分鐘的下課，聶泓珈主動說想去販賣機買個咖啡牛奶，她暫時不想待在教室裡。

「妳可眞會算，到外面給一堆人看，會比在教室裡輕鬆？」杜書綸半嘲諷的邊說，邊爲她掃碼付款。

「是啊，因爲班上都是同學。」聶泓珈說得很實在，主動腰彎拿出掉下的飲料。

其他人也會注視，但都不是天天相處在一班的同學，壓力其實是不同的，當然她也發現到，一般人根本不會直接找她麻煩，最多只敢竊竊私語，或是放個話就跑而已。

再者，學校現在有更嚴重的事。

買飲料只是個藉口，他們很快來到了社團大樓，還沒進大樓就已經看見樓下停著的警車了。

「啊啊啊——」許多哭聲從樓上傳來。

走上二樓，舞蹈室的大門敞開，裡外許多學生都蒼白著一張臉，聽著舞蹈班導師正式宣佈曾悅迎死亡的消息。

因爲警察在那邊，聶泓珈不方便過去，但在她視角的紅色世界裡，居然沒有什麼較深的紅色出現，表示現在在這裡的人沒有什麼惡意或特殊情緒嗎？

她想往教室裡多看一眼，但耳邊卻沒聽見音樂聲，是否那個斷腳的學姐不在了？

「不在更可怕。」杜書綸喃喃在她耳邊說著，「天曉得爬到哪邊去了？」

聶泓珈詫異的瞥向他，還沒來得及說什麼，警方的話語讓她分了心。

「我們必須確認她離校後的蹤跡，以及她爲什麼會跑到那裡去？」今天來的人還是老李，「那裡甚至不是平交道，一般的民宅巷弄，而且尾端有鐵絲網的。」

在鐵絲網沒有任何損害的情況下，難道曾悅迎翻過鐵絲網，摔在鐵軌上嗎？爲什麼？

「我們昨天練到六點半就走了，一直到學校外面的大十字路口才分開回家。」忠明紅了雙眼，「那邊根本不是她、她家的方向。」

「是，我們才覺得奇怪，她的腳踏車停在巷子裡，書包手機都沒拿走，只有人翻過去。」員警出示著照片，「這是她的車對吧？」

照片裡是停在某戶人家外牆的腳踏車，下一張是水壺、書包，還有手機，黃淇雪嗚哇的哭了起來，轉頭抱住胡芝霖，徐立暄小腿遺留在這裡的事還沒解決，現在曾悅迎的雙腿又被火車碾斷了。

女孩們哭得泣不成聲，甚至腿軟得蹲上了地。

忠明跟晉佑拼命抹淚，交代著昨天的事，眞的什麼都沒發生，大家練舞到最後，在樓下吃點心等她……

「書包……」忠明突然指著平板，「我可以再看一眼書包嗎？」

員警立刻把畫面滑回去，照片裡的確是曾悅迎的書包。

「羊毛氈呢？應該有一個很大顆的娃娃頭羊毛氈在上面的。」忠明比劃一個拳頭，「我們一人有一個，都是對方的形象。」

「羊……羊毛氈？」李老試圖解讀那是什麼東西。

晉佑轉身衝進教室裡拿，胡芝霖聞言抬頭，不穩的站起身，踉蹌的也湊了近！她放大照片瞧著，同時晉佑帶著他的書包奔出，上頭是個直徑最少五公分的Q版娃娃頭，髮型就是做晉佑的模樣，繩子有十公分長，掛在書包上，根本不可能看不見。

「現場照片看看，是不是掉了？」老李即刻發問。

下屬立刻翻找，那麼明顯的證物，說眞的除非掉了，否則不可能不見。

「我們分開時都還是好好的，羊毛氈好端端的在她背包上，那是我一個一個戳的，每個人都是客製化！」胡芝霖激動的說著，「而且我綁得很牢，不會無緣無故掉下來的！」

好巧的手啊，老實說光晉佑那個就戳得唯妙唯肖了，其他人的應該更是，這是友誼代表小物吧。

聶泓珈突然打了個寒顫，強烈的不安襲來，她倏地轉頭向左，看著階梯處，那兒聚了不少看熱鬧的學生，三樓是繪畫教室，早自習時也很多人在練畫。

渾身被紅色陰氣包裹的女孩拿著裝好的水壺走下，秦聿嬿眞的每一步都優美，但是她身上散發的氣息卻令人窒息，那紅霧幾乎已經遮去了她的臉，聶泓珈都快看不清她的模樣了！

不僅模糊還難以辨識，甚至還有疊影！

她一路走來，聶泓珈下意識的退讓開，杜書綸由後扶著她僵硬的雙臂，可以感受到微顫。

「借過。」

平靜的聲音很不搭調的傳來，她站在一眾警察身後，她要進舞蹈室。

胡芝霖瞪了她一眼，秦聿嬿不以爲意的接下那瞪眼，旋即還淺淺畫上清冷的微笑——就在她側臉時，有另一張臉來不及轉過去！

兩張臉！聶泓珈當即倒抽一口氣，兩個人！

『努力在天賦面前根本不值得一提！你以爲你是誰！』

秦聿嬿的後頸突然竄出了另一個女孩，她拉長頸子，卻是對著樓梯上方喊著，什麼？杜書綸即刻扭頭，同時扳著聶泓珈看去，「珈珈，看見什麼了沒？」

看熱鬧的階梯上，有抹紅闖入了視線，某個女孩一直隱在後方，這時才繞走下來，她身上的紅氣比秦聿嬿淡了點，像煙一般向上冒著，越冒越多、越來越濃，然後冷不防的伸手一推，將前方某個男生直接從三樓半的平台推下去！

「哇啊！」

「有人摔下去了！」

摔下來的男孩狼狽的滾落，但階梯上還有看熱鬧的學生，順利的做了緩衝！男孩一路跌到了二樓，好幾個學生趕緊圍上，緊張的查看他的傷勢。

「手沒事吧？」同學們包圍著男孩，紛紛緊張他的手，「怎麼摔的啦？」

「我……」男孩斷了聲，看起來有點疼，他第一時間舉起右手，緊張的握了握，「應該沒事！」

他自己都鬆了口氣。

但更快的，一抹人影從上奔下，擠開了包圍著男孩的同學，冷不防地壓住了他的右手。

咦！聶泓珈立即往前衝，但下一秒，她的腳竟被人抓住，狠狠的往前撲倒！身後的杜書綸眼明手快的撈住她，但兩個人還是因爲聶泓珈的衝力加上結實沉重的身軀，雙雙往地上倒去！

摔下來的男孩驚愕不明的眼神對上了壓著他右手的女孩，女孩滿懷恨意，在一片驚呼聲中，她舉起了一直藏在手裡的鐵錘！

狠狠朝著男孩的右手掌砸了上去！

「哇——」

啊！左眼傳來刺痛，聶泓珈得閉眼縮起身子，杜書綸跪坐在旁，緊緊抱著她，「珈珈！珈珈！珈珈……」

慘叫聲跟著傳來，摔在地上的聶泓珈與杜書綸都沒有看見景況，因爲太多人擋住了視線！他們只聽見慘叫聲、驚呼聲、喝止聲，跟歇斯底里的叫聲！

聶泓珈摀著左眼，她現在更在意的，是她腳踝上的那兩圈冰冷！

她掙扎著縮起腳未果，戰戰兢兢的朝腳邊看去，那個……那個斷腳的學姐抓著她的腳，她手腕還有一圈紅白交錯的幸運繩，正衝著她咧嘴而笑。

『殺不死的，只會比你更強大……對吧？』

一把刀倏地插進她雙腳間，杜書綸拿著惡魔之刃，一秒驅走了爬行的學姐！

「珈珈！聶泓珈！」杜書綸趕緊將她扶起，「眼睛怎麼了嗎？珈珈！」

聶泓珈害怕得直喘氣，她恐懼的睜開左眼，她的眼睛……咦？

她錯愕的看著杜書綸，再看見眼前混亂的一切，她的眼睛……恢復正常了？世界不再一片血紅，她也看不出哪個人身上有特別的紅色，一切都恢復如初了？

「沒事吧？」溫柔的嗓音傳來，緊接著是一股強大但輕柔的力道將她攙起，秦聿嬨清冷的容顏映入她眼簾，清楚的五官，絲毫沒有任何帶血色的紅霧。

聶泓珈一時語塞，她連謝謝都忘了說，在杜書綸與秦聿嬨的攙扶下好不容易才站穩，斷腿學姐不在，但腳踝的冰冷依舊竄了上來，彷彿在告訴她：剛剛那都不是錯覺。

「小心點，別太在意別人了。」秦聿嬨忽地貼近她，附耳低語，「都自身難保了不是嗎？」

喝！聶泓珈直向後彈了一下，縮進了杜書綸的臂彎間，用戒慎恐懼的神情看著笑得高雅的秦聿嬿。

她不在意的看著她，拎著剛剛從舞蹈教室過提過的小包，穿過紛鬧的人群，朝著樓下走去。她小小的提袋裡，有耳機、有音響、有水壺，還有一顆拳頭大的、紮著長辮的羊毛氈。

今天的腳步，更輕盈了。

「我是不得已的！我不那樣做不行！」

美術班的行凶女孩哭得泣不成聲，雙手上銬，被押上了警車，受傷的男孩已經被緊急送醫，他被鐵錘硬生生搥了好幾下，右手掌絕對是粉碎性骨折了！

被攻擊的男生是美術班優等生，大小獎項拿到手軟，目標自然也是全國第一的美術大學，而且幾乎已經確定保送；而動手的女孩，也是相當優秀的學生，各項競賽也多有獲獎，推甄絕對能上，但是……她似乎並不滿足於此。

「好扯，把人搥爛了，她也不可能保送進去啊，都傷害罪了！」

「聽說之前關係就不是很好了，那個學姐還有個『第二名』的綽號，這種綽號是在人心窩上捅刀吧？」

「永遠的第二名」，聶泓珈其實剛好認識一個有此綽號的人，但所幸人家沒有如此憤世嫉俗。

上午在美術班學姐摀下的那一瞬間，有很多事都變了，學校裡的氛圍瞬間轉爲緊繃，而且所有人的情緒立刻轉向偏激！聶泓珈意識到她左眼原本見到的紅色世界並非消失，會不會是因爲世界已經變成了全爲嫉妒瘋狂的模樣，也就不需要色彩的濃淡了。

會這樣想，是因爲來找麻煩的人是立刻變多而且變積極了。

「喂！殺人犯學姐來了，大家快讓讓！」廁所外，幾個根本不認識的學妹一瞧見聶泓珈就沒好語氣，「萬一等等她用拳頭揍我們就慘了！」

聶泓珈正眼都沒瞧她們，逕自去了洗手間。

上午還畏縮的人們都突然變得膽大，不關己事也照樣找碴，而且手段一個比一個狠。

她沒有如廁，而是聽著外面吱吱喳喳，女孩們興奮的拿水桶裝水，準備朝她的廁間潑進來，澆淋她一身濕；這招她以前也用過，沒有霸凌的招數是她不熟悉的。

只是堂而皇之的討論與行動，學妹們腦子不太行啊！

她聽著水龍頭關起的聲響，仔細聽足音逼近——她冷不防地一把推開門！

「哇啊！」

抱著水桶準備努力抬起、再潑灑的女孩們根本措手不及，直接被打開的門板撞開，連桶帶人的摔了個四腳朝天，水桶裡的水還將四周的人都給潑上了。

沒有一定的高度跟力道，根本不可能把水準確倒進廁間裡，這些學妹毫無經驗值啊！

聶泓珈站在高一階的廁間裡看著狼狽的倒地女孩們，直接跨過她們的身體，朝外走了出去；杜書綸就在外頭，不必問都知道裡面發生了什麼事。

「去男廁？」

「嗯，快上課了，等人走光了我再進去。」她也跟著靠上了牆。

杜書綸這邊狀況輕微些，找他麻煩的只有成績較好的學生，也有那種毫無理由、純粹看他不爽的人，不過最多就是嘴砲幾句，嘲諷他跟殺人犯當青梅竹馬，或是問他是不是協助霸凌外，也掀不起什麼風浪。

論手段，女孩子還是比較多變化！

因爲，喜歡杜書綸的人意外的多！甚至連班上沒跟他說過幾句話的人，都針對聶泓珈了，她居然成了眾矢之的！

她蹙眉看向杜書綸，唉，女生的嫉妒心真的太可怕了！

「怎麼？」

「你怎麼會那麼受歡迎呢？」她哀怨極了。

「我也納悶。」杜書綸由衷的說，他這個人個性這麼爛，怎麼還會有傾慕者？大家是瞎了還是有被虐傾向？

「我不回去上課了！各種找麻煩只會影響大家上課，我們先去找學姐們聊聊。」

鐘聲總算響起，男廁終於沒人，杜書綸把風讓聶泓珈進去；女廁裡走出了一身狼狽的女孩們，她們又氣又難受的整理儀容，一抬眼見到杜書綸時又是一陣無名火！

「天氣沒這麼熱吧？大白天就洗澡？」他還皮笑肉不笑的嘲諷。

「杜書綸！你眞的是瘋了！袒護那樣一個殺人犯！」

「她殺誰了？沒人判她殺人啊！」

「是她害對方自殺的耶！霸凌者就是該死！」

「唉，沒必要這樣說自己吧！」他微微一笑，「照照鏡子，看看妳們現在在做什麼。」

唔……女孩們的臉色陣青陣白，「我、我們這是在維護正義、替天行道好嗎！她敢霸凌人至死，我們只是在幫受害者發聲！」

是啊，幫受害者發聲。

在裡頭洗手的聶泓珈看著鏡子裡的自己，當年的她，不也是這麼認爲嗎？好朋友被性騷擾、被偷拍，所以她去教訓那個變態，她不是霸凌，只是路見不平拔刀相助，呵。

「這只是說服自己的藉口罷了，當妳們想潑我水時，就是霸凌了。」聶泓珈從男廁步出，幽幽的說。

「我們這是反擊！」顧詠藍不知何時走了過來，義正詞嚴，「因爲受害者無法自己發聲，所以由我們替他反擊！」

嗯嗯，看來找她麻煩的學妹，跟顧詠藍認識。

「眞偉大，連對方都不認識呢！就在努力反擊了呢！」杜書綸認眞的假意鼓掌。

「杜書綸！你、你沒聽過嘛，旁觀者都是共犯，所以我們不能當旁觀者！」

「我聽過道德綁架，提醒一下，這個就是。」杜書綸貼心提醒。

聶泓珈冷冷的望著女孩，是，所謂旁觀者皆是共犯，不過是一種道德綁架罷了，事實上旁人本就沒有義務出手。

「那當年你們在幹嘛？」聶泓珈發出了靈魂烤問。

這群「別的學校」的人，壓根不認識當年的任何人，在這邊說什麼廢話？如果當年有人眞的幫了李伯勳，只怕也改變不了太多，因爲——那時是全校都排擠他一人！

杜書綸輕蔑的看著這群不相關又馬後炮的人，還不忘搭話，「就妳們這種樣子，我哪可能會喜歡啊！」

聶泓珈倒抽一口氣，瞪圓眼看著他，他故意的嗎？這些女生就是因爲喜歡他才針對她的，現在他還哪壺不開提哪壺？

「杜書綸！」這三個字她都是咬著牙說的。

杜書綸才要開口，卻見迎面走來的婁承穎，他一見到他們，轉身就走。

「妳先去舞蹈教室。」

語畢，他匆匆的往前追去。

聶泓珈知道他看見了婁承穎，她沒有勇氣直接面對婁承穎，不是因爲告白的事，而是因爲她害怕，她怕那個男孩，是婁承穎的什麼人！

直到現在，她依舊不敢再面對對方的家屬親人！

「不知道不知道！你們除了會講這三個字外，還會講什麼？」

才踏進社團大樓，就聽見了樓上傳來忿怒的聲音，現在是上課時間，除非是術科的練習生，否則一般不會有人在……這聽起來是大人的聲音，可能是受害者的家屬了。

「徐媽媽，我們可以理解妳的感受，但警方眞的在查了，徐立暄當時在校外，我們眞的不知道她去了哪裡！」舞蹈班導師也很難受。

「不是說有學生跟她相約嗎？到底問了嗎？」徐哥哥也很激動，「她們關係很差，那個學生是不是知道什麼？」

「請您們別這樣，警方已經找秦同學問過了，而且當時她有不在場證明，她在旅館的餐廳吃飯，很多人能做證。而且……不能隨便誣衊學生啊！」

「那曾悅迎呢？」黃淇雪一眾人也在旁嚷著，「曾悅迎昨天最後一個訊息就是說拍到她在附近，她一定跟著秦聿嬿去的！」

不但留言還附了一張背影照。

「這背影看得出是誰！又暗又模糊！」老李實在認不出，「我們也調過監控了，她前方根本沒有其他人。」

「這個路段呢？就這個路口，在曾悅迎拍下照片的瞬間，這裡應該是有人的吧！」胡芝霖舉著的手機都在顫抖。

老李深呼吸後，還是搖了搖頭，「沒有。」

要不然，這案子怎麼是他出馬呢？上午還是一般命案小組，下午他就又來了！正是因為在那個時間、那個路口，根本沒有任何一個S高女孩騎著腳踏車經過啊！

「又找我做什麼？」秦聿嬿冷不防地走出舞蹈室，「什麼事都得跟我扯上關係嗎？你們是不是太愛我了？」

「妳——」徐家姐姐一見到秦聿嬿，立刻就衝上前！

若不是女警及時擋住，只怕眞的就已經打下去了！「家屬！請冷靜！」

「我冷靜什麼！事情跟她一定有關！她討厭我家立暄，所以才對她下毒手！」

徐哥哥比較理智，他扣住妹妹不讓她上前，趕緊往後拖。

「我為什麼討厭她？」秦聿嬿擦著汗，連反駁都是慢條斯理的優雅。

「妳——處處找她麻煩！對不對！」徐家姐姐看來也不是很清楚，朝向黃淇雪她們投以求救的目光。

「我們跟秦聿嬿關係惡劣眾所周知，這根本不必多加解釋。」黃淇雪忿忿的瞪著秦聿嬿，「昨晚妳不是把曾悅迎推下去了？」

秦聿嬿沒答腔，反而看向警察，「你們覺得？」

「那邊不是平交道，四周都有鐵絲網防護，鐵絲網都是完好的，除非爬過去，否則眞的不可能進入軌道。」警察好言相勸。

監視器？老李緊張的擦了擦汗，監視器五秒的空白，五秒前少女在鐵絲網內，五秒後就摔在鐵軌上了，有監視器也沒什麼用啊！

「我討厭妳們，我討厭徐立暄，是因為她們都找我麻煩，是她們在霸凌我、欺負我、散佈各種謠言，在社群上詆毀我！」秦聿嬿一字一字的說著，「向來只有她們找我麻煩的份，看看這麼一票人，我連反擊的機會都沒有！」

徐哥哥有點意外，「立暄欺負妳？」

「她怎麼就不找別人麻煩專找妳？一定是你做了什麼事！」徐姐姐倒是搬出

了萬能語錄！「立暄那麼善良，她才不會無緣無故討厭誰！」

「所以妳是反擊嗎？」忠明忍不住顫著聲音，「所以妳把她腿鋸下，讓她不能再跳舞，不能再威脅妳……」

「威脅？哈哈哈哈哈！哈哈哈哈哈！」秦聿嬿突然狂笑起來，笑到非常沒禮貌，「她能威脅我什麼？跳舞這麼差勁，毫無天分可言，能不能考上學校都是問題，她能威脅我什麼？」

接著，她突然走向了徐立暄的家人，「我告訴妳，我做了什麼讓徐立暄這麼討厭我！因為我強，因為我漂亮、我有舞蹈天分，我被很多人追捧——這就是她們討厭我的原因！」

嫉妒。

聶泓珈可以感受到強大的忿恨與怨念襲捲了整個舞蹈室，甚至裹住了站在門口的數人！每個學長姐都被那股黯沉的黑氣包裹著，令她意外的是……連老師都不例外。

是啊，老師也是人，自然也會羨慕嫉妒他人的才能。

舞蹈室裡許多學生也都在看著外面的熱鬧，他們每個人的眼神都轉為陰鷙，每個人都存有嫉妒之心，只是當秦聿嬿堂而皇之的說出來後，卻反而沒有人多吭半句。

「……是真的嗎？黃淇雪？你們都在欺負她？」徐哥哥最快反應過來。

「我們……」沒有兩個字，她倒是說不出口，反而閃避了哥哥的眼神，「討厭人不需要理由的。」

看來是眞的了！徐哥哥年長，看得出這中間的問題，自家的妹妹向來備受寵愛，全家眞的把她當公主慣，任性的事沒少做，所以她如果眞的因嫉妒而霸凌同學，還一點都不意外。

「也不是這樣，學生間吵吵鬧鬧是常有的事。」老師連忙護航，在她的班級出現霸凌事件那還得了！不是變相在指責她不負責嗎？

「什麼吵吵鬧鬧？班上有多少人欺負我？說我外面搞援交，還有價目表咧，妳以爲裝不知道就沒這件事了嗎？」秦聿嬿連老師都沒放過，「我有才能是天生的，我的獎項是我努力得來的，我沒有對不起你們任何人！」

錯了，她有。

對嫉妒的人而言，存在即錯誤。

看看她身後同學們嫉恨的眼神，每個人對她懷抱有強烈的敵意，不是因爲她做了什麼，純粹就是因爲她的外表、才能，甚至說話、行爲，都會惹人厭惡。

在一片怨念中，突然有幾個人將之岔開，他們身上沒有那種不甘心的氣息，更多的是滿臉的不耐煩。

「眞的很吵，老師，我們還練不練了？」出來的學長沒好氣的說著，「或是要講你們到一樓去，在這裡只會打擾我們練習。」

也是有人對秦聿嬿沒有嫉妒之心的啊，那一票男生的氣勢也挺強的，他們就站在秦聿嬿身後，不客氣的看著黃淇雪等人。

「好好好！繼續練！」老師正巧想閃避這個話題，催著學生入內，「黃淇雪妳們幾個還行嗎？如果情緒不好，可以先請假。」

晉佑抿了抿唇，現在哪有時間請假啊，爭分奪秒的重要時刻啊，「我進去練了。」

「秦聿嬿，走？」剛走出的學長突然朝秦聿嬿伸出手。

後頭一片驚呼聲，連秦聿嬿也都狐疑的皺眉，「什麼？」

「妳舞伴不是臨陣脫逃嗎？我以前也練過古典舞，我幫妳練。」蕭御晟輕描淡寫的說著，「妳得包點心跟假日餐點。」

胡芝霖整張臉都垮了，黃淇雪更是氣不打一處來，她們之前就是故意讓秦聿嬿的舞伴突然撤出，讓她臨時找不到人可以組隊練習，這樣只要是雙人比賽就無法報名的啊！

爲什麼蕭御晟要突然殺出來？他還是胡芝霖喜歡的對象耶！

「沒、沒問題！」秦聿嬿雙眼都亮了，她正愁舞伴突然跑掉的事！「我還能包早餐！」

她興奮的搭上他的手，兩人轉身進了舞蹈教室，在轉身的那瞬間，聶泓珈再度看到了第二張臉——那張臉正回頭看著她，帶著一種猙獰的訕笑，指向她的身後！

身後？聶泓珈立即穩住重心，拉著身邊的扶把旋了半個身，及時閃過了漂亮弧線飛過來的可樂！

毫不認識的學生竟在她身後潑她可樂！

「我最恨妳這種人了！憑著會打架就欺負人！」小個子的學生忿怒的朝她喊著，不過沒潑到的可樂也沒敢再潑一次，而是選擇邊放話邊往樓下逃。

另一種眾矢之的，那些被欺負的人也都把矛頭轉向她了，這部分或許跟嫉妒無關，而是恨意轉移。

「聶泓珈？」老李正帶著徐家人要下樓，訝異於居然見著她，「妳怎麼……」

她給了一抹苦笑，沒回答。

「妳要在這裡還是跟我……」老李知道，聶泓珈是體質敏感的人，她是不是又發現什麼了？

「我在這裡待一下。」她婉轉的說道。

老李連忙點頭，「有事拜託……給個電話？」

聶泓珈闔了眼，會的，如果能知道的話……她比誰都想停止這漫天妒意怎麼解決啊。

下意識瞥了一眼徐家人手上刻意捧著的遺照，她突然心跳漏了一拍。

照片上的人……徐立暄學姐？

可是、可是舞蹈室裡那個斷腿學姐不是這張臉啊！

第七章

瘋狂的嫉妒

杜書綸沒有回教室上課，基本上他上不上課，沒有老師會關心。

他直接找個隱祕的角落，一通電話撥給救兵。

「我是杜書綸，唐大姐，我們又……」

「不接。」

杜書綸話都沒說完，電話那頭就拒絕了。

「不……不是啊，唐大姐，唐大驅魔師！」杜書綸開始獻媚了，「這次真的很麻煩，我到現在連隻惡魔影子都沒看見，但是全校都被嫉妒逼瘋了！妳知道的，嫉妒會使人面目全非啊，大家都失去理智了……」

「我們被警告過了，而且……我拜託你一下，看看你們S區，七大惡魔都去了五個了，那裡能沾嗎？」電話那頭的女人哀聲嘆息，「地圖攤開，我惡魔靈擺才拿出來，就跟強力磁鐵一樣，咻一下死黏住S區，他們多愛啊！」

這真是好消息啊，杜書綸頭都開始痛了。

「這次是利維坦大人啊！我的天哪！我們這裡到底有什麼吸引人的地方？」

杜書綸都快大吼了，「首都紙醉金迷，罪犯這麼多，不是比我們這裡更適合嗎？」

「那可不一定！有時越單純的地方，顯示出來的惡才更有趣啊！」電話那頭出現另一個男人的聲音，「這叫反差！對！反差萌！」

「……萌你個……這詞不是這樣用的！算了！告訴我有什麼方式可以處理？」

「搬家。」

眞是個好建議。

「感謝，有空再聯絡。」杜書綸不想廢話，直接切掉了電話。

他不信沒有解決方式，要讓水停下，就得關掉水龍頭。

嫉妒的起源是什麼？沒有芒草原、沒有麥田圈，假設沒人用惡魔之書召喚的話，還有活人祭！但是，上次的生人祭就是個儀式，其實當人的欲望與信念夠強烈時，就能引來惡魔的覬覦與助力。

別西卜大人是如此，瑪門也是如此，所以——這次是徐立暄嗎？

但她被幹掉了啊！自己獻祭自己嗎？爲了害慘秦聿嬿？這邏輯不通！

如果是秦聿嬿被害，他還覺得有點道理……秦聿嬿，那個全身上下都沾染邪氣的學姐，不知道那是她自身散發出來的，還是被所有人的嫉妒之心纏上的？

無論如何，先從秦聿嬿開始吧！

他立即離開教室那棟樓，剛跟珈珈約好要在社團大樓見的，不知道能不能先找到徐立暄其他的屍塊，或許先把亡靈安撫後，再——磅！

煞車不及，杜書綸被迎面奔來的人狠狠撞到，他感覺自己撞上了一堵牆，全身都痛到眼冒金星。

「對不起對不起！」來人飛快的抓住他的手，不然他就要直直向後倒地了。

努力喬了喬已經歪掉的眼鏡，遺憾沒有因爲被撞兩次而負負得正，他眼花的看著眼前的人，忍不住哀鳴。

「珈珈，妳活像一堵水泥牆……哎唷！」杜書綸茫茫然的被扶了住，根本還暈到分不清天南地北。

「我剛……我剛看到徐立暄學姐了，那個小腿的主人！」聶泓珈慌亂的說著，上氣不接下氣。

「咦？她還在舞蹈教室裡跳著嗎？能不能問她，她的屍體在哪裡？」杜書綸總算回了神。

「不……不是，我看到的是她的遺照，她的家人帶著遺照來找學校要說法。」聶泓珈緊皺著眉，用力抓緊他的雙手，「但是舞蹈室那個斷腿學姐……不是她。」

杜書綸愣住了，什、什麼？「妳不是說，有個用膝蓋跳舞的學姐在裡面跳舞，還爬著跟妳要小腿嗎？」

聶泓珈點點頭，心慌得很，「對！但斷腿學姐不是立暄學姐！長得完全不一樣！」

所以，還有另一個跳舞的人，雙膝以下被鋸斷，還待在舞蹈教室裡旋轉跳躍？

舞蹈教室這什麼風水啊！

斷腳的舞孃是誰？

不管對方是誰，幾乎可以認定整件事跟她絕對相關，舞蹈教室就是源頭，或許有人因嫉妒而發了狂，與亡者產生共鳴，所以她們才開始對同學們出手。

徐立暄、曾悅迎，目前已知舞蹈班的兩位學姐都是好友，美術班的事故應該是因爲每個人嫉妒的情感被強化了，無論是惡魔還是亡靈，他們都在激化人們的情緒，讓嫉妒外顯，可以不顧一切。

不得不承認，嫉妒眞的是人類非常醜惡的天性之一，更不想明白的講，女性的嫉妒眞的遠比男性強烈太多，「表現」也更明顯。

「學姐，抱歉打擾了。」

聶泓珈站在更衣室門口，她敲門與推開門是同步進行的，原本就是刻意不讓自己有機會被拒絕。

寬敞的舞蹈更衣室裡，秦聿嬨正優雅的坐在走道中間的軟椅上，她戴著耳機正在聆聽表演的歌曲，看見突然闖進的聶泓珈時，嚇得跳了起來。

「這是女生更衣室！」

「我是女生，二年級的聶泓珈……」她做著嶄新的自我介紹，「就是最近那個有名的S高殺人犯！」

秦聿嬿略怔，喔了聲，重新坐回椅子上。

「那個人不是自殺的嗎！說妳是殺人犯只是爲了霸凌妳而已。」她蠻不在乎的邊說，邊取下一只耳機。

「但他因我而死也是事實。」聶泓珈露出一抹苦笑。

「別把自己想得這麼偉大好嗎？」秦聿嬿突然露出不搭調的嘲諷笑意，「妳一個人能做到這地步？那一定是一群人、長期的作爲，以及學校的不作爲，只不過剛好輪到妳是最後一個出手的人罷了。」

聶泓珈的笑容僵在嘴角，笑不太出來，雖然學姐說的是事實，但畢竟她就是最後一根稻草。

「這是學姐的經驗談嗎？」

秦聿嬿略微頓了幾秒，才緩緩抬頭，「是，我就是那個每天被各種霸凌的人，妳隨便去滑學校的社群，都可以看到我援交的價格跟貼文……但我沒接客。」

「抱歉，我沒習慣看那些東西。」聶泓珈說的是實話，「所以是徐立暄學姐她們對妳出手？」

秦聿嬿凝視著聶泓珈，神情極爲淡漠，「學妹，妳還問這個做什麼？」

「他們應該是嫉妒妳吧，所以才會各種欺負妳，學姐不知道有沒有注意到，現在大家都把嫉妒的情緒表露無遺，美術班的第二名才剛砸碎第一名的手……」

她深吸了一口氣，「照理說現在應該是有才能、美貌、或家裡有錢、或喜歡炫耀的人會有危險。」

秦聿嬨嘴角勾了一抹笑，巧妙的以長髮遮掩，起身打開自己的置物櫃，「所以？」

「所以我不太能理解，徐立暄學姐被砍下雙腳、或是曾悅迎學姐被碾斷雙腳的理由。」這兩個學姐，實在沒太多值得被嫉妒的地方，「她們是嫉妒妳的人，不是被嫉妒者。」

「但妳覺得跟我有關？黃淇雪跟警察似乎也這麼認為，但我有不在場證明。」秦聿嬨聳聳肩，看向右邊門口的她，還露出一個俏皮的笑容。

「我覺得跟學姐脫不了關係。」聶泓珈謹慎的看著她，但沒有再走近一步，因為秦聿嬨身上還有另外一個「人」。

秦聿嬨伸手拿著置物櫃裡的東西，同時撫摸著裡面那顆曾悅迎造型的Q版羊毛氈，她滿足的搓了搓，再若無其事的關上櫃子，上鎖。

「她們出事我非常開心，但遺憾不是我做的。」秦聿嬨揹起包包，逕自走向聶泓珈。

聶泓珈倒抽一口氣，她嚇得往旁邊閃避，學姐身上鬼氣森森，即使她看不見紅色了，還是有壓迫性的恐懼！她後退著繞開秦聿嬨，兩人一來一往間，互換了位子。

秦聿嬿在門邊，聶泓珈反而嚇到退進了更衣室裡。

「妳怎麼……很怕我的樣子？」

「舞蹈室裡那個斷腿的學姐……附身了嗎？」聶泓珈緊張的握著拳，戰戰兢兢的問著。

秦聿嬿詫異的看著她，原來這個學妹看得見啊！緊緊扣著包包帶子，秦聿嬿搖了搖頭，再搖了搖。

「妳不要想阻止我，妳這個霸凌者，最沒資格勸人向善了！」秦聿嬿迅速的打開門，直接閃身鑽了出去，「嫉妒總是使人面目全非喔！」

「學姐！」聶泓珈才想要追出去，身後猛然傳來一聲——磅！

喝！聶泓珈嚇得回首，更衣室裡還有人？她是打聽過的，午休幾乎只有秦聿嬿會來練習，其他人都是抓著時間休息的，只有她有這個精力旺……或者說她最努力。

而且她總是會練到快上課才回去，所以她才到更衣室堵她的。

「對不起，我沒注意到這裡有人。」聶泓珈禮貌的道歉。

「妳……知道每天被排擠跟欺負是什麼感覺嗎？明明自己什麼都沒做錯，卻好像存在就是個錯誤？」聲音來自深處，似乎是左邊那排後方的櫃子。

「我知道。」聶泓珈輕輕的回應著。

「明明跳得最好，明明天分最高，只是努力的想朝目標邁進而已，錯在哪裡？」那聲音哽咽著，像是在爲秦聿嬿抱不平，「我們沒有惹任何人！」

「對不起，我……」聶泓珈走前兩步，卻突然愣住。

我們？一股惡寒湧上，聶泓珈大退的才要離開，眼前走道兩旁的置物櫃突然唰唰唰地一個接一個開啓了！

是那個斷腿學姐！她轉身往大門衝去，鎖明明在裡面，但是她卻無論如何都拉不開門！

「學姐！秦聿嬿學姐，放我出去！」她拼命的拍打著門，「放我出去！」

天鵝湖的音樂，陡然響起了。

聶泓珈被嚇得完全不敢轉身，曾幾何時那悠美的世界名曲在她耳裡聽起來卻是那麼的駭人！

舞蹈教室外，瘦高的男孩站在外頭，他緊皺著眉帶著憂愁，略抖的手撫上助聽器……天鵝湖？他親眼見到秦學姐離開，表示聶泓珈還在裡面，那麼裡面有——

他焦急的想往前，但理智又強迫他收了手。

他現在只要對聶泓珈懷有一絲的悲憫，就是對不起伯勳……他不能這麼做，婁承穎深吸了一口氣，綳起全身的轉身離開。

更衣室裡空氣中的冰冷，聶泓珈的肌膚完全感受得到，她的背部都在發涼，接著舞鞋著地的聲音響起了，噠達噠，轉圈、噠，跟著節拍旋轉，跳躍，噠，咚。

只是她比誰都知道，那不是硬鞋觸地的聲音，是血淋淋的大腿骨啊！

『爲什麼不看我呢？學妹？』森幽的聲音從身後傳來。

不不不！聶泓珈整個人都縮在了門板上了！

下一秒，那聲音幾乎貼著她耳畔響起，『我不美嗎？』

「哇啊啊啊——」

聶泓珈一個旋身，伴隨著左勾拳就這麼揮了出去！

而她的左拳上，套著一個金色的手指虎，來自於地獄，那是惡魔界的武器，對亡靈也有一定程度的傷害。

『啊呀——』淒厲的聲音在空中消失不見。但手上的觸感不曾有假！

聶泓珈雙手抱頭的滑坐在地上，別碰她！誰都別碰她！

一陣風隨著開門而吹進，衝進去的杜書綸即刻看見了抱頭把自己埋在雙膝間的聶泓珈。

「珈珈！」他打了個寒顫，不安的看著這明亮卻帶著詭譎的更衣室，「我在，沒事了！」

聶泓珈什麼話都說不出來，她手臂上的汗毛直豎，她只是激動的抓住杜書綸的上臂，左手上的手指虎道盡了一切，剛剛這裡有鬼！

「斷腿學姐剛在這裡嗎？」杜書綸將她攙了起來。

聶泓珈點著頭，冷汗直冒，右手緊壓著耳朵，學姐剛剛在她耳邊講話的感覺太可怕了，恐懼感瞬間貫穿她全身，那麼近，學姐隨時都能殺了她！

杜書綸沉下眼色，神情斂起的朝外看去。

剛剛，他看見婁承穎就站在外面！

婁承穎僵硬的肢體語言，他的神色又緊張又帶著掙扎，還有取下助聽器的一切，他都盡收眼底。

婁承穎，是不是知道斷腿學姐在裡面？

十年前的事，在網路上居然沒有找到任何資料，除了社群裡各種「聽說」外，S高沒有發生過任何事情！不知道是當年新聞被壓下來，還是如此的不值得一提？

連搜尋舞蹈相關詞彙都找不到，這令人有些氣惱。

「回家我可以讓我姐幫忙，在學校用手機很艱難。」杜書綸拿著沒上繳的手機，躲在頂樓查找著。

「難道不是凶殺案？」聶泓珈相當不安，「那個學姐執念這麼深，怎麼會至今才爆發？這不合理！」

「有些事是需要一個契機的……啊！」杜書綸似是滑到了什麼，「當年有一篇已故網站的貼文！」

「什麼已故網站啊？」聶泓珈歪了嘴，這哪門子的形容詞！

「就是已經倒掉的網站啊，我回去來找存在網路世界中的資料，只要曾在網路上出現，就一定有痕跡！」杜書綸喃喃唸著標題，「我們學校舞蹈班的首席自殺了！」

聶泓珈聞言一陣寒顫，「不一定是我們學校的……」

「這是那個網站的S中社群。」杜書綸肯定的看著她，總覺得八九不離十，「但要準確的話，我覺得直接去找——」

「武警官！」他們兩人異口同聲！

聶泓珈露出這幾天難見的笑意，儘管她的笑容依舊很沉重，現在兩人也只能貓在頂樓等放學；即使仰頭看過去是清爽的藍天白雲，但壓在聶泓珈心中的大石卻一日都未曾放下。

不回教室一是無心上課、二是避免他人的過激行為、三是逃避，聶泓珈不想跟婁承穎面對面。

只要想到他跟李伯勳是舊識，她就覺得難以呼吸。

杜書綸蹲在牆角靠著牆，仰頭看著站在跟前遠眺的高大身影，嘴角流露出溫暖的笑意。

「珈珈，我會一直在。」

聶泓珈回頭，幾分錯愕，「什麼？」

「無論發生什麼事，我都會在，妳要永遠堅信這一點。」

其實不該這樣的。這一次，杜爸杜媽也都被影響到了是吧？既是從小一起長大，如她第二個父母般的家庭，更不該因爲她，牽連到杜家任何一個人。

「如果我殺人放火，十惡不赦了呢？」她笑得雲淡風輕，「別傻了，杜書綸！」

「一樣，我會堅定不移的站在妳這邊！」杜書綸嘿唷的起身，「沒有是非、沒有對錯，世人可以批判我，但無人能主宰我的決定。」

或許是玩笑話，但杜書綸現在的神情卻如此堅定，一陣酸楚湧上，聶泓珈忍不住紅了眼眶……每次在絕境時，杜書綸總是第一個朝她伸出手，不分晝夜陪在她身邊的人。

她不能自私，但是她卻好想自私。

別過頭，她不想讓杜書綸看見眼眶裡的淚水，她一直都不是喜歡示弱的女孩。

「這太沒是非了。」

「換作妳也會如此，不是嗎？」杜書綸主動拉起了她的手，「不管我犯下什麼滔天大罪，也會陪著我。」

聶泓珈用閃閃發亮的雙眼看著他，沒有遲疑的點頭。

是的，易地而處，就算杜書綸犯了什麼極惡之罪，她也始終都會站在他身邊，不論是非。

因爲一開始相挺的就不是眞相或是對錯，而是情感。

書綸說得眞好，世人可以批判，但誰也沒有資格主宰他們的決定。

她終於笑了，笑容儘管有著抹不去的悲傷，但是內心的溫暖是無人可知的。

四年前，也正因爲書綸她才能撐下去，他對她而言太重要了！即使現在她不再是那個需要依賴著他才能站穩的人，她還是需要他。

就算天上下刀子，她也必須挺住。

期待著鐘聲響起，他們兩個立即拎起早就拿出來的背包，去警局！

興奮的一拉開頂樓安全門，就見導師雙手抱胸的就站在門口，一臉「我等你們很久」的模樣！

呃……首當其衝的杜書綸也有語塞的時候，爲什麼導師會在這裡？

「好巧？」

「很巧啊，我等很久了。」張老師扯了嘴角，「聶泓珈！跟我到辦公室來！」

呃……聶泓珈哀怨的從杜書綸身後走出來，她也就才翹課一天而已，爲什麼啊！

「老師，幹嘛只找她一個人，我也翹課啊！」

張老師從容拾級而下，頭也不回，「反正你也會跟著來啊，我何必多此一舉！」

哎唷！聶泓珈難爲情的扶額，杜書綸倒是興高彩烈的奔下，「來囉！」

黃淇雪看著被弄破的車胎，有些不可思議。

忠明捏了捏車胎，兩個都扁了，而且手法非常粗略，是直接割破的，連補胎都沒辦法。

「妳這很嚴重啊，不能騎回去！」晉佑搖了搖頭，「我載妳回去好了！」

「秦聿嬿做的嗎？」胡芝霖第一時間就是想到她。

晉佑有些無力，「我是覺得沒證據就不要講啦，唉，何必什麼都扯到她！」

雖然他也是欺負秦聿嬿的助力之一，但多半是因爲他喜歡黃淇雪，自然什麼都依她！對秦聿嬿羨慕多於嫉妒，若認眞說嫉妒，也應該是對男人……好歹也是嫉妒蕭御晟吧？

「全班就她跟我們有仇，還會有別人嗎？」黃淇雪氣得胸膛都劇烈起伏了，「這裡有監視器，等我去叫老師調，就知道誰這麼沒品！」

忠明歪了歪嘴，說實在的，他同意晉佑的話，是因爲他們欺凌秦聿嬿，才會結下仇怨！徐立暄跟曾悅迎的事都嚇到他們了，爲什麼偏偏是他們這票出事？而且隱約的跟秦聿嬿有關的話……他們沒必要做死啊！

「小雪，我載妳啦！」胡芝霖把腳踏車牽出來，「我們今天要去補習班繼續練！」

「我眞佩服妳們的精力，現在都六點了！」他們放學後已經練到這麼晚了，她們還有在校外補習呢！

「惡補考題啊！」黃淇雪自在的坐上胡芝霖的後座，「菜就要多練！」

她們知道自己天分不夠，眞的只能靠練習去加強，練久了就會有肌肉記憶，練久了也能熟能生巧；黃淇雪隻手環住胡芝霖的腰，下意識的朝舞蹈教室的方向看去，那亮起的燈，裡面只怕又剩秦聿嬿一個人。

最煩這種人，已經這麼有天賦了，每天還是練最久的那個人！已經幾乎確定可以保送了，一堆大學爭相邀約，她還要在那邊考慮？非得要首都的R舞蹈學院不可！

那間學校每年只有一個保送名額，不是頂尖就能進去的，各項比賽的成績還必須達到平均標準，甚至還要面試後，才能決定是否保送！秦聿嬿就是想要那個保送名額！

「等等出校門後，我先去看共享單車還有沒有剩，我自己騎一台。」黃淇雪拍拍胡芝霖。

「沒關係啦，我載妳就好了啊！」胡芝霖向門口騎去，因爲現在已經晚了，校內沒什麼人，他們才敢在校內騎車。

「補習班下課後，我們家不同路啊！」

「又沒關係！」胡芝霖並不在乎這個，繞一點路，送黃淇雪回去她也沒問題。大家都在強顏歡笑，徐立暄跟曾悅迎的死給了她們很大的打擊，短短一週時間，好友就這樣接連逝去，所以胡芝霖格外珍惜這份友誼。

校門前有個時間甚久的紅燈，胡芝霖才停下，黃淇雪就跳下了車。

「欸，我就說我載妳，沒關係！」她嚷嚷著。

「我就去看一下！」黃淇雪朝著共享單車跑去。

略爲失望的晉佑跟忠明同時騎來，其實黃淇雪應該是知道晉佑喜歡她，但大家都還是學生，考試在即，她不想分神去談戀愛，所以避開接觸是好的，就單純的做朋友吧。

七十秒的紅燈快到時，手再度環住她的腰，胡芝霖笑了起來，「沒車了厚，就說我載妳去就好！」

「嗯！」

起步！

他們騎離的背影肩並著肩，果然是好朋友，後方的聶泓珈下意識慢下速度，她沒有想要跟在他們身後的興趣。

「嫉妒團伙嗎？」杜書綸都取上綽號了，跟著煞車，「已經滅二了，不知道下一個是誰。」

聶泓珈沒好氣的白了他一眼，「秦學姐跟斷腿學姐才是一夥的！但是卻不像附身，因爲秦聿嬨身上有兩張臉，可是學姐的意識是在的。」

「共存嗎？」杜書綸哇了聲，「很像有個共同目標的兩人，結盟的概念。」

聶泓珈瞬間亮了雙眼，她沒想過這個可能！「可以這樣嗎？與亡靈結盟？但是再怎樣，只要是附在身上都是很糟的事，我連附近有惡鬼都會渾身不舒服了！」

杜書綸禁不住笑了起來，「珈珈，如果有目標，一點點不舒服算不上什麼！」

可是懷怨念的惡鬼，要傷害人根本輕而易舉，秦學姐如果被亡者控制，只怕也是凶多吉少。

「如果秦學姐已經被附身了，說不定更好辦，只要把那個亡靈驅走，一切就沒事了。」聶泓珈喃喃說著。把水龍頭關掉，水就不會流了對吧？

「那如果反而是學姐操控著亡者呢？」杜書綸總是想到比較棘手的那一方面，「別忘了，在秦聿嬨與斷腿學姐背後，應該還要有一個惡魔的存在！」

放大人們的嫉妒心，讓大家拼命燃燒嫉妒之火，這不是什麼厲鬼或怨靈可以做到的。

聶泓珈的肩頭立即垂下，眞煩人的提醒！

又一個綠燈，他們這才朝右大轉彎，準備前往警局。

正值尖峰時間，連腳踏車都寸步難行，大家都塞在車陣中，加上聶泓珈不想跟學長姐太近，所以與黃淇雪他們拉開了五台車以上的距離，還很低調的躲在最右邊，讓杜書綸替她擋擋。

每次綠燈都只能通過幾輛，不知道前面是在塞什麼？忠明的肢體語言呈現不耐煩，他們想鑽車縫往前走。

「不要吧？太危險了！」晉佑立即勸阻，「等等大家都想趕綠燈，你就變夾心餅乾了。」

忠明放棄的同時，前方車子開始移動，但有台藍色的車硬是不動，後面喇叭聲此起彼落之際，他卻突然猛踩油門，直接朝前方的紅色房車撞了上去！

碗！車禍的巨響一向驚人，所有人都嚇了一跳，後方的車主紛紛伸出頸子想知道發生什麼事，周遭的機車與腳踏車都在找位子避讓。

「哇哇！」胡芝霖穩住車子，她沒在最外側，而是兩輛車中間，倒沒有多逼仄，通道算是寬敞，只是她前方兩公尺處，就是那台肇事車輛！

「他直接撞上去耶！」胡芝霖看得一清二楚，這擺明是故意的！

在大家都搞不清楚狀況時，被撞的車主已經氣急敗壞的下了車，他走到後方看著自己被親上的車屁股，鈑金已經凹得亂七八糟了！

「你搞什麼啊！」車主果然即刻怒氣爆表，破口大罵！

媽呀！胡芝霖緊張的左顧右盼，距離火爆現場太近了，她有點害怕的想逃！

受害車主指著肇事車主，讓他下車，同時受害車輛的副駕駛座車門也開了，走下的是一個女人，神情顯得有些驚慌。

「你先別生氣，有話好好說……」她趕緊勸著自己的另一半，但是還沒說完，突然面露驚色的頓住了，「咦！」

跟著，她嚇到般的顫了一下身子，抓著受害車主的手就往後扯！「上車！快回車上！」

但這時肇事車主突然大力的推開車門，迅速的下了車，而且還以大家都反應不及的速度，舉起了手裡的砍刀，二話不說朝著受害車主砍了過去！

第一刀就從男人的肩胛骨至胸腔劈下，鮮血四濺，周遭的機車與腳踏車被濺得一臉鮮血，措手不及！

「哇啊！」周遭人群瞬間大恐慌，但凡不是鐵包肉的人個個嚇得閃躲，沒地方鑽的就直接棄車逃逸，因爲，那把砍刀已經高高舉起，又砍向第二刀了！

「搶我的女人！」肇事車主狠狠的拿刀猛砍，他瘋狂的朝著受害車主身上亂砍一通！

而那個女人完全崩潰，掩著嘴在現場歇斯底里的尖叫著！「啊啊——呀——你住手！王元輝！」

胡芝霖都嚇傻了，看著刀子劈進人的身體裡，她全身抖個不停，圈著她的黃淇雪更是嚇得收緊了手臂。

走！快點……胡芝霖看到前方有個縫隙能鑽進人行道裡，但是她必須再往前騎個三十公分，這樣就會距離發狂的凶手更近……但應該沒關係，還有兩公尺的距離……

「胡芝霖！後退啊！妳在幹嘛！」緊張的呼喚聲傳來，晉佑在她後方嚷著。

「後退……」她慌亂的回頭看向晉佑，想知道要退到哪……邊去……向左後方看去的她，卻看見了比晉佑更近的另一台腳特車，正貼著她後輪旁。

「妳先下車好了！」貼在她後輪處的黃淇雪扯著她的袖子，「妳太近了！」黃淇雪？胡芝霖腦子一片空白，爲什麼小雪騎著共享單車，跟在她後方？那麼……她低頭看向自己腰間圈著的手，剛剛都沒仔細留意到——這死白的手臂上，竟毫無血色。

此時此刻，手臂上的冰涼滲進了她骨子裡。

圈著她的人是誰啊？

「哇啊啊——」胡芝霖兀自尖叫，她慌張的想跳下車，但是圈著她的力道不許！「放開我！救我——小雪！」

什麼？黃淇雪愣住了，她完全不知道胡芝霖在做什麼！他們都要往後撤了，芝霖怎麼突然恐慌了？

原本圈在胡芝霖腰間的手突然一鬆，接著往前握住了龍頭，讓腳踏車往前騎了！

胡芝霖！

第八章

見義勇為

黃淇雪來不及捉住腳踏車，就看著胡芝霖騎著……不，她的手根本沒在龍頭上啊！

一旁的人行道裡，有個身影迅速的往前衝，穿著跟他們一樣的制服，只是黃淇雪等人無心留意！

聶泓珈早跳下了腳踏車，筆直朝著肇事的方向去，遠遠看見刀子時頓了一下……不是車禍嗎？怎麼變成凶殺案了？

受害車主早就已經沒有氣息了，但是肇事車主沒有要放過他的意思，抓著他的身體，拼命砍殺著！

聶泓珈是從右後方突襲的，她冷不防衝上去，用身體的力量撞開肇事車主，同時流利的接住殘破的死者身軀，再焦急的把屍體往女人的方向拖去，看樣子他再多個幾刀，死者身體都要被捅爛了！

「妳！我就知道妳有別的男人了！我對妳這麼好，妳怎麼能這樣對我！」男人踉蹌的站起，他渾身上下都是血，手上那把砍刀更是鮮血淋漓。

這場面太駭人，車陣裡沒有人敢上前，房車裡的人都是把車門鎖死，深怕不小心會引禍上身！

聶泓珈站在女人身前，擋在兩人中間，女人腳軟的後退，完全無法承受發生的事。

「……我們……我們已經離婚了啊！」她好不容易才喊出虛弱的話，「已經一年了！」

「我很愛很愛妳啊！」男人根本殺紅了眼，他雙眼只裝得下前妻，他太恨了！看著前妻比過往更美，跟別的男人在一起露出笑容，想到跟自己在一起時那般的怨懟，他就恨！

他每天過得生不如死，她憑什麼過得這麼幸福！那個男人憑什麼擁有她啊！男人舉刀朝女人狂奔而來，聶泓珈看準了他的動作，護著女人閃躲之後，在男人逼近前，直接一腳把他踹飛！

「妳快進車子裡！鎖上！」聶泓珈一把拉開紅色車門，把女人往車裡塞！同時她趕緊上前，要先把刀子拿走才行！

她跑到男人身邊，卻發現他沒有因爲摔倒而鬆開手，右手仍緊緊握著刀子，甚至已經爬了起來。

「我們本來很幸福的，她怎麼可以愛上別人！」男人倏地跳起來，朝著聶泓珈橫向揮刀！

聶泓珈閃過了刀子，但自己因爲重心不穩踉蹌，男人趁此空隙，直接撞向她，將她壓上了被撞的車輛上！燙！

大意了！聶泓珈雙手交叉，及時絞住對方的右手，她剛剛不敢直接出拳，怕傷對方太重，沒想到這個男人已經瘋狂到歇斯底里了！早知道先一拳把他打得暈頭轉向才對啊！

叭——車陣中的車子緊張的按喇叭，試圖讓男人分心，有幾個路人也想上前奪刀，但這凶惡的程度讓大家不敢貿然上前！

於此同時，後面有輛腳踏車居然衝過來了！

抓狂的男人突然翻了白眼，那瘋狂的眼神變得全白，接著收起了咆哮的嘴臉，鬆開聶泓珈站了起身。

『我是不是說過，不要多管閒事？』女孩的聲線從男人喉間發出，接著男人露出了完全不搭調的獰笑。

下一秒，他原地用力的迴身一百八十度，帶著離心力般的力道，手上的砍刀直接橫向飛舞，揮向了衝過來的腳踏車，腳踏車上的女高中生正尖叫著，她高舉著雙手……不是她高舉著！是她身後的黑影，正抓起她的手做投降狀，直接騎衝過來！

就在某個瞬間，控制著她那雙手消失了，但是凶手已經近在眼前了——砍刀唰地砍去，那力道絕對不是正常人，因爲那雙手騰空飛起，再啪啦啪啦的「分別」落在兩輛車上！

「啊啊啊啊啊——」

胡芝霖發出淒厲的慘叫聲，同時她的左手與右手肘，分別落在了兩台房車的引擎蓋上，啪啦、啪啦！

「哈哈哈哈哈哈……哈哈哈哈！」染血的男人開始瘋也似的仰天狂笑，他舉著刀走向落在引擎蓋上的斷臂，準備繼續剁爛殘肢！

聶泓珈二話不說的衝上前，她衝向撞成一團的車子，蹬向車子借力使力，讓自己騰在半空中，這次沒有猶豫，揮舞左拳狠狠的朝男人揮了過去！

碰！男人整個人直接被擊倒，體內那抹黑影竄出時，聶泓珈都沒注意到，她只知道不能停，這男人太強悍了，趁著男人倒下之際，她又上去補了一拳、一拳、再——

「珈珈！珈珈！他暈過去了！」杜書綸的聲音傳進耳裡，男孩這才奔上前，由後環住她的身子向後拖，「夠了！那、個走了！」

聶泓珈立即收手，她正坐在凶手身上，渾身都沾了血！她踉踉蹌蹌的起身，第一時間爬過去扳開男人的右手，用腳把那柄砍刀踢走，踢得越遠越好！

凶手威脅解除，路人紛紛上前，趕緊接力的將凶器踢遠。

「手……」聶泓珈回了神，看著引擎蓋上的斷手，「快點把手撿起來，救護車！叫救護車！」

「已經叫了！」路人喊著。

一刀砍斷肌肉跟骨頭，剛剛這凶手是被亡者附身了，否則哪有這麼容易一刀砍斷！但正因爲一刀砍斷，代表接回去的可能性就很高！

她衝到早倒在地上抽搐的胡芝霖身邊，急著找東西給她止血。

「帶子！有什麼繩子、帶子都給我，快點！」斷臂噴出的鮮血染紅了她的制服，聶泓珈慌亂的朝著四周大喊求救。

車陣裡的人都熱情遞出東西，聶泓珈果決的綁上止血帶，一邊將胡芝霖扶起靠在自己身前，她這才認出……這也是舞蹈班的學姐？正是徐立暄那票的！

她大口喘著氣，慌亂的找尋定錨點，書綸呢？他呢？

「手！手有沒有撿起來，拿乾淨的布先用礦泉水弄濕再包好！」她大喊著，書綸去哪兒了？他應該幫忙撿手啊！

「我撿起來了！我撿了……」發抖的聲音來自於黃淇雪，她用外套包著一隻斷臂，走到了聶泓珈身邊。

她腳抖得太厲害，聶泓珈連忙叫她不要蹲下，很怕她一蹲下等等就站不起來了！另一隻手被忠明拿著，他們的腦袋一片空白，看著眼前一片血腥，直反胃想吐。

幸好在市區，警車跟救護車相當快速的抵達，斷手跟著上車做緊急處理，渾身是血的聶泓珈也被拉了上去，醫護人員還得檢查她的傷勢；被推上救護車時，聶泓珈還在慌張的尋找杜書綸，人呢!?

杜書綸正慢條斯里的牽著兩台腳踏車往巷子裡去，他早就遠離了現場，只是遠遠的看著警燈閃爍，警方到處拉起封鎖線，詢問著路人剛剛的狀況；被撞車輛的女人被嚇得魂飛魄散，話都說不全一句，只能不停重複著：「我們已經離婚了……我們已經離婚了……」

人人都有手機，大家都錄下了剛剛驚險駭人的一幕，當然也錄下了英勇擋刀且救人的少女，以及那帥氣爆表的左勾拳。

這時的他，怎麼可以去搶鏡頭呢？

他很清楚，當這些畫面出現在社群網路上後，珈珈那張所謂「殺人犯」的標籤，很快就會被取代了！被她自己從未改變的見義勇爲、有勇無謀給撕下，取而代之的會是……英雄少女的稱號！嗯，這個稱號不錯，或許他應該先回去操作一下！

眞是成也個性、敗也個性啊！

但婁承穎的計畫失敗，不代表一切就會太平，一旦珈珈更出風頭時，只會激化更多的嫉妒心罷了。

唐家姐弟不管，惡魔之書教的方法他辦不到，一般人豈能對付惡魔之王？杜書綸揉著眉心，他要不要打去「百鬼夜行」問問？店經理都能送他惡魔文獻了，專門研究惡魔的書，她應該比他更懂吧？

在此之前，他得先把珈珈的車牽回家去，再爲她準備換洗衣物，然後一起到醫院見警察囉！

誰來當他的執事？

我，雲雀説，

如果不是在黑暗中，
我會是他的執事。
誰來拿著火把？
我，紅雀說，
我馬上就把它拿來，
由我來持著火把。

——誰殺了知更鳥——

第九章

英雄少女

一起情殺案，在S區掀起了驚濤駭浪。

下班尖峰時間，王某跟蹤前妻與其現任男友，刻意衝撞製造車禍，待李男下車理論之際，立即手持砍刀朝李男砍去，刀刀見骨，總共在李男身上砍了三十餘刀，李男當場死亡。

原本王某可能還要對前妻行凶，但因爲S高一名見義勇爲的少女阻止，並及時讓女人躲進車內，因此逃過一劫。

而英雄少女的橫空出世更是令大家咋舌，雖說是少女，但眞的不仔細看以爲是少年，逼近一百八十公分的身高，結實的身材，還有那帥氣的左勾拳，比在場所有人都強大的勇氣，都再再令人震驚。

爾後對意外被砍斷手的同學施以準確有效的急救，提醒其他人拾撿斷肢，即使她在鏡頭下渾身是血，甚至略顯慌亂，但還是成爲了「這是我看過最美的容顏」、「英雄少女」。

這位英雄少女，正抱著兩份便當狼吞虎嚥，武警官更是親自遞上珍奶一杯。

聶泓珈大口的喝著，吃到一個段落，好不容易才靠上椅背，長舒了一口氣。

「我的天哪……累死我了！」

「慢慢吃！慢慢吃！」武警官好聲相勸，「我眞怕妳噎到。」

「太累了！」聶泓珈由衷的說著，望著自己的左手，已經疲軟到有虛脫感了。

而且剛到醫院什麼都不能做，也不能換衣服，她頂著滿臉的血被問話、做筆錄、檢查與包紮傷口，胸口有被刀尖微微劃過，得打消炎跟破傷風……直到杜書綸帶著換洗衣物出現，脫下制服給警方，這時她就快虛脫了。

杜書綸悠哉悠哉的在旁邊吃鯛魚燒，但雙眼卻憂心的看著聶泓珈裹起的左手，每次出拳都會受傷，尤其戴著手指虎時……惡魔的武器果然也不能太常用，處處陷阱啊！

「那個手指虎為什麼也要沒收？又不是凶器。」杜書綸發現手指虎沒了，那可是惡魔界的東西啊，好歹可以擋鬼啊！

「畢竟聶同學在現場，也打了凶手，算證物之一。」武警官微皺眉，「隨身攜帶手指虎啊？」

嗯哼，杜書綸挑了挑眉，他隨身還帶著匕首咧。

「這不是以防萬一嗎？看看今天的情況，萬一不就來了！」杜書綸再咬了一口，「好啦，那個能擋鬼。」

武警官當即眼睛一亮，「好，我們排查後沒問題，盡快還給妳。」

聶泓珈還在扒飯，含糊不清的道了謝。

「你們……事前知道那邊會發生事情嗎？」武警官問得很保守，因為「又是他們啊」！

「不知道，哪這麼衰！我們是要找你，就問舞蹈室的事啊！結果半路遇到車禍……」杜書綸聳了聳肩，「珈珈本來是想去看有沒有需要幫忙的，結果誰想到有人拿刀在亂砍……」

武警官神情相當緊繃，「說眞的，妳那樣衝上去太莽撞了，下次別這樣了，妳爸看到會嚇死的！」

「不會，我爸就是這樣保護官員的，那都他教我的。」聶泓珈倒是淺淺一笑，「我大意的地方在於應該先打他的手，或是先讓他沒辦法正常行動才是。」

「不不不，同學！不管怎樣都太危險了！」武警官連忙糾正，「這是警察的事，妳這樣眞的是在冒險……」

「那時沒有警察啊，只有凶手還有受害者……還有那個女人。」聶泓珈搖了搖頭，「我如果沒上去，說不定現在就是兩具屍體了！」

杜書綸悄悄比了個三，桌子對面的武警官瞭然於胸。

三具，說不定胡芝霖的急救不及時，現在也已經死了，哪可能躺在裡面接受斷肢縫合手術？

「是這樣沒錯，但下次還是別冒險，那把砍刀幾十公分長啊，我看了現場錄影，妳不也被劃了一刀？」武警官慌張中其實帶著責備，「那個凶嫌有一百公斤重，他壓著妳，刀子只要隨便一捅……這眞的是運氣，後面衝來的腳踏車讓他分心！」

不是幸運，而是那瞬間，亡靈上了男人的身！

斷腿學姐聲音，她的目標不是她，是胡芝霖！

胡芝霖的身後也有鬼影，早在出校門時她就該注意到的，她們是刻意砍掉胡芝霖學姐的雙手！

「像我就躲得遠遠的！」杜書綸還很自豪。

聞言，聶泓珈立刻斜眼睨他，「我在止血時不是叫你把斷手收集起來嗎？你跑哪裡去了？」

杜書綸笑而不答，他才沒興趣幫路人甲乙丙丁，尤其欺負珈珈的學姐中，就跟胡芝霖這票很、要、好。

「好，我說一下你們問的案子，十一年前，你們學校有一起自殺案，死者是舞蹈班的學生。」武警官平靜的說著他翻找到的資料，「相當優秀的學生，都練習到最晚，結果某一晚直接在舞蹈室裡上吊，直到隔天早上同學要去練舞時才發現。」

上吊……聶泓珈圓了雙眼，她沒有看到那個斷腿學姐有任何像上吊的模樣啊！剛入學時，班上有位優等生採取跳樓加上吊的方式自殺，每每出現時她總是伸長頸子現身的。

「但她的腳……完好的嗎？」連杜書綸都愣了，跟他猜想的完全不一樣。

「嗯……該怎麼說呢，死者死亡時是全屍，但……」武警官感嘆的搖了搖頭，「她自殺的原因就是因爲即將要被截肢，她無法接受未來再也不能跳舞的現實，所以決定在練習室裡結束一生。」

「截肢？爲什麼？」

「因爲敗血症！舞者的腳很常受傷，姆指指甲脫落都是常態，但因此感染噬肉菌，該位學生也沒留意到，等發現時已經來不及，不截肢無法保命！」

所以，靈體自斷雙腳嗎？還是那位學姐認爲自己已經沒了雙腿？

「截肢部位是小腿以下嗎？」杜書綸想再確認一點。

「這部分沒有提及，畢竟當初記錄的只是自殺原因……這是你們在舞蹈教室裡看見到的亡靈嗎？」武警官其實是憂心忡忡的，「換言之，你們看見的亡者根本不是徐立暄。」

聶泓珈尚在震驚中，但還記得搖頭，「不是，我看過徐立暄的照片了，可以看看當年那個學姐的照片嗎？」

武警官立即婉拒了，他甚至連卷宗都沒帶出來。

「主攻芭蕾，眼下有一顆痣，看上去也是很具氣質的女孩！因爲是自殺案，所以當年沒有什麼報導價值，加上家屬跟學校都不想鬧大，因此這件事並沒有成爲新聞。」武警官幾分遲疑，「現在一切跟十一年前的事有關嗎？」

「概率很大，因爲那位學姐還在那裡。」聶泓珈深吸了一口氣，眼下的痣是特色，斷腿學姐的確就是十一年前自殺的學姐，「但她不會無緣無故蟄伏十一年，可能最近發生了什麼，進而喚醒她。」

「人總是會有嫉妒心的，更別說是這些具才能的學生，雖然大家都說學生單純，但是競賽與考試是唯一的重心，誰的天分高，可能就會被嫉妒。」武警官幽幽問著，「所以誰嫉妒了現在失蹤或死亡的學生們嗎？才導致她們接連出事？」

武警官果然也知道，整件事跟嫉妒有關……杜書綸手指在桌上敲著，每個地方都有各種徘徊的地縛靈，但人家能好好的在一個地方放空幾十年幾百年，究竟要用什麼方式才能喚醒啊？

「說個笑話，目前死的都不是頂尖人。」杜書綸出了聲，「都是只能嫉妒別人的！」

「杜書綸！」聶泓珈當即給了個白眼，「光她們會跳舞就已經很強了，別這樣說人。」

「舞蹈班倒數第一，徐立暄甚至連考試都不一定能進任何一間舞蹈學校，科目成績就更別說了。」杜書綸挑了眉，「我查過她們成績了。」

又讓他的駭客姐姐去翻查人家的資料嗎？聶泓珈眼神更嚴肅了。

「啥？所以是一群……會嫉妒別人的人，成為目標嗎？」武警官有點轉不過來，「或是被嫉妒的人不爽，因此——啊！也不是不可能！」

聶泓珈跟杜書綸幾乎是同時身子趨前，瞪大眼睛看向他，為什麼武警官會這樣說？

「別、別這樣看我！就、就我剛說十一年前那個女生，當初有一個說法是有人刻意在她的繃帶或ＯＫ繃上用生鏽的釘子去磨擦、或是在鞋裡抹各種汙染物，才導致她傷口感染的——警方調查過，但真的沒有證據！」

化驗出許多物品都有相關細菌，但因爲死者本身就已經感染了，所以無論鞋子還是繃帶上有同樣的菌是理所當然的啊！

不過萬一她眞是被陷害的，導致她失去雙腿的恨，是足以讓一個人懷怨而死的。

「被嫉妒也被欺負……」聶泓珈喃喃唸著，不由自主的轉頭看向杜書綸。這的確跟秦聿嬿學姐遭遇的一模一樣。

存在即錯誤，甚至被班上大部分的人排擠，加上流言蜚語的汙衊，原本對她無感的人也會漸漸相信她「卑劣的爲人」、「援交」、「瞧不起同學」的各種傳聞。

「但秦學姐再不滿徐立暄他們，眞的會到殺人的地步嗎？鋸下雙腳？砍掉雙手？」聶泓珈咬著筷子，「這種恨意跟力道，應該還是被欲望驅使的。」

「秦聿嬿嫉妒他們？」杜書綸幾分詫異，但他知道聶泓珈的想法。

下午這場情殺就道盡了一切，即便已經離婚的夫妻，男方還是無法接受前妻再另交男友，因愛生妒，不惜一切砍殺男友、甚至想解決前妻，說不定如果成功，他也會選擇自我了斷。

嫉妒已經讓他迷失自我，毫無理智可言。

無論是鋸掉徐立暄的雙腳、讓曾悅迎臥軌，甚至剛剛被砍斷雙手的胡芝霖，這些事件都有怨魂的手筆。

「秦聿嬿？那個千年一遇的古典舞天仙嗎？」武警官居然也知道秦聿嬿，「她嫉妒別人？這好像是有點奇怪……等等，所以這事跟她有關係？」

「不知道、不確定、不清楚！這次的惡魔隱藏得很好，看不見找不到，甚至不知道在哪裡，但是──嫉妒的情緒是明顯的，最近你們也疲於奔命吧！」杜書綸直接幫忙回答了，省得武警官再繼續問。

「唉，我們這裡還好，畢竟是處理特殊案件，現在幾乎都是顯而易見的情殺案，眞的都源自嫉妒！」凶案組是疲於奔命，不說死亡案，光傷害案都跑不完了──所以，他們才來支援啊！

「我們學校應該是源頭，舞蹈教室非常非常不乾淨，我甚至覺得學長姐不該在那邊繼續練習，那種情緒會一直被放大……」聶泓珈掙扎幾秒，「武警官，有沒有辦法能封住舞蹈教室？」

「現在？」這可讓警察爲難了，「除了調查外，我們能封的辦法實在不多，除非──」

「再死一個人。」隔壁的杜書綸邊說還吸了兩口飲料，吸管在空瓶裡發出回音。

聶泓珈又扔了一記白眼，謝謝喔！

「我想想辦法跟學校溝通好了。」武警官鄭重的看向他們，「我需不需要找唐小姐他們來？」

「不需要，他們不會接，我問過了，他們說這裡已經不是他們能管的地步了。」杜書綸勸慰著，「讓我們好自為之！」

武警官不知道該笑還是該哭，這話說得……連驅魔師都不願意來的地方，是什麼可怕的禁區嗎？

「胡芝霖的手能接回去嗎？」聶泓珈比較憂心這個，「我很怕斷肢有受到損傷或是……」

「沒事，妳處理得很好，那刀砍得乾淨俐落，所以應該能順利接上……吧！」武警官好生安撫，「那女生也實在是倒楣，可能太緊張所以衝進凶殺現場。」

聶泓珈怔了幾秒，那面有難色的神情讓武警官警鈴大作——不是倒楣？

「應該是亡靈作祟，刻意讓她衝向凶手的，連我都可以看到她腳踏車後面有團模糊的陰氣。」杜書綸當時人就在後方，「我不懂的是，為什麼前面幾個都砍腳，這位卻砍手？」

「凶嫌不承認他有砍手，他不記得發生的事，記憶只在被聶泓珈一拳打得眼冒金星那邊。」不說警察們也都知道，該是怎樣非人類的力道，才能在一個迴身中，一刀砍掉兩隻手？

剁豬腳都要分好幾刀才能砍斷，現實又不是拍電影！

「能接得回去就好。」聶泓珈也算是鬆一口氣。

該問的問題都已經問完了，武警官便安排他們從別的出口離開，聶泓珈還不知道自己下午的行爲已在網路上瘋傳！現在醫院外頭聚集了一堆想看「英雄少女」的人，連記者都聞風而至，要不是這兒是醫院能控管，他們只怕早就被人群淹沒了。

聶泓珈只以爲是武警官貼心，知道她近日在學校的遭遇，避免她被其他人攻擊，所以給了他們一個方便。

「杜書綸，這種狀況有防範的辦法嗎？」

臨出門前，武警官還是問了，先不論能不能救助民眾，他自己想先從這種接二連三的惡魔誘惑中活下來。

杜書綸淡淡瞥了他一眼，刻意的笑著，「武警官，你有嫉妒的人嗎？」

嗯？武警官一愣，這問題問得他措手不及，一時間，他腦海裡竟一片空白。

「應該多少有吧。嫉妒是人性，每個人多少都會對他人抱有羨慕跟嫉妒的成份！」

「羨慕跟嫉妒是不同的喔！一個只是渴望變成那個人、或是擁有一樣的東西，或許會向上努力去取得，當然也可能因爲得不到而自苦，自、苦。」杜書綸強調了重音，「但嫉妒，是忿怒痛恨，是希望巴不得對方淒慘、甚至希望毀掉對方！」

武警官緊窒的點點頭，「我會克制自己的。」

即使有嫉妒的對象，也不會想去傷害對方。

「那這樣，或許就會相安無事。」杜書綸朝他頷首道別，與聶泓珈雙雙離開了醫院。

武警官目送著兩個學生離開，嫉妒啊……人之常情，但是要進展到希望殺了對方，就已經失去理智了。轉身進入醫院，恰好看見王姓凶嫌被押解離開，這就是被嫉妒控制的人們，正如杜書綸所言，只希望毀掉對方，甚至不在意是否傷及自身。

他振作起精神，快步到手術室外，探視受傷學生的家屬，黃淇雪跟兩個男孩也都在現場，個個臉色蒼白，尚未從驚嚇中回復。

「為什麼會這樣！你們不是跟她在一起嗎？」胡芝霖的媽媽尚在責怪茫然的黃淇雪。

「我……我不知道啊！」黃淇雪是真的不知道，「她就這樣衝出去了！」

「我的孩子啊！」

手術室內，醫生們正在謹慎的處理傷口，無論是患者身上的斷口或是一旁的斷肢，等等是個浩大工程，必須妥善的連結血管、肌肉與神經。

手術室裡的冷氣向來開得很強，所以沒有人留意到，其實溫度比平時調整的還低了幾度。

手術燈外的角落站著正觀察一切的影子，她看著在一旁已沖洗過的斷肢，俯下身，輕輕的朝著斷肢吹了口氣。

是說，她沒有的東西，別人也休想要，對吧？

當聶泓珈翻過圍牆時，她眞不敢相信，有一天他們會用這種方式進校園！轉身原本想要接杜書綸跳下來，結果他卻俐落的著地，這讓她有點恍惚，都忘記書綸已經長高了。

現在是晚上十點半，他們打算夜探舞蹈教室，這時間想光明正大走校門進來，光警衛那關就很難解釋了，與其花那個時間，不如直接翻牆快。

「小心！」在某個轉彎時，杜書綸突然拉住了聶泓珈，他們雙雙趕緊撤回，貼牆躲好。

腳步聲遠去，原本以爲剛好是警衛巡邏，結果等探頭查看，赫然發現居然是秦聿嬿！

「她練到這時候？」聶泓珈不可思議的再看了眼手錶。

「下個月有場非常重要的全國大賽，她的目標是全國第一。」這方面令杜書綸佩服，「看看，比別人有天賦、比別人有能力，還比別人更認眞！」

「這就是她被嫉妒的主因吧！」當然還外加優雅、美麗、有氣質，「她讓我感受到，擁有太多不一定是幸運的。」

「錯，幸不幸不該決定於他人，該是由我自己決定。」杜書綸一點都不以爲然，「別人嫉妒是他們的事，於我而言我就是幸運的！」

「但旁人的嫉妒是能傷害到你！你忘了你腿上的傷？」聶泓珈不客氣的反問，「就因爲你聰明，搶了他們的獎學金，他們連死後都不忘記得除掉你！」

「所以我要變強、我要去防範別人傷害我，但我不會因爲這些人變得不幸！」他一把攬過了她，「我有駭客姐姐、開明的父母、聰穎的頭腦、過目不忘的記憶，還有這麼好的珈珈，我就覺得我是全世界最幸運的人！」

聶泓珈無奈的笑著，好好好，都他說了算。

以擁有的才能而言，杜書綸眞的是個天妒人怨的存在，他不僅擁有了一般人沒有的東西，還超出太多太多。

於她來說，光是父母的陪伴，就是她一直得不到的珍貴……不過她也僅僅只有羨慕，遠不及嫉妒；因爲她珍惜杜家每一個人，她愛著大家，才不會心生怨恨跟嫉妒。

所以，被嫉妒與幸運與否，的確是兩件事，人不能活在他人的目光或嘴裡，唯有自己要更強大才行。

他們小心翼翼的確定目前無人巡邏後，總算來到了社團大樓，雖然大門是關著的，但爬窗還是能進去；一翻進去，熟悉的音樂聲再度響起，聶泓珈驚愕的往二樓的方向看去，寒意即刻湧上。

她爲什麼要來啊！一秒後悔，聶泓珈又想離開了。

去哪？杜書綸用氣音問著，拉住了她。

她指指二樓，這熟悉的天鵝湖聽得她毛骨悚然，斷腿學姐在啊！

杜書綸眼神閃過光芒，就是在才要去啊！他搬出正邪兩派的護身符、惡魔匕首，還有魔法符，總之能驅鬼降魔的法器全帶齊了！

他只是想一探究竟，是舞蹈室裡有什麼？還是那位斷腿學姐額外有所求？

跟斷腿學姐照過幾次面，每次都不是很愉快，但是聶泓珈卻沒有忘記，斷腿學姐對她並沒有恨意與殺意；所以她做足了心理準備後，後腰插著惡魔匕首，緩緩的拉開了舞蹈室的大門。

杜書綸手裡纏繞著惡魔唸珠，那也是唐大姐給他的，上面都是用惡魔界的東西製成，擋魔驅鬼都有一定的效用，他緊張的掐得唸珠都要嵌進掌心裡了，呼吸不由得變得急促。

音樂聲悠揚的響著，在聶泓珈推門而入時，燈光旋即亮起，整間舞蹈室的燈卻是紅色的，彷彿燈管包了層紅色玻璃紙，呈現一種詭異至極的顏色；而教室裡，用大腿骨跳舞的斷腿學姐正在那兒，上肢優雅從容，下肢依舊舞動。

她竟不分晝夜的練習，練習了十一年。

大腿骨在木板地上敲出節奏，噠噠噠的準確，學姐抬腳、勾腳，再來個大跳，每一下都令人膽戰心驚，杜書綸甚至都怕她躍起落地時，大腿骨會反向刺穿她的身體！

聶泓珈僵在原地，絞著雙手不知道該不該打擾她。

「學姐。」身邊的杜書綸直接開了口，「砍掉胡芝霖的雙手後，下一個是誰？」

斷腿學姐正抬腿，瞬間停滯，聶泓珈屏氣凝神的隨時準備拖著杜書綸逃出這裡，或是扔出手裡的匕首。

學姐優雅起身，打量著他們，亡魂眞的沒有任何跟上吊相關的死狀，既無舌骨斷裂，也沒滑出長長的舌頭，除了臉色死白跟血紅的雙眼外，幾乎都與常人無異，甚至那包頭還挽得一絲不苟。

『我們都討厭看見那些人，有些人的存在是如此礙眼。』學姐突然在原地轉了個圈，『我要他們全部都去死！越慘，我們越開心。』

她幾乎是在一秒內變得激動，情緒是瞬間點燃的。

『爲什麼我要因爲他們的嫉妒而失去雙腳！爲什麼？』她冷不防的衝向了鏡子，『我恨那些人！』

她雙掌啪的打在了鏡子上，鏡子彷彿瞬間成水般波動，杜書綸一個箭步上前擋在了聶泓珈面前，同時舉起唸珠，當那無形的壓力朝他們攻至時，唸珠的黑色屏障瞬間擋下了所有一切！

唸珠形成一道黑色與金色的薄膜，將他們圈在裡頭，透過不停流淌的黑金色光芒，他們赫然發現拍打鏡子的人，曾幾何時變成了秦聿嬿！

舞蹈教室裡依然是紅色的，秦聿嬿正搥向鏡子，她雙腳沒有穿鞋，但腳尖滲出的血象徵著練習過度的傷口。她看起來相當忿怒，一下一下的搥著鏡子，瞪著鏡子裡的自己後，發出了氣忿委屈恨的大叫聲！

過了幾秒，像是情緒緩和了些，她放軟身子轉身離開，可是她剛剛敲上鏡子的地方，殘留了血痕，可能是她剛處理過腳上的傷口，因此轉移上的。

舞蹈室裡的燈光啪的閃爍了一下，秦聿嬿警覺的抬頭看向天花板的燈，而鏡子裡卻不只倒映著她的背影，還有從天而降、正晃盪著的一雙腳……由於舞蹈室裡四面都是鏡子，所以秦聿嬿很快的就從對面的鏡子看見了斷腿學姐，她驚恐的環顧四周，鏡子裡掉下的那個女孩，還吊在上面晃著。

『哇啊！』秦聿嬿嚇得踉蹌，沒兩步就腿軟得跌坐在地，慌張的想要往門口爬去！

『妳想要他們消失嗎？』

斷腿學姐的聲音幽幽傳來，讓爬到一半的秦聿嬿愣住了。

『沒有道理，只有妳被嫉妒的份吧？』聲音迴盪在舞蹈教室裡，『我跟妳是一樣的，我也希望他們生不如死！』

秦聿嬿戰戰兢兢的回頭，她透過鏡子，對上鏡裡學姐的雙眼，然後鏡子上突然開始浮現了圖案。

啊啊啊啊……聶泓珈緊緊掩住嘴，那是什麼!?

連杜書綸都看呆了，他放下手，屏障隨之解除，他瞠目結舌的望著環繞整個舞蹈教室裡的鏡子，鏡子上面浮現的不是圖騰，而是滿滿的召喚陣！

一個接一個，寫滿了所有的鏡子，聶泓珈與杜書綸不可思議原地繞了一圈，眞的無一處空隙！總共七個魔法陣，以鮮血繪製，清清楚楚，如同斷腿學姐的髮絲一般，一絲不苟！

杜書綸不敢置信的看向斷腿學姐，難道十一年前——斷腿學姐擁有惡魔之書？

那是嫉妒的召喚陣啊！

跟他房間地板上那個自動形成、還燒焦的圖案一模一樣！

她心中有股嫉妒的火燄在燃燒，所以召喚嫉妒的惡魔，要將她嫉妒的人付出代價？

秦聿嬿突然轉向他們，倏地呈現爬姿，朝他們爬了過來！在紅色的燈下，人的眼睛格外酸澀，待聶泓珈看清楚時，只見兩條血痕拖曳，而那個爬向他們的，是斷腿學姐！

「走啊！」她拽著呆掉的杜書綸往門外去，但是斷腿學姐爬得飛快！

『把我的腳還給我——』

「杜書綸！」聶泓珈發現來不及，她嚇得趕緊抽出腰後惡魔匕首，滑跪在地上，硬生生在地板上劃上一條楚河漢界！

斷腿學姐明顯的煞車，她帶著驚恐神情的後退，但立即又用疑惑的目光看向聶泓珈……那眼神彷彿在問：爲什麼妳會有這種東西？

「那是……召喚嫉妒的法陣！」杜書綸連換氣都困難。

走啊！聶泓珈使勁推著他出去，天鵝湖的音樂變得更大聲了，他們連滾帶爬的跑出了舞蹈教室、衝下一樓，耳邊隱約聽見斷腿學姐一掌一掌趴在地上，爬行的聲音。

『把我的腳、還給我！』

✠

斷腿學姐當年絕對擁有惡魔之書！

一回到家，杜書綸迫不及待的跳下腳踏車，拜託聶泓珈幫他把腳踏車放進車庫裡，就急匆匆的衝進家門，一路往二樓房間裡衝！聶泓珈沒來得及說什麼，因爲她知道杜書綸一定想到了什麼！

從學校出來後他便臉色蒼白，一個字都不說，而且一反常態的拼命騎車，直說要快點回家！

衝上二樓的杜書綸立即反鎖房門，慌亂的滑到書桌邊，打開暗格拿出惡魔之書，翻開他曾看過的那個魔法陣，這個勾、那個符文……一模一樣！他再爬著往床邊的地毯去，掀開地毯後，下方那個燒焦的魔法陣，也是同一個召喚陣。

嫉妒陣，但不一定是利維坦吧？

斷腿學姐曾有過這本書，她召喚了嫉妒之惡魔，然後呢？她成功了嗎？那爲什麼又自殺了？還是她已經解決掉害她截肢的人了……如果眞有那個人的話。

杜書綸腦子裡一團亂，回想著剛剛看到的一切，滿是怨念與詛咒的舞蹈教室裡，有的不只是一般學生對有才能者的嫉妒、還有斷腿學姐對擁有健全雙腳人的嫉妒，以及滿滿的召喚惡魔陣……但如果當年斷腿學姐的願望完成了，她的靈魂就該會被惡魔吃掉，不可能在十一年後，誘惑秦聿嬿。

血……對，秦聿嬿染血的手拍向鏡子，補足了當年未完成的法陣？還是反而叫喚出了斷腿學姐？

他不知道緣由，但是就那七個召喚陣來說……秦聿嬿手上的那一點，沒有任何多餘！她像是眞的補上了原本的缺失！

天哪！這得找誰幫忙，唐家姐弟錢再多都不來了，那——對對對！

他趕緊蓋上地毯，不忘把惡魔之書藏回抽屜裡，然後抓起手機，一通電話撥給首都的「百鬼夜行」夜店！

現在是午夜十二點，但夜店應該是越夜越美麗對吧！

「喂──」

電話接通，對面果然超級嘈雜，聽起來是電音派對啊！

「厲經理您好！我是杜書綸，就是S高的──」

「我知道你啊！賭輸人！我們有互加啊！」對面那頭的女人相當熱絡，「抱歉喔，我這裡有點吵！你說什麼？」

「我們遇到了一點問題，我想問利維坦的事！有沒有什麼辦──」

「啥？叔叔？」厲心棠遮著一隻耳朵，正從HIGH翻的舞池往裡頭走去，試圖聽清杜書綸的說話聲。

叔叔？杜書綸當即愣了住。

「叔叔？什麼叔叔？」

「叔叔怎麼了嗎？他有說可能會四處走走，但我有交代別去找你們啊！」

「我是說，利維坦大人。」杜書綸握著手機的指節泛了白。

「對啊，我叔叔，利維坦啊！」厲心棠咯咯笑了起來，「哎唷，我叫厲心棠啊，你忘了？叔叔是撿到我的長腿叔叔，我跟他姓啊！」

利維坦，是叔叔。

杜書綸得扶著書桌桌角才能站穩，他有種全身血液都褪去的錯覺，寒意貫穿全身，一時都不知道該說些什麼。

「他為什麼要來看我？」

「因為他剛好去S區度假嘛，我跟他說過有兩個高中生遇上了各種惡魔，我還把惡魔典籍給了你們，所以他對你們挺好奇的！」厲心棠說得自然，「不過我叫他別去嚇你們，畢竟沒見過面嘛！」

杜書綸留意到自己的手因顫抖而差點握不住手機，他都忘記他後面有沒有說話，也不記得怎麼掛掉電話的，他只知道他抓著桌子跌坐在自己的椅子上，腦裡迴盪著店經理說的話。

——利維坦是我叔叔啊——

——叔叔去S度區假了——

這哪門子的天時魔利人合啊！

嫉妒之魔就在這裡！在他們住的這帶！甚至還是「百鬼夜行」經理的老闆！

第十章

惡魔餐廳

才剛把兩台腳踏車放進車庫裡的聶泓珈，突然感受到一種陰寒的氣息，她指尖微微發顫，這種汗毛直豎的感覺她太熟悉了，都是因為有那、個。

她小心翼翼的走到前院草坪上，身體打著一個又一個的冷顫，恐懼的壓力直襲而來，她甚至可以聽見藏在風裡的哀鳴聲……晚風颳得遠處的森林劇烈搖晃，一隻烏鴉都沒能飛出，此時此刻那片紅色的樹林上空，邪氣雙倍！

『啊啊啊啊——他為什麼這麼美！』驀地一個亡者從她身邊飛過！

咦？她愣住了，那真的是飛過去的，半透明的靈體像被龍捲風捲動一般，朝樹林飛去，那兒像是有股強大的吸引力，正把亡靈們朝那兒吸引。

『我不要！我不要過去！』又一個亡靈滾動到她腳邊，緊緊抓著草地，『我只是受不了他炫耀而已，有錢了不起嗎？我只是希望他跟我一樣慘而——』

哭喊著、尖吼著，鬼的叫聲刺耳且令人渾身起雞皮疙瘩，聶泓珈難受到想快點衝上木梯，進屋去躲起來，但是自四面八方湧來的陰氣太重、亡者太多了，她嚇得原地蹲下，她不想站在那兒，任靈體衝撞！

各個亡靈穿過她身體的瞬間，都會令她噁心反胃，更別說有亡靈真的想附身，強硬擠著她原本的靈魂！

書綸……她總是第一個想到他，即使他不一定有多大作用！聶泓珈伸長手，想去搆著樓梯的欄杆，至少給她點力量讓她能拉著走上去！

「珈珈！」紗門推開，腳步聲急促衝下，杜書綸來到她身邊，立即把手上的惡魔唸珠串戴在她身上！

『喔啊啊——』那瞬間亡靈像是激流遇礁石般，未靠近他們前便朝四周分散，他們都畏懼比靈界更邪惡的惡魔之物。

杜書綸還抓了正派的東西出來，護身符、佛珠，反正大家合作一下，只要不讓他們受到傷害就好！他推著聶泓珈的背讓她先上樓，想著跟在她身後應該就沒事了……應該。

才走兩階，聶泓珈是沒事，但一個頭超大的亡者直接朝杜書綸撞過來，一秒把他撞翻，落回草地！

啊！杜書綸連叫都不敢叫太大聲，爸媽在睡覺了啊！

他是正面被靈體撞上的，那大頭亡靈正想附身，擠著他的靈體扔出去未果，反而給了杜書綸一個表演特技的機會─原地後空翻，狼狽落地！

書綸！聶泓珈不可能扔下他，她回身就撲向杜書綸，讓戴著唸珠的自己抱著他，這才是萬無一失的辦法。

現在只有等怪風結束……不，那哪是風？這是單方面的吸力，源頭就在那詭異的森林裡！

唰。

風瞬間停了。

就連蜷在草地上、聶泓珈之下的杜書綸都能感受到，不僅僅是風聲驟止，哀嗚聲也盡數消失。

這是一秒內的事，趴在杜書綸身上的聶泓珈愣住了，風停了，亡靈不再，可是強大壓力不但存在，甚至讓她頭皮發麻——有東西在她身後！

「你們就是棠棠說的高中生嗎？」

跟著，一股力道抓著聶泓珈的手，零點一秒就把她拉起來了！

草地上的杜書綸跟著抬頭，內心的慘叫聲已經迴盪在外太空了——啊啊啊啊啊啊啊！

男人穿著異形裝。

她實在很不想認出來，但男人真的穿著電影裡那個巨大的頭、長尾巴的異形裝，就站在她面前。

聶泓珈如雕像般動彈不得，她完全不敢動，連呼吸都不敢，看著男人也輕易的將躺著的杜書綸拉起來，好像他們兩個都是沒重量的空氣似的。

「叔……叔？」杜書綸不知道自己哪來的勇氣，好不容易擠出兩個字。

「咦？」叔叔雙眼一亮，顯得很高興，「你知道我？」

聶泓珈惶惶不安的看向他，叔叔？這個「異形」是杜書綸的叔叔？她從小在杜家長大，沒印象啊！

「厲小姐跟我說的，說您剛好在這裡……度假。」杜書綸喉頭緊窒，聲音都卡卡的，嘴角抽搐的看向聶泓珈，「百鬼夜行那個經理的，叔叔。」

他悄悄打量了叔叔一眼，這是去參加變裝PARTY嗎？

聶泓珈腦袋一片混亂，首都那間全是魍魎鬼魅的夜店？活潑經理厲小姐的叔叔？爲什麼會在這裡？

不對，聶泓珈下意識握緊了胸前的唸珠，這個人不是人！

「對，來這裡的餐廳吃飯！補充能量！」男子微笑著，不看那身服裝，倒是很成熟穩重，「這裡就幾戶人家，我以爲大家都睡了，所以沒注意到你們，抱歉了。」

人百百款，惡魔也一樣，這麼隨和的惡魔眞是更加令人惶恐了！杜書綸連忙搖頭，如果叔叔人能更好的話，眞希望他可以鬆開箍著他們兩人的手。

聶泓珈正在想著如何脫身，現在拿匕首起來似乎太危險了？可是她戴著唸珠，這位叔叔還是能抓著她的上臂，表示他不怕惡魔界的東西……不是啊！

「你在吃那些亡靈嗎？」腦子一堆問題，結果聶泓珈衝口而出的是這句。

「啊，不是亡靈，那些都是活的靈魂。」叔叔終於鬆開了手，露出一臉滿足的模樣，「活生生的才好吃！」

咦？聶泓珈圓睜雙眼，「靈魂……您是惡魔？」

杜書綸嚇得趕緊抓住她的手向後退，可以的話，他眞希望退到外太空去。

「抱歉，叔叔，她沒搞清楚，她什麼都不知道，不是有意冒犯的，我們……」

天哪，他都語無倫次了！

叔叔笑了起來，一派輕鬆的抬頭看著滿天星空，空氣依舊是停滯的，略顯悶熱，所以他手指輕輕一動，微風便開始吹拂大地了。

「這裡眞舒服，難怪他會選定這個地方！靜謐、天然，人不多，但欲望也不少。」

聶泓珈手一緊，緊張的感受傳遞到杜書綸手中，她不可思議的與之對視，口型是呼之欲出的答案。

「有人召喚您過來嗎？利維坦大人？」杜書綸還是問了。

別問啊！他們應該卑躬屈膝，乖乖的不作聲等惡魔走就好了，為什麼要開口！

「我開夜店很久了，我一直都在人界，但我知道這裡有人寫了低級的召喚陣……不，我對於那種召喚沒有興趣。」叔叔笑容微斂，「人類的欲望是無盡的，人人都會嫉妒，只要有想法有作爲，我們就能吸收能量─我以爲貝爾菲格或別西卜已經教會你們了。」

「沒有儀式，就能吃掉他們的靈魂？」聶泓珈不解的是這個，剛剛那可是滿天空的靈魂啊！

「那是不一樣的事！我剛剛吃的都是已經動手傷人或殺人的了，良知都已泯滅，早已扼殺自己的靈魂，我們只是順手拿來吃而已！」叔叔突然一伸手，啪的騰空一抓，就在空中抓出一個靈體。

聶泓珈當場倒抽一口氣，是下午那個砍殺情敵的王姓凶嫌！

「像這種，因嫉妒發狂而殺人的，特別美味。」叔叔看著在他手裡依然在掙扎大吼的靈魂，然後剎～嘶！

眨眼間那個靈體化成如星河般的小分子飄浮在空中，叔叔一個吸氣，便全盡數進了叔叔的身體裡。

末了，叔叔還滿意的笑了，看來是真的很好吃。

「但是，是因爲您的現身，激化了大家嫉妒的情緒？像剛剛那個男的才會持刀砍人，被嫉妒奴役了腦子。」杜書綸嚥了好口口水才敢繼續說，「如果可以的話……」

「不可以，我是惡魔啊，孩子，我的存在不是讓他們偏激，而是讓人們直面自己的欲望啊！想要就去爭取，遵從自己的，自、由、意、志。」利維坦一派閒散，說得理所當然。

當然啊，他是嫉妒之魔啊！

「所謂遵從內心，就會變成無道德底限，或是傷害別人的後果……」

「那是每個人自己的選擇。」利維坦微笑面向聶泓珈，「我們只管如何讓人們赤裸裸的呈現出本性罷了。」

道德這種東西，一開始就是人類自己訂來束縛自己的東西，在惡魔眼裡，是反天性的。

「可是……」聶泓珈還想說什麼，牽著的手制止了她。

「珈珈，所以嫉妒是原罪啊。」杜書綸提醒著，「要靠理智去控制，我們才不會傷人。」

如果任人性恣意妄爲，那天下就會大亂了……所以人性的的確確是需要被制定的法律或教條、甚至是道德所約束的。

事實上，這些約束，說好聽是爲了全人類的福祉，說自私點，也只是人人爲了保障自己的手段罷了。

「我記得你是賭輸人吧，聰明的孩子，但敏感的是妳，聶泓珈。」利維坦果然很熟悉他們，「結果惡魔文獻現在在誰那裡？」

杜書綸悄悄舉了手，「我看得快，也記得住。」

「嗯……」利維坦凝視著杜書綸，眼神變得深沉，嘴角的笑容也漸漸消失，緊接著他倏地轉頭，看向了他二樓房間的方向！

糟糕！杜書綸大驚失色，利維坦是不是發現他也藏著惡魔之書了？

「那個——」他緊張的打斷，「現在我們S區發生的這一切，要怎麼停止？人人如果都爲了嫉妒失去控制，不惜毀掉嫉妒的對象的話——」

等一下！毀掉嫉妒的對象？

杜書綸閃過一個不得了的想法。

利維坦露出讚許的笑容，「我雖不會爲那種低級粗糙的召喚陣現身，但我依舊會回應人類的願望，我們惡魔跟那些高高在上的神不一樣，向來都是有求必應的呢！」

是喔，謝謝喔！惡魔最可怕的，就是有求必應啊！因爲祂們回應的方式，不是每個人能承受的！

所以，利維坦回應了秦聿嬿的祈願，還是斷腿學姐的？

「學姐就是源頭對嗎？如果我們能阻止她的許願……」聶泓珈喃喃的想著，來得及嗎？

「現在是我的假期，我要的就是吃好喝好，小朋友們，不要太妨礙我。」利維坦溫柔的話語裡帶著嚴厲，「不然就算是棠棠的朋友，我也不會客氣，」

利維坦沒有那種閃現閃離，他反而認眞的打量起他們兩家的木造房屋，像是欣賞這種自行建造的木屋般，從上到下的觀察著，看得身後兩個孩子渾身不對勁。

杜書綸用力做了一個深呼吸，再度鼓起勇氣，「剛剛您說來餐廳用餐？S區有靈魂餐廳嗎？」

「不就在那兒嗎！」利維坦順手一指，正巧指向了那片紅色的樹林。

曾經是綠油油的森林保護區，現在有一區卻因爲硬生生成了禁區，那兒瀰漫著可怕的瘴氣，陰魂處處，哀鳴遍野，地底下有巨大的血管，散佈整個城市，汲取人類的靈魂與欲望。

「那是你們開的……餐廳？」

「是路西法開的！之前他就說過，想挑個山明水秀的地方開設個餐廳，自動匯集食物，而且這樣能挑選的靈魂也會更多。」他回首，望著他們突然露出邪惡的笑，「你們該不會以為，從一開始，一切都是偶然吧？」

彷彿有道雷打下，杜書綸瞠目結舌——難道從芒草原裡爬出第一個惡魔開始，就已經不是偶然了嗎？

聶泓珈腦內大轟炸，她不敢置信的回想這兩年來的所有事情，那些自私到極致的亡者，那些冒出來的惡魔，還有那些「遵從天性」的人們——全部都不是偶然？

「那——」聶泓珈抬頭還想說些什麼，卻發現眼前已經沒有異形了。牠走了。

她戰戰兢兢的看向隔壁的杜書綸，他現下眼神看得很遠很遠，聶泓珈明白自己的想法與思緒永遠追不上杜書綸，她其實很常看不清他，但沒關係，相信他就好。

「表姐叫我搬家，還眞對了。」她幽幽的說。

「只要利維坦大人在這裡，人們嫉妒的心只會越來越強烈，像今天的情殺案還會接二連三！所以必須要讓學姐放棄她的欲望！」

「不可能的，我們都知道，人性沒有這麼容易，總是欲望在前！學姐就是被嫉妒的恨意燃燒掉理性的！她巴不得殺掉所有有腳的人吧！」聶泓珈想起學姐那拼命往前爬、只想要回小腿的模樣，其實心底是難受的。

「我說的不是斷腿學姐，對！我覺得畫陣的是十一年前的斷腿學姐，但完成的是秦聿嬨。」杜書綸張開手指，以掌心在聶泓珈額上輕輕一貼，「記得嗎？那染血的一掌。」

「……就眞的那麼剛好，差一筆？」

「不，才不是一筆的問題，惡魔最慷慨了，應該畫一個陣就回應了……我猜是秦聿嬨的恨意更強大，她的嫉妒心與斷腿學姐同步共鳴，才引起惡魔回應的！」

那掌心的血不過是錦上添花，利維坦也說了，他嫌那種召喚陣低級，畢竟本來就是寫來蠱惑人類出賣靈魂用的，一般只能召喚出低階惡魔；那紅掌血漬爲次，滿心的嫉恨才是最重要的！

「秦聿嬨嫉妒……誰？」聶泓珈蹙起眉，「徐立暄，連推甄都會上不了的人；曾悅迎，舞種根本不同；胡芝霖斷的是雙手，跟跳舞更不相關。」

「對！對！」杜書綸帶著激動搖著她的雙肩，又趕緊壓低音量，「我剛剛才想到，說不定秦聿嬨眞的嫉妒他們！所以我才會說是秦聿嬨喚醒了斷腿學姐！她是眞的對同學嫉恨到了極點！」

聶泓珈眉間的紋皺得更深了，「我實在沒辦法想出秦聿嬨會嫉妒那些人的原因！明明該是他們嫉妒秦聿嬿，所以才各種霸凌啊！」

「一定有。」杜書綸雙眼熠熠有光，「那些人身上絕對有讓人嫉妒的特質而不自知，甚至都能讓學姐痛恨到召喚出惡魔了！」

聶泓珈沒有再反駁，杜書綸向來比她聰明，而且這樣也才說得過去。

如果沒有嫉妒到深刻的恨意，哪來的能力喚醒斷腿學姐？又怎麼有辦法讓利維坦回應並給予力量？讓她們盡情的害嫉妒的對象墜入深淵？

而且，這也更加能解釋，爲什麼今天的胡芝霖學姐斷的是雙手而非雙腿。

「那，從胡芝霖學姐開始找原因吧！」

杜書綸點了點頭，其實他心中有另一個解法，只是當作備案吧，因爲他現在擔憂的是被激化的嫉妒心，會傷及珈珈！

英雄少女的橫空出世，是能把她從當年的事件拯救出來，但同時會讓本就嫉妒她的人加深恨意。

人總是這樣，見不得別人好，已經有了嫉妒的想法後，對方如果不夠慘，只會更恨，巴不得親手推對方下去，或是將對方踩進泥裡，一定要讓對方痛不欲生才能勉強消弭那份嫉妒之火。

速度得快，他不想冒著讓珈珈受傷的生命危險！

頂著睡眠不足的黑眼圈，聶泓珈還是五點準時起床，到後院練拳……她練得是膽戰心驚，因為後院望去是一片草原，連結著那邪氣衝天的紅色樹林。

練完後才一進家門，就被父親抱了個滿懷！

「哇……」她嚇了一跳，「爸……爸！你回來了！」

「沒受傷吧？妳昨天那樣上前是有點大意了！但還是做得很好！」聶爸打量著女兒全身上下，除了鎖骨下淺淺的刀傷外，都沒有大礙！

聶泓珈一時沒回神，幾秒後才想起來……爸是說昨天傍晚阻止凶殺案的事喔，在網路上傳遍了！她看了個大概，這件事把她「殺人犯」的言論完全蓋過去了。

表姐也傳訊息讚美她了呢！

「我不是為了洗白自己，我當時就覺得那把刀很可怕，加上那個人已經失去理智，旁邊很多騎車的人，太危險了！」聶泓珈大手攬過父親的肩，「不過我沒事，你別為我擔心！」

「我怎麼能不擔心？我本來想請人幫我撤掉新聞，但我朋友說這樣會有反效果……」

「書綸也是這麼說，好了！我自己做的事自己能擔著，無論好壞。」聶泓珈拍拍父親，「吃早餐嗎？在家吃還是書綸家？」

「妳帶到學校去吃吧！書綸說會幫妳帶著。」聶爸對她其實多有愧疚，「每次有事，我都不能第一時間陪在妳身邊……」

「爸！你要賺錢養家啊！我都懂的！別想這麼多……」聶泓珈不安的從後門進屋後，朝前方看去，「外面不會有記者吧？」

「不會！他們要聚集的話昨晚就來了！我特地拜託上面的人阻止記者過來了。」

聶爸說得雲淡風輕，聶泓珈有點開心，不管怎樣爸也跟政治高層有關係，還是有些特權可以用。

「不在家外面就沒關係，進學校後他們也進不了教室。」聶泓珈趕緊往二樓去，「我先去梳洗了……啊！」

爬到一半，她停下腳步，從樓上往下看，「爸！你不要再進森林裡了喔！散步也不行！」

聶爸臉部肌肉微微抽了幾下，抬頭看向她，「我知道，妳說過了。」

聶泓珈滿意的上樓進房間梳洗兼換衣服，聶爸則拿著咖啡，再度從後門步出，看著那散發著詭異氣息的紅色樹林。

「怎麼？珈珈叫你不要去打獵？」身後突地傳出聲音，背靠柱子的聶爸回頭看了眼，隔壁陽台曾幾何時也站了杜爸。

「對啊，耳提面命好幾次了。」他有點無奈，家裡的獵槍都生鏽了。

「珈珈說的總有道理，聽著就對了。」杜爸吆喝著，「過來，吃早餐，今天做了你非常喜歡的獵人漢堡。」

就是各種肉的綜合漢堡！杜媽發明的！

「這麼好！我送珈珈出門就過去。」

有別於大人的悠閒，兩個孩子兵荒馬亂，尤其是杜書綸回房間後又研究了一次惡魔文獻，到快天亮才睡著，現在正手忙腳亂的換衣服，衝下樓時接過杜媽準備好的兩人份早餐，連說再見都來不及的跳上腳踏車就走了。

「今天學校不知道會發生什麼事。」杜媽目送著孩子們遠去，憂心忡忡。

「書綸讓我們非到緊急狀況不要介入，讓他們自己解決。」杜爸挺泰然的，「反正那孩子也沒讓我們擔心過。」

「我擔心啊！」杜媽可不以爲然，「我很爲別人家的孩子擔心！」

聶爸一愣，不由得朗聲大笑起來，「哈哈哈哈！是是是，書綸這孩子太精了！不過呢，孩子大了，就聽他們的吧！」

「是，我們隨時留意狀況，必要時再出面吧！走！吃早餐！」

聶泓珈他們出門後，果真一路都沒遇到記者，但騎在林蔭大道上時，她就明顯感覺到目光不同了，前一天還是各種竊竊私語與批判，今天卻變成欽佩的眼神了。

校門口的記者更是令她卻步，幸好導師知道她的個性，找了好幾個老師把她送進校內，婉拒了一切採訪；聶泓珈想起之前遇到事情時，也曾被記者採訪過，當時的她嚇死了，頭都快低到胸口，因爲那時的她恐懼被認出……是，她就是怕當年的同學認出她來。

現在反而是破罐子破摔，當年的事既已爆出，好像也沒必要躲躲藏藏了。

進校門後突然停下腳步，後面提問的記者同步安靜下來。

原本在她身後的杜書綸立即明白她想做什麼，刻意閃身到她身邊，給她一點空間；聶泓珈終於轉過來，在記者提問前，她主動抬起手，表示要說話了。

「我學過防身術、格鬥跟空手道，以前也是拳擊隊的，所以昨天那種狀況我才敢上前，但我不建議大家這麼做，畢竟當時凶手已經殺紅眼了，非常危險。」她平穩的說著，「我只是想救人，沒有其他想法，也不必扯什麼贖罪論，無論有沒有發生當年的霸凌事件，昨天那種事情我遇到一百次，我就會上前阻止一百次。」

被她看到的記者小小翻了白眼，他就是昨晚第一時間寫文下標：「昔日霸凌同學致死，今日壓制凶嫌爲贖罪？」的記者。他才不管是非，他是記者，要的是點閱率，不是眞相。

「我在這邊想請大家最近不管想做什麼、想傷害誰前，能先思考一下……想想你還有家人，傷害別人時，你自己也會犯罪，清醒時良心會到譴責，你的家人更會因你而痛苦……請把嫉妒變成動力，不是殺戮。」

記者們其實幾分錯愕，一開始不理解爲什麼聶泓珈又說這些話，但她一說完就潛入校園了，他們也只能這樣播出；不過靜下來思考，昨天的凶殺案的確是因爲嫉妒前妻的新戀情而引發，更不要說近來許多案子歸根究底也都是嫉妒造成的！

還有這間學校舞蹈班的事件，第一個被鋸斷腿的女孩尚未找到咧！目前也被歸類爲嫉妒啊！

聶泓珈匆匆進入校園後，又是夾道歡迎，人心眞的變得太快了，從吐口水到熱烈迎接，她更加覺得毛骨悚然……比面對惡魔還令她心慌！所以她完全不敢回應，只知道快步往自己的教室棟走去！

太可怕了！

「上面——」

驚叫聲傳來，聶泓珈第一時間就推開杜書綸，同時也利用反作用力讓自己大跳退後，幾乎是同時間，一個盆栽從天而降，不偏不倚的砸碎在剛剛他原本站著的地方。

強烈的惡意襲來，這次是明晃晃的殺意了！從她過去的事件曝光至今，從未有的殺意！

「妳差點打到學長了！高美純，妳是眞蠢喔！」

「沒、沒、沒有，我剛明明算準的！」

樓上毫不避諱的說著原始目的，杜書綸抬頭看去，一年級的學妹們就在窗邊，顧詠藍還能開心的對他打招呼。

聶泓珈看著碎片滿地的花盆，再回頭看了剛剛出聲警告的人，果然是李百欣。

「下來！誰讓妳們亂丟花盆的，會傷到人知道嗎？」李百欣根本沒在看她，指著顧詠藍她們就開罵，「下來把花盆清乾淨！道歉！」

「霸凌人也會傷到人的，聶學姐知道嗎？」學妹們齊齊陰陽怪氣，「砂鍋這麼大的拳頭，好嚇人呢！」

聶泓珈終於抬頭看向了她們，「我知道，不然我當年怎麼會霸凌人呢？」

前幾天各種欺負人的手段就層出不窮，所有人頓時個個都成了李伯勳的至親好友，每個人都能對她出手；只是昨天的事件後，大部分人轉成好感，但討厭她的人手段卻變得更重，現在居然連扔花盆這種事都做得出來，要不是她運動神經發達，這花盆自四樓掉下來，也足以砸得她頭破血流。

面對冷嘲熱諷，她主打一個有來有回。

這些人有沒有注意到，在做這些事的他們，也已經是他們口中的霸凌者了。

或是說，打著復仇爲名的霸凌，就是正義，不是霸凌嗎？

「妳進去，我來處理這些學妹！」李百欣氣急敗壞的推了聶泓珈，「張國恩！去揪那幾個人下樓！」

聶泓珈哪可能被這區區力道給推動，她只是感受到一絲暖意，「謝謝妳。」

李百欣一直天人交戰，她也不喜歡霸凌者，但霸凌這現象根本不可能絕跡，從小學到中學到處都是，從身材到外表到個性，多少人都會被欺負，她很意外聶泓珈以前也是那樣的人，但是、但是，就她認識以來，就不像啊！

簡單來說，聶泓珈沒有欺負過他們任何一個人，入學以來別說傷害誰了，多次救大家於水火之中，還曾把她從可怕厲鬼手上救下……所以她很不想在意她過去做了什麼，她只想專注於「S高的聶泓珈做了些什麼」。

她不但沒有霸凌過誰，甚至還幫了因詐騙被全校欺負的張國恩啊！當大家都在欺負他時，第一個站出來的就是聶泓珈。

所以事發至今，她都還是默默的幫助她。

「我認識的聶泓珈是一直在幫大家的人，不管是變態老師、凶暴惡靈，或是那些吸毒吸到快掛掉的布偶熊都一樣，每個都是盡全力的幫忙！」李百欣也不管圍觀同學的目光了，「妳沒有放棄過任何一個人。」

這就是她眼中的聶泓珈。

「所以笨啊，幫這麼多人，然後每人反過來都要捅妳一刀。」杜書綸在旁說著風涼話，「是不是早知道我們就不要去畫那個保護陣，讓大家都躺平到廢，送給惡魔當禮物多好！」

聶泓珈忍不住送白眼給他，有時眞不知道杜書綸是在幫她還是害她。

她扭頭往大樓裡走去，杜書綸吹著口哨跟在她身後。

在樓梯上時，恰好與走下的顧詠藍一群人碰面，她們並不對自己扔下花盆感到一絲在意，殺氣已經顯而易見，怎麼變得更嚴重了？

聶泓珈開了無視，並不對她們的挑釁加以理會，顧詠藍還刻意在與之擦肩而過時，伸出了小腿，朝聶泓珈絆去。

咦！聶泓珈俐落的縮腳，順利的閃過，反倒是勾腳的顧詠藍因爲沒成功，重心不穩了！

蹧！聶泓珈立即出手，要拉住顧詠藍，可是杜書綸更快的上前，竟一把壓下她的手，穩當的將她抱進懷裡，動作行雲流水，一氣呵成，然後——

只聽見尖叫聲。

「呀呀——」

一帶三，絆倒的顧詠藍摔時扯著隔壁的高美純，兩個人一起滾下階梯時，同時又絆倒了第三位好姐妹。

他們一層樓十三階，現下都快到平台了，所以三個女孩連續滾摔九階，挺慘的！

杜書綸帶著微笑，只看著聶泓珈，「沒事吧？」

聶泓珈都傻了，她還比杜書綸站的高出兩階，這種「大鳥依人」的景象，誰看誰滑稽……不是啊，她不需要被救啊！

「你在做什麼？」她緊張的掙扎著，「我剛剛明——」

「妳什麼都做不了的。」杜書綸跟暖男似的，還加重了手上的力道，「妳太壯了，抱起來都沒有軟軟的感覺！」

……聶泓珈一怔，急忙掙開了他，穩當的站著。

他剛剛在說什麼鬼啊！她有點慌亂，僵著身子不知道怎麼反應，看著樓下的混亂，腦子跟著一團亂。

顧詠藍朝著高美純使了眼色，高美純立刻高喊：「殺人犯！推人啊！」

「欸，不是吧！妳們自己要絆人的，失敗才跌倒的好嗎？」

「她以前幹的事就自己去負責，妳們一不是當事人，二又不是那個誰，是在那邊代替月亮懲罰她喔？」

「這麼威，昨天那個人拿刀亂砍時，妳有種也去擋一下啊！」

原本前幾天漸漸開始出現的反彈聲浪，在英雄事件後大發酵；有些不認識聶泓珈的人，就算對她過去的行為不置可否，但同樣的也不認同那些朝她動手的人；網路上大家盡情辱罵就算了，現實中的欺凌與動手，不就也跟她當年一樣了？

昨天那場浴血救人的英姿太颯爽，由黑反紅只在一瞬間。

「自摔又嫁禍，太過分了啦！」原本要逮學妹去掃花盆的張國恩忍不住開罵，「妳們這叫活該吧！」

顧詠藍斜眼一瞪，「詐騙犯！你有什麼資格說話？一個詐騙一個殺人，難怪你們會是一班！」

聶泓珈瞬間緊握飽拳，眼看著她就要下樓，再度被杜書綸攔下。而李百欣從外頭走進，恰好就聽見這番話。

「對啊，很厲害吧我們班！」李百欣雙手插腰，毫不客氣，「張國恩詐騙的事已經付出相應的代價了啦，聶泓珈也一樣，別搞什麼遲來的正義，妳要是嫌不夠，那也沒辦法——因爲妳沒資格處分他們！」

張國恩仰頭看向聶泓珈，這些事他在暑假後都嘗受過，從明星球員跌落神壇的遭遇，成爲人人喊打的詐騙犯，所有懲罰他都必須承受，他也沒有逃避過，所以他特別理解聶泓珈。

「我們沒有逃避我們的責任，你們就別用這個藉口想成爲霸凌者了！」張國恩不管目光的走了上來，一路來到杜書綸身邊，「杜書綸，你也管管！這些女生都是因爲你，才對聶泓珈這麼不客氣。」

「所以我更不能開口，我越幫珈珈說話，她們只會越討厭她。」杜書綸瞥了聶泓珈一眼，「沒想過我還這麼受歡迎的厚？」

聶泓珈直想翻白眼，這些磨難，還眞是杜書綸帶來的，因爲現實中攻擊她的人，百分之九十五以上都是女生啊！

杜書綸朝樓下睨了眼，如他所料，現在珈珈變得更出色，受到更多人喜歡與愛戴後，不只原本喜歡他的人會更加厭惡珈珈，有些普通人也會開始覺得「霸凌犯憑什麼變英雄」？

張國恩也很無奈，因爲一年級的顧詠藍長得很可愛，非常受歡迎，結果她推掉一堆告白，說她只喜歡聰明的人，偏偏杜書綸對她不屑一顧。

面子、怒火與恨意，都歸在了始終杜書綸身邊的聶泓珈了。

「欸，聶泓珈！」張國恩突然叫住了她，「昨天下午那拳，實在是太帥了！」

聶泓珈尷尬的笑了起來，旁邊圍觀的人不知道誰先響起第一個掌聲，接著如雷的掌聲貫穿了整棟樓，所有人都在歡呼，口哨聲響亮，卻讓聶泓珈更無地自容的直想找地洞鑽。

杜書綸在旁一臉驕傲樣，彷彿是他救人似的，拉住聶泓珈不讓她跑！就是要讓她被喜歡、被肯定！一個一輩子做盡好事、拯救無數人的善人，只要做一件惡事，此前的善舉就會被一筆勾銷，成了人人唾棄的惡人。

但一個殺人放火、越貨劫財的惡人，只要一念之差做了一件好事，此前的惡行都會被淡化，成了浪子回頭的善例。

人的記憶很短暫的，是非更是難以釐清，全是被情感引領的生物，這就是爲了惡魔得以猖狂，人們如此好控制的原因了。

無人留意的角落裡，曾經陽光的少年臉上盡是陰霾，事情發展跟他想的完全不一樣！他好不容易計劃妥當，爲的就是讓聶泓珈嘗到當初李伯勳的遭遇，每天過著被霸凌的日子，結果才幾天而已……她、她現在就在仰幕的眼神中了！

他痛苦的揺著胸口，內心的痛楚根本難以撫平。

其實，他心底深處不願看見聶泓珈被人欺負、也不想看見對她的各種扭曲言論與辱罵！昨天看見影片中的她被刀尖劃傷時，更是擔心的跳腳，得知她平安時又大大鬆了一口氣……可是隨之而來的，就是要把他淹沒的罪惡感！

沒讓聶泓珈受到報應，就是對不起伯勳！他只要擔心她，也是背叛好友！他每天都深陷這種天人交戰中，自己都不知道該怎麼辦了！

而現在，讓他更痛苦的是，胸中有股強烈的火在燃燒，他眞的眞的……非常討厭站在聶泓珈身邊的那個人！

剛剛在樓梯上他甚至抱住她，而聶泓珈卻一點排斥都沒有，他們常常一個眼神就知道彼此的想法，她也只對他笑，這一切的一切，都讓他氣得快瘋了！

他明明應該討厭的是聶泓珈，但現在卻多希望杜書綸去死！

婁承穎打開水龍頭，潑了自己好幾下臉，希望這樣能讓自己平靜下來。

「你必須冷靜，婁承穎！你得冷靜……」他抬首看著鏡子，如此告訴自己，「她是害死伯勳的人，你必須專注！專注！」

對，目標始終都是聶泓珈，她該付出代價。

什麼愧疚、什麼放棄拳擊都是藉口，伯勳是一條命，她也該付出一條命。

沉靜幾分鐘後，他終於拿起了手機，直接撥打電話。

「喂，李媽媽，我是承穎。」

第十一章

不止的嫉恨

在大部分人對聶泓珈敵意減輕之後，她的確略微放鬆了點，但也只有一點點，因爲嫉妒她的人反而更多，而且敵意更重，不過至少不會走到哪兒都被找麻煩！

校內對杜書綸嫉妒心變重的人也不少，網路上酸言酸語各種出爐，只是嫉妒他的多半都是同性，而男生對這種事的處理方式眞的比較不偏激，多半都只是心理嫉妒，網上嘴炮，想著有一天贏過他、或是期待他變笨之類的，實際行動者幾乎沒有。

眞的在意的，大概已經在別西卜誘惑那波死光了。

病房裡氣氛輕鬆，大家歡聲笑語，杜書綸從門上玻璃窗看進去，縫合手術成功的胡芝霖坐在病床上，同學們都來探病，甚至連徐家人都到了。

「好歡樂的氣氛。」杜書綸嘖嘖搖首，他們放學後去找秦學姐時，氣壓可低了。

秦聿嬿彷彿知道了他們夜闖舞蹈室，看著他們的眼神非常狠戾，聶泓珈都還沒開口，她就直接撂下：「不要多管閒事！」

瞧，連說出來的話都跟斷腿學姐一模一樣！

叩了兩聲門，不得已打斷裡面歡樂氣氛，杜書綸與聶泓珈禮貌的走了進去！

「喔喔喔！那個英雄學妹！」忠明立即跳了起來，「胡芝霖！妳的命就是她救的！」

「沒有沒有！是兩位學長姐妥善保管了妳的手，醫療團隊救回妳的。」聶泓珈趕忙搖手擺頭。

胡芝霖直起身子，淚眼汪汪的載滿感激之情，感動的看向聶泓珈，她的家人也趕緊鞠躬，「謝謝！謝謝妳！」

「別這樣啊！」聶泓珈快尬死了！

「她綁止血帶時多俐落咧！我在現場，醫生都說她做得很好！」晉佑也不吝惜讚美。

「剛好會而已。」聶泓珈焦慮的用手肘頂了一下杜書綸，說話啊！不要把她置於這境地！

「我們只是來探望一下學姐，聽說縫合手術一切順利，眞的太好了！」杜書綸忍著笑意，看向了徐家人，「咦？這好像是徐學姐的家人？」

徐立暄的家人都到了，眞令人意外。

「是，這孩子認得我？」徐媽媽有些詫異，他們當然沒看過杜書綸，「芝霖也是立暄的好友，出了這種事，我們一定要來幫忙的！幸好沒事……要不然才走一個小迎，我孩子也還沒找到……」

話到此，氛圍丕變，徐媽媽哽咽起來！

「徐學姐一定會沒事的！」說安慰的話不必負責，杜書綸說得很自然，「我們其實主要是想問，各位與秦學姐的關係……」

所有學長姐立即看向了他們，驚訝困惑中還帶了點敵意，一種「你們問這個做什麼」的敵視感。

「已經三個人了，我不相信你們沒有感覺。」聶泓珈也不想再繞彎了，「我們想停止這一切！」

不只是這票學長姐，可怕的是外面各種因嫉妒發生的傷害案。

「胡說、胡說八道什麼！」黃淇雪自己都在結巴。

「你們覺得下一個會是誰？」杜書綸直接祭出殺手鐧！

男孩們紛紛倒抽一口氣，嚇得連連搖頭，「不、不會的！秦聿嬿都有不在場證明，她自己也不可能做這些事啊！而且胡芝霖昨天出事時大家都在現場，是那個凶手砍向胡芝霖的！」

「胡學姐為什麼會往前騎？雙手舉起，腳踏車騎得還這麼平穩？」聶泓珈看向了胡芝霖，「學姐要展開說說嗎？」

胡芝霖早就已臉色鐵青，她恐懼的發抖，瞪著自己的腿搖頭，「不……我不記得，我真的不記得！」

「妳腳踏車上載了什麼？」聶泓珈緩緩的說著，「我看見有團黑色的人影……」

「不——」胡芝霖發出淒厲的尖叫聲，包著紗布的雙手試圖掩面，「不要說！我不記得，那些都是我的錯覺！」

「芝霖！別激動！」徐家人趕緊安撫，徐哥哥看向他們，「請他們出去！」忠明跟晉佑這才反應過來，兩個人推著聶泓珈他們往門外退去，「快點出去！不要鬧啊你們！」

他們就這樣被推出門外，但也並非一無所獲，因為兩個學長都出來了。

「徐立暄的家人好好喔，都很照顧別人。」聶泓珈看著裡面的勸慰，由衷的說。

「對，徐立暄家很幸福，不是大家都疼她而已，彼此之間感情都很好，對我們也很照顧。」忠明深表同意的點了點頭，「曾悅迎的葬禮他們都有去幫忙，胡芝霖一出事，昨晚徐媽媽就先到了。」

自己的女兒都還下落不明，還有餘力助人，這眞的挺難得的。

「這麼好的家庭，結果徐學姐卻是帶頭欺負秦聿嬿的霸凌者啊？」杜書綸一針見血，說話不留情面，「我是好奇秦聿嬿有惹過你們嗎？」

兩個男孩略抽一口氣，尷尬的相互交換眼神，「也、也沒有！但她就是感覺很像瞧不起大家！」

「感覺。」杜書綸嘆了口氣，「都是自我解讀。」

「她不太說話啊，然後人長得漂亮，跳得又那麼好，偏偏家裡又不錯，一個人住四十坪大房子耶！」晉佑也算中肯，「光人正又會跳就夠惹女生討厭了。」

聶泓珈莞爾，「所以你們不討厭？」

男孩們微紅了眼，「就……大家都是朋友，有時是蠻惱秦聿嬿那種高冷的態度啦，但說眞的也不是競爭對手，沒什麼好討厭的。」

「你們有人喜歡裡面的女生吧？所以討未來女友歡心，就跟著一起欺負秦聿嬿。」杜書綸邊說，兩個男生的表情都展現出：你怎麼知道的神色？

果然……聶泓珈看著他們面紅耳赤，這兩個藏不住事啊。

「那個我們也該去補習了！補習！」忠明趕緊揹好背包就要走。

「對！走了！」晉佑也急著想跑。

揹起的書包上，吊飾飛舞，一顆又圓又毛的Q版頭，長得與他們一樣，都是可愛羊毛氈。

啪！聶泓珈伸手握住，「我記得曾悅迎學姐的背包上，遺失了這個對吧？」

她那天親耳聽見的。

「欸？對！我們一人都有一個，是胡芝霖戳的！」忠明拿回自己的羊毛氈，「很可愛吧，而且有像我們……」

晉佑也反手把羊毛氈拿到面前，「眞的很可惜，這麼巧的手……醫生說好像即使接回順利，但有些細部動作未來也沒辦法做了。」

眞的很可惜，這麼巧的手啊！

杜書綸與聶泓珈幾乎是同時想到的，兩個人彷彿被電到一般，不約而同的同時轉向病房裡的胡芝霖——她被砍斷了雙手？

「曾悅迎學姐的專長是什麼？特別優秀……令人羨慕的地方？」杜書綸立即發問。

「曾悅迎……她，她身段好？她跳舞很有味道！」見杜書綸皺眉，忠明再努力回想，「就身材好啊，她腿超長的又勻稱，黃金比例的腳耶！」

所以，火車是從大腿一半處碾斷的。

「徐立暄呢？」

「立暄她各種優點啊，活潑開朗，又有領導力，格性直爽……就唯獨看秦聿嬿不順眼。」晉佑唉了聲，「也或許是因爲她天分不足，所以看秦聿嬿信手拈來的舞蹈，特別在意吧！」

杜書綸說對了，秦聿嬿學姐眞的是嫉妒這些欺負她的人！

黃金比例的腿、一雙巧手，徐立暄的小腿目前不確定原因，但應該是八九不離十了！

「黃淇雪呢？」

「黃淇雪……黃淇雪是我們當中舞跳得最好的，而且反應跟口才都好！」晉佑皺起眉，「問這個做什麼？」

聶泓珈打了個寒顫，反應佳、口才好？爲什麼她有種很糟的預感！

「你們的才能呢？」聶泓珈問向男孩，「學長，你們一定要留意，你們有被別人羨慕嫉妒恨的優點，小心被拿走喔。」

晉佑一愣，他們的優點？「有人會嫉妒我們？」

「人總是看不見自己的優點。」杜書綸拍拍學長的肩，與聶泓珈焦急的轉身離開。

這是什麼有病的循環！

這票人因爲「嫉妒」而欺負秦聿嬿，結果殊不知自己才是秦聿嬿最嫉妒的對象！

「現在怎麼辦？勸說秦學姐不要嫉妒那些人嗎？」

「沒用的，我賭秦聿嬿嫌自己腿的比例不好，可能外加美術白痴，她也是在看自己沒有的！」杜書綸思索一輪了，「PLAN A是讓秦聿嬿不再嫉妒他們，專注自身優點就好。」

「秦學姐優點已經這樣明顯了！」

「但她還是被CPU了啊！被各種霸凌造謠，她也只在意那些欺凌！」能只看自身的人，根本不會發生這些事！

眞可怕，如此多優點的人，結果還是只看得見自己沒有的！

「那PLAN B是什麼？」

杜書綸沉吟數秒，眼尾偷偷的瞄了她一眼，「砸掉鏡子，把召喚陣毀掉！」

聶泓珈皺了眉，「我不是白痴，杜書綸！」

把魔法陣擦掉就有用的話，惡魔也太弱了，好歹要弄個返回陣吧！

「我現在已經不相信了，貝爾菲格被我們送回地獄後，還不是繼續寫科展基金會專刊！」

還頒布條給學校掛，就是噁心他們兩個的。

聶泓珈一邊騎車一邊想著方式，「其實我在意的是，秦聿嬿的嫉妒心如果喚醒斷腿學姐的話，那斷腿學姐當年是嫉妒誰？」

那些學生都是十一年前的人了啊！

「這才是我在意的。」杜書綸加快了速度，「妳不是說了，連妳的腳她都要！」

✠

夕陽西下，這時的晚霞最是美麗，橘色紫色金色的雲彩交錯著，是世界每日不同的斑斕油畫。

少女隻身在橋上的人行道走著，轉頭看見夕陽時，忍不住停下腳步，陶醉看著那美不勝收的畫面。

她最近心情很好，但卻感到有點力不從心，看每個人都越來越不順眼，看自己越來越低微，覺得自己除了會跳舞外，簡直一無是處。

一個人回家就是面對空蕩蕩的屋子，沒有像徐立暄那樣疼她的父母，寵她的哥哥姐姐，一家人歡聲笑語的，假日出去玩、寒暑假出國，動輒陪伴在她身邊。

也沒有曾悅迎那雙大長腿，如果她有那雙腿的話喔……跳起舞來絕對更加分，眞的太好看了！

手藝笨拙的她，連個折紙都折不好，胡芝霖隨便拿羊毛戳戳戳，就能戳出不同Q版頭像，而且都有把特色戳出，多令人羨慕的才能！

這些人卻每天盯著她的舞蹈羨慕嫉妒，成天霸凌、到處造謠，可是他們才是她眞正嫉妒的對象。

橋下出現熟悉的制服，她有點錯愕，這種橋下都是荒誕危險之地，怎麼會有學生走到那兒去？

「什麼英雄少女，眞噁心！明明不男不女，是哪隻眼睛看得出像女生了！少女咧！」

「對啊！」前面的女孩應和著。

「而且她只不過對付一個殺人犯，奪下砍刀、救了人，大家立刻就忘記她是個霸凌人的爛咖了！」顧詠藍在後面氣急敗壞的繼續唸著，「今天杜書綸還抱她！」

「對啊！」

「妳說杜書綸是不是眞的喜歡她啊？我跟她誰比較漂亮？」

「妳啊！當然是妳啊，藍藍！」高美純這是肺腑之言，因爲顧詠藍眞的長得非常可愛。

「我成績也好，為什麼學長會不喜歡我啊？」顧詠藍只覺得心塞，「不喜歡我沒關係，但喜歡那個霸凌犯我就受不了！」

「對啊！」

顧詠藍越走越不耐煩，低首看著腳下的沙土，往旁看就能見到溪河，她們走在橋墩這兒，越發荒涼。

「妳不要一直對啊對啊的，妳到底要給我看什麼，可以讓那個霸凌犯不再黏著學長的東西？」

「就在前面那個橋洞裡！我發現的新大陸！」高美純指著二十公尺外，「我想至少可以逼霸凌犯休學吧！」

「這個好！」顧詠藍可高興了，「要是成功的話，我送妳一個一萬塊的禮物！」

「真的嗎？」高美純回應著，眼睛閃閃發光。

「當然，一萬塊小意思！妳一定都沒有這麼貴的東西！」顧詠藍看著前方的女孩，她那個襪子的鬆緊帶都鬆了，「高美純，妳是窮到連襪子都省喔，那個都沒鬆緊了。」

「啊……」高美純低下頭，尷尬的挪了挪腳，「還能穿嘛。」

「捨不得的話，我帶幾雙給妳好了，我襪子多到穿不完呢！」顧詠藍快步上前，優越感十足，「妳光撿我用過的就用不完了！」

高美純看向顧詠藍，笑容堆得滿滿的，「對啊！」

終於到了一個橋洞處，高美純爬了上去，「妳看！就是這個！」

顧詠藍也試圖爬上去，搭上高美純伸出的手，借力使力的——「啊！」

高美純抓著她往上，卻用力一甩，把她甩進了洞裡！顧詠藍踉蹌不穩，直接撞上了石壁，跌了一大跤。

「痛……好痛……幹什麼啊！」顧詠藍撫著額角，擦破了皮，「妳這樣甩很危險耶！」

她忿而回頭，卻看見高美純雙手拉緊一條繩子，站在她身後，由上而下睥睨著她。

「高美純……呃啊！」

說時遲那時快，高美純繩子往前一套，緊緊勒住了顧詠藍的頸子，死命向後勒！

「就妳有錢是不是！炫耀個屁，什麼用妳剩下的！什麼叫我有妳沒有！有錢了不起喔！每天一杯飲料就想使喚我！」高美純用膝蓋抵著顧詠藍的背，用盡全身的力氣拉緊繩子，「妳死了就用不到錢了——」

顧詠藍的掙扎比想像中還快停止，高美純筋疲力盡的跌坐在地，失去了支撐，顧詠藍原地後躺的倒在地上，落在高美純的雙腿間，雙眼剛好向上吊，看著她。

「看屁喔！再囂張啊，再炫啊，妳這麼多錢現在都用不到了！」高美純迎面踩了她的臉一腳，絲毫不畏懼那死不瞑目的雙眼。

好累……殺人比想像的累！但她就是受不了顧詠藍喜歡炫耀最新品、炫耀家裡有錢的姿態，再好的家世背景，也要有命享受對吧！

高美純從她書包翻出了皮夾，掏出信用卡與提款卡，以及裡頭好幾千塊的現金，她知道她提款卡密碼，她要先把錢領出來，先帶家人去享受一番。

「妳知道爲什麼杜書綸不會喜歡妳嗎？」高美純臨走前，又踢了踢她的屁體，「就因爲人家聰明！傻子才會喜歡妳這種只有皮的爛人！」

女孩跳下橋洞，帶著掌心裡兩道磨擦的血痕、名牌皮夾、名牌手錶跟幾千塊，從橋下走出了出來；橋上的少女在她們走進深處時就看不見兩人身影了，現在……只剩一個女孩遠去？少女嘴角浮現了淺淺的笑。

「利維坦啊利維坦，願所有嫉妒之人，都能得到自己心靈的平靜。」她喃喃說著，在空中拋了個飛吻，送給遠去的女孩。

旋過腳跟，她繼續走她的。

她的優雅源自於不擅言詞，爲什麼那個女孩總是能反應敏捷的說話？說起話來頭頭是道，諷刺她時針針見血，造謠跟羞辱她時更是說得跟眞的一樣。

走下橋是紅燈，她站在那兒等著，熟悉的身影從垂直方經過，她看著背包上那顆羊毛氈，眼神泛出冰冷的殺意。

「我眞嫉妒，口才這麼好的人。」

疲憊的穿上鞋子，黃淇雪坐在椅子上頭，有幾分呆滯。

「黃淇雪。」老師蹲下了身，「最近還好嗎？我知道發生了不好的事，最近有些力不從心吧！」

她剛從外面的舞蹈補習班下課，老師相當溫柔。

「對不起，我有點不專心！」

「沒關係的，心情還好嗎？會做惡夢嗎？」

「沒事，就是……」黃淇雪說不全話，重重嘆了口氣。

平時都是一起來補習的，雖然胡芝霖傷的不是腳，但短時間內也不可能再跳舞，更不可能報考了。

那對學弟妹說得其實很對，事情圍繞在他們周遭發生，一個一個都無法順利的唸大學……有人連活著都是奢侈。

再三跟老師道謝後，她一個人下了樓，其實心裡有點毛，尤其天才學弟今天去病房後，跟忠明他們說了很多，讓她有些心驚膽顫。

她當然知道不是秦聿嬿做的，但會針對他們的人，就只有她了啊！她有沒有那麼討厭秦聿嬿？其實沒有，最討厭她的是徐立暄，但大家一起有個「共同目標」時很有趣，加上秦聿嬿眞的是很令人嫉妒的存在！她隨便一抬腳，那美感都不是一般人所能企及的。

因爲欺負她，所以有人爲了這個找他們麻煩嗎？

胡芝霖下午說出，昨天有人操控她的腳踏車，甚至說她一直以爲從出校門後，都是她坐在她腳踏車上，因爲有隻手環著她的腰……媽呀！黃淇雪自己想著都顫了身子，越想越毛了，她看著停在樓下的腳踏車，她現在都不敢騎回家了！

她好怕突然有隻手從後面環住她，那該怎麼辦！

黃淇雪快哭出來，她牽著腳踏車先到斜對面的便利商店去，她想叫爸爸接她回去！她從冰箱裡拿了一瓶可樂結帳，坐在座位區邊喝，邊傳訊息給家人，希望有人能來接她。

易開罐可樂冰涼入喉就是暢快，眼尾瞟到有人緊鄰身邊坐下時，還往左邊再挪了一點。

看見爸爸回覆說會來接她後，黃淇雪樂開了花，她拿起可樂仰頭再灌入一大口，舌頭伸入孔洞內吸著空氣，鋁罐就會跟著縮起來，很有意思。

「好靈活的舌頭。」溫柔平調的聲音，自右手邊響起。

黃淇雪被嚇了好大一跳，她倏地看向右手邊的人，才發現剛剛坐下的是秦聿嬨！

「銀……」她還咬著瓶子說話，發音亂七八糟。

急急忙忙的把飲料拿下……拿……拿不下來。

秦聿嬨托著腮，饒富興味的打量著她，「無中生有時頭頭是道，造謠更是信手拈來，好厲害的口才，我一直一直非常嫉妒，如果我也那麼會說話，多好……是不是，就不會被你們這樣欺負了！」

黃淇雪慌亂的想跑，但嘴上的鋁罐突然被抽走空氣似的癟去，一股吸力竟吸住了她的舌頭！

「唔！唔唔唔！」黃淇雪緊張的站起身，面對著眼前的玻璃時，她赫然發現——只有她。

秦聿嬨沒有映在玻璃上？

她驚恐的再看回去，哪裡有什麼秦聿嬨，她身邊早就沒有人了！但是一股冰冷倏地落在她的後頸項，一雙青紫的手由後繞到前方，冷不防地握住了那扁掉的可樂罐。

『她，想要妳的舌頭。』

不不不——黃淇雪立刻往前要奔去找店員求救，她伸手打掉身後櫃台上的東西，櫃台人員立即聽見聲響，急忙的繞出櫃台跑過來。

「同學？同——」數步之遙，店員煞車了。

因爲她看見黃淇雪的四肢僵硬扭曲著，頸子仰得又高又直，而她嘴上有個扁掉的可樂罐，然後她的雙手……正在努力拔著那瓶可樂罐。

「同學！妳不要硬拔，這樣很危險！誰來幫我！」店員大喊搬救兵，上前要抓住黃淇雪的手，「同學，妳放──」

沙──可樂瓶瞬間飛了出去。

與其說是飛，不如說是被一股強大的力道，硬生生的把可樂罐拔開了。

店員閉起眼，因爲飛噴出來的鮮血濺上了她的臉。

「怎麼了！」同事跑過來，恰好看見了落在地上的可樂罐，旋轉……旋轉的……

拔下來的不只有可樂罐，還有一條舌頭。

鮮血噴湧，黃淇雪發出撕心裂肺的慘叫聲，但很快便被自己嗆入氣管的血給淹沒。

「哇啊啊啊啊啊啊──」

大片鮮血飛濺，迅速的遮擋了便利商店對外的透明玻璃，裡頭兵荒馬亂，路人尖叫連連，而隔著一條馬路的對面，站著少女，略帶惋惜的輕嘆口氣。

血噴得太快，人又倒下去，一下就看不到黃淇雪掙扎的模樣了。

她轉身離開，步伐比來時更加輕快，數步之後遇到一個路口，她還刻意抬頭看了眼上頭的高清監視器，甚至在原地做了一個優雅的旋轉；拍到她沒關係，找她問話沒關係，她人在對面的馬路上，全身上下沒有一滴血。

事情永遠都不會跟她有關係。

沒辦法再逞口舌之快的感覺不知道如何？她眞想找時間問問黃淇雪，不知道來不來得及呢？

誰來爲他縫製喪衣？
我，甲蟲說，
我將爲他縫製喪衣，
用我的針和線。
——誰殺了知更鳥——

第十二章

家屬的忿怒

黃淇雪在便利商店慘死的消息在近午夜時，傳遍了所有社群，尤其學校社群裡各種陰謀論、靈異論紛紛出籠，畢竟從徐立暄失蹤開始，全都是那票人在出事啊！

舞蹈班的導師更是慌了神，事情已經玄到很難用常理去解釋了！

聶泓珈他們早早就睡了，隔天早上起床看見消息時都傻了，憶起晉佑學長提及的「優點」，黃淇雪學姐正是口才佳、反應強。

「我感覺這件事沒有底限了！她對每個人都有嫉妒心的話，說不定也怨你太聰明！」聶泓珈眞心覺得秦聿嬿太扯！再這樣下去，剩下兩個學長也難逃噩運！

「我倒不覺得她會針對我，我們跟她又不熟！」杜書綸蹲在車邊將腳踏車上鎖，「這件事的前提是：徐立暄他們先因爲嫉妒她而展開欺負！」

「僅限於報復嗎？我覺得有點小看那份嫉妒心了！」聶泓珈憂心忡忡，「我眞怕舞蹈班畢業時剩不到一半……」

身爲最有天分的人，卻依然在嫉妒他人啊！

「斷腿學姐是個關鍵。」杜書綸邊說邊站起來，他認爲首要解決的不是秦聿嬿，而是那個十一年前的怨魂，「我想去廟裡借些東西，看能不能封印她或是幹嘛的。」

「能拜託唐大姐他們嗎？驅鬼他們也行的啊！」聶泓珈咬了咬唇，「我們連怎麼淨化都學不會！」

是根本沒學好嗎！他們只想要簡單一點的方法，咒語眞的太複雜了！
「學妹——學弟!!」
還沒來得及出腳踏車棚，哀求聲由遠而近，兩個男生衝過來，就差沒跪下了！
「學、學長！」杜書綸趕緊擋住重心不穩的忠明，他差點就要撲上來了。
「黃淇雪死了！她、她的舌頭斷在可樂罐裡！」忠明一秒淚崩，「我不想死啊！我不想被切下身體某部分啊！」
「是不是徐立暄？」晉佑語出驚人，「她早就死了對吧？她是不是其實討厭我們大家，所以對我們出手？」
聶泓珈一時跟不上，幾秒後忍不住讚嘆，「哇！能想到徐學姐你也蠻厲害的！」
雖然她也覺得徐立暄已經不在的可能性很高，但沒見到亡魂，也不見屍，不好說。
「不然還有誰？我知道黃淇雪她們都說跟秦聿嬿脫不了關係，但她不在現場啊！昨天便利商店很多目擊者的，說、說……」忠明根本上氣不接下氣，「黃淇雪是自己拔斷舌頭的！」
最好是啦！有誰這麼大的力量？就算有也沒必要自尋死路啊！
可樂罐哪可能牢牢吸住舌頭？用力拔罐子最多也是罐子被拔出，哪有可能連著舌根一起拔斷？那是扯斷的啊！

黃淇雪在痛死與流血至死前，就已經先被自己的血噎死了，舌下的動脈血量充沛，沒有給她太多時間。

「救我！拜託你們救救我們！」晉佑二話不說就要跪下，聶泓珈嚇得即刻架住他的手，「你們昨天問那些問題，是不是知道什麼？求求你們！」

「我、我們只知道可能原因，但還不知道怎麼做！」聶泓珈連忙拉站起學長，「或是你們先小心保護自己的……長處或優點？」

晉佑跟忠明同時愣住，兩個學長哭得涕泗縱橫，聞言又是一陣哀愁，「我們哪有什麼才能啊！除了跳舞外……」

杜書綸看著學長，連他們都不知道自己有什麼才能，可是在秦聿嬿眼裡，卻是有的！

甚至到了她嫉恨的地步，人不必驕傲自大，但眞的也別妄自菲薄，自己看不見的優勢，別人似乎都瞧得見。

「你們就……做事小心點。」聶泓珈也只能這樣交代，因爲他們還不知道能怎麼辦！

現在唯一想的，就是看能不能送走斷腿學姐，畢竟當年召喚利維坦的是她，誘使秦聿嬿的是她，現在動手的也是她！

可是，在他們知情範圍中……斷腿學姐都在幫秦聿嬿解決她嫉妒的人，那斷腿學姐自己呢？她當年想召喚利維坦是嫉妒誰？總不會時過境遷，嫉妒之情就消失了吧？

那可是在舞蹈室裡，連續跳了十一年的亡魂啊！

學長們沒有得到解決方案，沮喪難過的拼命拜託，搞到杜書綸不耐煩的趕人，他們要是眞的知道怎麼做，還需要找人幫忙嗎！

焦急的經過穿堂，想快點回到教室，結果才剛踏進穿堂，就看見衝過來的周凱婷！

「走走走！」她直接衝向聶泓珈，「妳快走！」

「什麼……」聶泓珈完全愣住，被推著後退，「怎樣啦！」

「李伯勳的家人來了！」周凱婷緊張的低吼著，「他們到這裡來堵妳！」

聶泓珈反而僵住了，腦袋一片空白……李伯勳的家人到這裡來了？四年前她的道歉並沒有被接受，四年後他們卻跑到這裡來找她？

來者不善，杜書綸第一時間拿出手機，得準備救兵了。

「爲、爲什麼……他們現在來是爲什麼？」聶泓珈難以控制的大口喘氣，「刻意到學校來……」

「就是來鬧事的。」杜書綸即刻上前握住她的手臂，「場面不會太好看，妳要走要留？」

聶泓珈惶惶不安的看向他，緊張害怕不安的情緒強烈襲捲而至，過往的回憶一幕幕排山倒海顯現，比跑馬燈還快的翻動著。

「他們怎麼能堂而皇之的進校園？警衛跟老師都沒擋下他們嗎？」杜書綸忍不住問周凱婷。

「沒人知道他們是李伯勳家人啊，而且婁承穎說那是親人，根本登記一下就進來了！」周凱婷也很慌，「我還是晚到校的，我一上樓就聽見那個媽媽站在後門喊聶泓珈的名字，叫她滾出來！」

婁承穎，婁承穎！杜書綸怒從中來，這傢伙眞的沒有打算放過珈珈！

他甚至不知道是不是因爲嫉妒心作祟，因爲婁承穎明明就喜歡珈珈，只是沒有得到她的回應，就乾脆毀掉她嗎？這樣的話，他跟前幾天在路上殺人的傢伙，本質上沒有太大的區別！

掌心裡的顫抖突然停了，聶泓珈在幾個深呼吸後，選擇挺直了背。

「讓我繼續四年前沒有被接受的道歉吧。」聶泓珈主動脫下書包，交給杜書綸，「你別出手。」

「不可能。」杜書綸接過書包，也沒應她。

「杜書綸！別鬧！」聶泓珈輕輕的推開他，「讓我自己去面對這件事。」

不可能。杜書綸在心中默默回答，當然他會視情況而定，他不知道家屬來了幾個，動起手來他也不一定能招架得住，所以他剛已經搬了救兵。

聶泓珈朝著樓上走去，又是人潮夾道。她記得剛開學時，就希望再也不被人注意到，成為透明人，不與任何人做朋友的直到高中畢業，對於注目感到恐懼與不安，那陣子最熟悉的，是自己的鞋子與桌子。

結果近日來每天上學都是這樣的萬眾矚目，每個人都對她指指點點，無論是好是壞，對於這些目光她依舊不喜歡，但再這樣下去，早晚會習慣。

一上樓，在樓梯口的張國恩都傻了，立即看向周凱婷，「妳幹嘛？」

「她不聽啊！」周凱婷無辜得很，她是被派去阻止聶泓珈上學的。

聶泓珈沒說話，逕自拍拍張國恩的肩頭，走向自己的教室；教室外早站滿了人，幾個她這輩子都不會忘的大人發現狀況後轉過身，與聶泓珈相隔兩公尺，時隔四年，再次見面。

李伯勳的母親、舅舅、大伯以及大姑，當年在靈堂擋下她的也是他們。

「李媽媽好。」聶泓珈禮貌的頷了首。

「我怎麼可能會好！」李媽媽激動的上前，「英雄少女？什麼英雄少女，你們這些盲目的年輕人，她隨便救個人你們就忘記她殺了我兒子了！」

「還吹捧她咧！她救再多人，我家伯勳也不會活過來！」大伯跟著吼叫，「妳還能唸書、還有辦法被大家讚揚，開記者會咧！」

她只是在校門口說段話，直接變成記者會了啊？呵呵。

聶泓珈深吸了一口氣，認眞的彎腰鞠躬。

「對不起。」

她深深的鞠躬，也沒有急著要直起身，因爲她很清楚，她不可能得到原諒。

「啊啊——」李媽媽伴隨著哭喊聲，直接就衝向了聶泓珈！

拳頭落在了她身上、頭上，聶泓珈沒有躲也沒有擋，但沒有幾下，李媽媽就被人拉開了！人影擋在聶泓珈的面前，她踉蹌後摔，又有其他人趕緊扶住她！

不是說不要出手嗎？她抬頭才想把杜書綸趕走，但是……卻是不認識的同學！慌張看向背後扶穩她的人，也是一張陌生的臉！

「不要動手好不好？在我們學校隨便就出手打人？」

「不要一口一個殺人犯，妳兒子是自己跳樓的不是嗎？她是霸凌者沒錯，啊妳可以不原諒她，但不代表妳就可以隨便揍人！」

「我們不是要幫她說話啦，但……妳講那個隨便救個人還挺爛的！她沒出手的話，搞不好那個瘋子會亂砍路人耶，再怎樣也救了我們學姐，還隨便咧！」

「給妳講得好像她路見不平是做秀！」

不認識的人你一言我一語，每個人的心態都是矛盾的，他們之前可能都是斥責她當年霸凌的人，但同時也是肯定她見義勇為的人。

「你聽聽你們在說什麼！就因爲她救了人，所以害過的人命就一筆勾銷嗎？李伯勳因爲她跳樓了！」

「學姐也是一條人命，那個前妻也是，旁邊路人甲乙丙丁也都是！」周凱婷氣急敗壞的上前，「的確不會因爲她救了人，就當過去的過錯不在，但也不能抹滅掉她做的好事！」

「年輕人就是年輕人！好，她幫了人，那該感謝她的就是那幾個被救下的人，關其他人什麼事？吹捧什麼？還英雄？」大姑呸了一聲，「殺人的英雄犯嗎？」

「許多英雄就是踩著屍體上去的喔，大姐，一將功成萬骨枯有聽過嗎？」杜書綸禮貌的出了聲，「就那天在現場的人而言，聶泓珈就是英雄少女！」

「對！對！對啊！」

「本來就是，要我在旁邊我嚇都嚇死！」

「那是你們的事，要感謝她的人自己去，但在我們眼裡，她就是殺人犯！」李媽媽怒吼著，「把我兒子打到腦震盪，讓他失去人生意義，他最後是一個人待在醫院被恐懼侵蝕，才會選擇自殺！」

「對不起。」聶泓珈將擋在她前方的同學拉開，再三的鞠躬道歉，「對不起。」

「我——不——接——受——」李媽媽緊繃著身子，衝著眼前彎腰的頭顱尖吼著。

是，不需要接受。她是由衷這麼想著的，因爲李伯勳就是已經不在了。

「那你們今天來這裡想要什麼？」杜書綸終於從人群中走出。

李媽媽看向杜書綸，她似乎見過這個男孩？有點面熟……但她怎麼記得當時那個男孩很瘦、長頭髮、像極了女孩？

「我、我們就是來揭穿她的面具！看著你們在那邊喊她英雄少女就覺得噁心！我們要提醒所有人，她是霸凌者、是殺人犯！」

聶泓珈緊緊握拳，深呼吸後抬起頭，「我沒有否認過我的所作所爲，我沒戴面具，我以前欺負李伯勳跟我救人是兩件事情！我從來也不是爲了抹滅過去的錯誤而去奪下那把刀的！」

「噁心！妳這種人哪可能會助人？妳要是會幫人的話，當初爲什麼不幫我們伯勳？而是選擇欺負他！」李媽媽根本不信她的話。

在她眼裡，傷害她兒子的人就是一個邪惡且毫無人性的惡魔！

「邏輯混亂。」杜書綸用無奈的語氣補充，聽上去眞的非常惹人厭，所以大伯即刻瞪了過來，「好好，別瞪，我知道受害者家屬都是情緒帶領一切，沒辦法用理智面對的！」

呃……李百欣轉著眼珠子，杜書綸確定是在「安撫」家屬嗎？

「她——」

「不要再講了，我都聽膩了！好，你們來的目的我們都清楚，珈珈也說她沒否認過，然後呢？現在要怎樣？」杜書綸打斷了家屬高漲的情緒，「你們不接受道歉，該講的也都講完了，可以走了。」

「我爲什麼要走？你憑什麼趕我走？我只要看到她生龍活虎的過日子，我就恨！我恨死她了！」李媽媽激動的指著聶泓珈，全身都在發顫。

杜書綸實在受不了了，他轉身把聶泓珈的書包塞給周凱婷，直接走到前面去！

杜書綸！聶泓珈伸手要把他推走，但他沒理睬的逼近李媽媽。

「來，大家來講清楚！當初霸凌李伯勳的不只聶泓珈一個人，幾乎全校同學、包括老師都沒站在他那邊，每個人都欺負他，請問你們對其他人有一樣的責難嗎？」

舅舅即刻反駁，「笑話！犯錯還有比較級的嗎！欺負就是欺負，當初就是她把伯勳打到腦震盪，他才會住院的，也是因為這樣他才會沮喪到跳樓！」

「中間跳過太多了，舅舅！李伯勳的憂鬱症是來自長時間被全校師生的霸凌；喔，那天是輕微腦震盪，對，聶泓珈用拳頭揍人就是不對，所以她判罰了幾千塊，天經地義。」杜書綸看向李媽媽，「他自殺那晚的沮喪是因為病發、因為一個人在醫院裡被孤單包圍，那為什麼他會一個人深夜待在醫院裡？」

他彎了腰，眼鏡下的雙眸凌厲的鎖著李媽媽，無聲的問題在空中傳開：妳、人、呢？

李媽媽臉色蒼白，倉皇的搖著頭，「我……我只是出去一下，他就跑到頂樓去了，他……」

「從他住院到死亡，妳都不在！因為妳很辛苦，妳要工作，所以真的沒有空管孩子有沒有在學校被欺負、也不覺得留院觀察是件大事。」杜書綸每一個字都跟刀一樣，在家屬身上刮著，「老師跟妳提過五次他在校同儕關係的問題，妳沒有一次理會！」

「杜書綸！」聶泓珈焦急的扯著他向後，「住口，你夠了！」

「爲什麼夠了！憑什麼——每件事都是多面向的，不是因爲妳揍了李伯勳，他就跳樓，明明因素一堆，憑什麼只歸咎在妳身上？」杜書綸驀地回頭，衝著聶泓珈大吼，「霸凌他的人這麼多，爲什麼變成只有妳一個人的錯！」

這是杜書綸第一次吼她。

從有記憶以來，這傢伙講話難聽、嚴厲，再凶也不曾吼過她。

聶泓珈反而有點呆住了，因爲她望進杜書綸的雙眸，竟有種恐懼感。

沒等她反應，杜書綸一把甩開她，繼續轉身面對李伯勳的家屬，四個大人有些語塞，他們可以繼續叫囂，但卻無法說出完美的答案。

尤其是——李伯勳當初的孤立無援，是包括自己的親人也未曾給他任何支持！

他一個人在深夜的病床上哭泣，身體沒有大礙，純屬觀察，但連媽媽都沒去陪他，媽媽覺得小題大作，覺得他在找麻煩！上個學天天這麼多事情，一會兒被欺負、一會兒被弄髒制服、一會兒被丟東西……她要工作，她沒有那個閒工夫！

只想拜託兒子，能不能讓她不要煩惱他學校的任何事！

所以，李伯勳後來其實也都不講了，不想讓媽媽煩心，只能把事情化成文字，寫在給婁承穎的信中，只是到死亡那日，婁承穎也沒有拆開那些信。

在角落的婁承穎聞言更是痛心疾首，他知道一切事情的眞相，誠如杜書綸說的，每一個環節都有問題，聶泓珈甚至不是霸凌他最嚴重的人，但是的確最後一拳是由她打出、讓他住院，他才會心生沮喪而自殺。

簡化一切的說法就是：如果聶泓珈那天沒有打他，他就不會有機會從醫院跳樓自殺。

所以，自然是她該負責。

「她是最暴力的人，是她打到李伯勳失去活下的希望！不管你怎麼說，不管多少人欺負伯勳，揮出那拳、讓伯勳住院並感到絕望的，就是她、聶泓珈！」姑姑條理分明，忿忿的指著她。

聶泓珈欣然接受，她也是這麼認爲，責無旁貸。

「所以其他人都不需怪罪了？編造謊言說他性騷擾的汪崇婷、僞造對話紀錄的陳偉松，還有誣指他偷拍的張美華，甚至包括在網路上合成照片的高存志……全部都不必負責。」杜書綸一一點名，點著那些聶泓珈都不想記起來的名字，「聶泓珈是因爲好友哭著說被性騷擾，所以才會認爲李伯勳是變態，後面的造謠都是誤導人的證據，難道那些人不是更可惡的嗎？」

但事件從頭到尾，眞的只有聶泓珈一個人受到責難。

李媽媽緊收著下顎，冷冷哼聲，「反正她殺了我兒子。」

「我們打開天窗說亮話，你們只針對珈珈，還不是因爲——她背後沒有人。」杜書綸突然放軟了音調，「一個單親家庭，父親根本不在身邊，說穿了就只有一個人，多好的攻擊對象。」

那個汪崇婷的父親是家長會長，李家人半聲都沒吭，對她亂指控李伯動摸她胸部的謠言，完全沒有追究。

李家人的神色在一秒內慌亂，但很快又斂了起。

「你不要在那邊模糊焦點了啦！」大伯搬出長輩姿態叱喝，「那個姓聶的！妳要記得，妳身上永遠背一條人命！」

「永生不忘。」聶泓珈肯定的說著，同時再次拽了杜書綸。

他頭也沒回，右手一甩，再度把她別開。

「婁承穎，你搞這麼大齣是做什麼？李家人也不是來要道歉的，到底要珈珈給什麼？」杜書綸突然揚高了分貝，「別躲了！人家可是你乾媽呢！」

婁承穎？張國恩趕緊往前探了幾寸，這一切是婁承穎幹的？

婁承穎沉下眼色，但也沒躲藏，李媽媽反而焦急的朝著杜書綸罵，叫他不要牽扯到其他人時，他已經走出來了。

聶泓珈堅定的看著他，那個有著陽光笑容的男孩，那個曾想拉她從陰暗中出來的人，原來一切都是假象。

「她應該要跟李伯勳一樣，恐懼上學、每天提心吊膽，天天受到欺凌，要過得比他卑微、比他淒慘，即使這樣也贖不了萬分之一的罪。」婁承穎用那開朗的神情，說著令人咋舌的要求。

李百欣簡直不敢相信，這還是大家認識的婁承穎嗎？

「靠！所以你一直鼓吹我們請鐵拳學姐來，那天又故意翻出聶泓珈當年的事情……該不會網路上的詳細文章也你寫的吧……你有夠賤耶！婁承穎！」

張國恩只覺得細思極恐，那之前他對聶泓珈這麼好，就都是……假的？他一開始轉學過來，該不會就是爲了要替李伯勳報仇吧！

「她沒有嗎？事情發生後，那些始作俑者、所謂的好友立刻背刺她，反過來帶領全校霸凌她，她畢業前那段日子過得比李伯勳還慘。」杜書綸一邊說，身後的聶泓珈一邊試圖摀住他的嘴！「好友反過來說她是暴力狂，刻意欺凌李伯勳，天天說她是殺人犯……」

別說了別說了！她不想再去講當年的事！

「閉嘴啊！杜書綸！」

她經歷過的！杜書綸忿忿的看著婁承穎，否則哪有想當透明人的聶泓珈？哪有希望沒人看見她的聶泓珈？那是報應，他們沒有怨言，但是她該承擔都擔過了，到底還想怎麼樣？

「不夠的，她應該一輩子、永遠都生活在地獄裡，才能向李伯勳贖罪。」婁承穎冷冷抽著嘴角，「別忘了，伯勳連活著的機會都沒有。」

「對！我孩子再也不會活生生的在我面前了，我再也聽不見他喊媽媽了！」李媽媽嗚咽著衝著聶泓珈喊，「妳為什麼不去死啊！」

是了，其實她也知道，繞了這麼多彎，經過這麼多年，對於李家人來說，其實他們所求只有一個：她的命。

「好。」聶泓珈就這麼應了聲。

杜書綸倏地回頭，「妳在說什麼東西？」

「你讓開，早說了不要插手。」聶泓珈這次認真使了勁，把杜書綸朝張國恩扔過去。

他真的是被扔過去的，腳都無法控制自己，就朝張國恩懷裡撲。

天鵝湖的音樂變成一點五倍速了，聶泓珈可以感知到這音樂代表斷腿學姐在附近，更可以代表她的狂喜與興奮度，她就是引發一切的源頭，只是發展至今的情感，居然是因為嫉妒。

婁承穎是因為嫉妒，才對她做到這地步的嗎？

「我絕不還手，任由你們打罵，大家也都不要阻止他們！」聶泓珈朗聲說道，「這才是他們要的贖罪，我是自願的！」

她張開雙手，一副請開揍的神情。

「住手！誰敢碰我女兒！」渾厚的聲音傳來，杜書綸真是大大鬆了一口氣，救兵到了。

「爸！」聶泓珈嚇到了，第一時間瞪向杜書綸，爲什麼找大人來！

不只爸爸，杜爸杜媽也都到了！他們一來立刻把聶泓珈藏到身後去，開始跟李家人道歉、說軟話，場面陷入一片混論。

混亂到導師早就來了，卻完全擠不進去，喊了幾聲根本沒人聽。

「是我不好，你知道我都在外面工作，沒辦法好好管教女兒，才傷害了你們孩子！」聶爸的鞠躬都超過九十度了，「我也知道人死不能復生，但請給我們其他道歉的方式！」

「講太多都是藉口我知道，可是孩子那時都只是國中生，珈珈就是太衝動，同學講什麼她就信什麼，說穿了她也是因爲太相信朋友，才會誤會李伯動啊！」杜媽都哽咽了。

更別說當年假證據一堆，聶泓珈也不可能想到查證，只是義憤塡膺的幫朋友出頭、甚至幫女性仗義，誰叫學校有個偷摸女生胸部、還偷拍照的變態！

「別鬧了你們！就說我自己解決，他們要的只有一個，李伯動生，或是我死！」聶泓珈非常清楚家屬要的結果，「就給他們想要的，我沒關係的！」

「什麼沒關係，妳要被打死了怎麼辦！」聶爸衝著李媽媽喊，「打我吧，養不教父之過，妳可以打我！」

「爸！你別來！」

現場變成推擠混亂，李媽媽看著護著女兒的聶爸，更是怒從中來，她連想保護她兒子都做不到了，加害者在她眼前上演什麼父女情深啊！

她也不知道怎麼回事，兩步上前，跳起來抓住了聶泓珈頭髮便狠狠的向後拉！

「呀！」聶泓珈整個人後仰下腰，沒兩步直接就屁股跌地！

「妳為什麼不死啊！」李媽媽發狂的朝著聶泓珈的頭拼命搥去，由於她是躺在地上的，所以打起來異常方便。

她的崩潰，反而讓其他李家人愣住了……他們也為孩子抱不平，但是眞的要這樣對那個女孩動手嗎？把她打死了，心裡是否就會平復呢？

「別打了！住手！不可以！」聶爸撲上去抱住聶泓珈，父女雙雙坐在地上。

李媽媽竟然轉頭搶過舅舅手上的球棒，狠狠朝下方的父女身上打去。

「不不！妳冷靜點，阿文！」

「她不死我就冷靜不了！」李媽媽尖叫著，拼命掙扎，「不要攔我，一命換一命！」

大伯被甩了開，李媽媽再一棒打去，杜爸氣忿的推開李媽媽，結果這一推，又引發另一波戰火。

「推什麼啊！」大姑不爽的反嗆。

戰火點燃，推擠鬥毆，聶泓珈不想讓爸爸被打，早就與父親易位，由她在上

面，緊緊護住父親的頭，任由拳頭及球棒落下，一棒再一棒，撕扯抓咬她都沒關係，這是她應該承受的，

事實上就算她死了，李伯勳一樣也活不過來，但至少……家屬會開心對吧？

「住手！不能再打了！」怒吼聲傳來，一股強大的力道由後鎖住李太太的身體，從她腋下穿過，然後迅速的將她向後拖！

同學們也自發的在中間形成一堵人牆，霸凌者很可惡，任誰都不能說聶泓珈當年是對的，但是……這跟她該不該付出生命又是兩件事。

至少，他們都沒辦法眼睜睜看著她被打死。

「放開我！放開……」李媽媽痛苦的掙扎著，她拼命掙扎都掙不開，肘擊或是腳踩，就希望後面的人放手，「關你什麼事！你們這些人當初不保護我兒子，現在保護這個殺人犯——」

她哭著狂吼，回頭看著扣住她的人。

婁承穎。

李媽媽瞬間愣住，而剛剛那番話，就是那麼剛好的適用了他。

「對……對不起。」婁承穎幽幽的出了聲，「是我……是我不好。」

「不不不！承穎，李媽媽不是這個意思，我不是在說你！」李媽媽嚇得趕緊轉身，試圖安撫婁承穎。

不是嗎？這裡這麼多人，他偏偏最適合那段話！

當初他一封信都沒拆，他不知道李伯勳遭受了什麼，是他沒有及時保護他、引導他、陪伴他！

他在醫院裡被孤獨逼瘋那夜，他也不在不是嗎？

另一邊的聶泓珈在同學的保護下撤離，她感受到額上留下的血與身體所受的疼痛，血再次滴入她眼睛裡，她的世界又是一片血紅，只是這一次，眨了眨，鮮血就隨著淚水離去了。

「別插手。」她聲音低了八度，帶著警告，「周凱婷！麻煩我的書包……給我。」

周凱婷就在旁邊，她愣愣的揪著書包，本想問問杜書綸現在是什麼狀況？該不該把書包給聶泓珈時，卻發現混亂的人群裡，她找不到杜書綸！

此時書包已被聶泓珈一把搶過，她很快的從鉛筆盒裡拿出東西，手又一鬆，書包跟著掉在地上。

「珈珈！」聶爸嚴肅的搖頭，她卻輕輕撥開父親的手。

「解鈴還須繫鈴人。」她輕聲說著，拍了拍父親的手臂，「沒關係，相信我。」

杜媽驚恐的掩住嘴巴，緊張得連聶泓珈的名字都喊不出來。

李媽媽的恨是真切的，哪有母親會不恨？所以落在她頭上身上的拳頭與棍棒都是真實的痛！但聶泓珈沒有退縮，她雙手一撥，學生們自動分開，張老師才上前，卻被她一記狠瞪嚇得愣住了。

聶泓珈再度走到李家人面前，緩緩的拿出手裡的東西。

美工刀。

「棍子太慢了，我膽小，求一個速戰速決。」她一格一格的推開美工刀，喀、喀、喀、喀，銀色的刀刃緩緩露出，聶泓珈帶的還不是細小版，而是粗壯型的那種大型美工刀。

婁承穎瞪圓了雙眼，她在做什麼？

接著，她恭敬的把美工刀塞進李媽媽手裡，脫下自己的體育外套，再抹去額頭不停滑下的血，深深吸了一口氣。

「做您想做的事，只要您能消氣，感到平靜，我能活命。」她回頭看向聶爸，「不許對他們提出任何傷害告訴，好嗎？」

眼神再一瞟……咦？書綸呢？

心中警鐘大作，她赫然發現——天鵝湖的音樂聲什麼時候停了！糟糕！

她倏地正首，神情嚴肅異常，「李媽媽，我們速戰速決，儘管割儘管刺，只要您能獲得平靜，只要能讓我道歉，都可以！」

就是拜託快一點！只要她不死，李媽媽就不會犯下殺人罪，傷害罪這種只要他們不提告訴就好了。

李媽媽的手竟開始發抖，她握著手裡的美工刀，眼前是霸凌她兒子、害他兒子死亡的推手……她四年來恨死聶泓珈了，巴不得將她千刀萬剮！

現在是她盼望已久的機會啊！

「啊——」伴隨著怒吼聲，她高舉了刀子。

「不要！」

婁承穎撲上前，雙手握住了李媽媽的手腕！

不行！他惶恐的雙眼看著李媽媽，眼淚在眼眶裡打轉，他咬著牙搖頭……情緒激動的難以開口。

他應該說，一旦動了手，她可能會殺人未遂、可能會傷害罪，這不是伯勳想要的，不要中計了。

但其實他想說……不要再傷害聶泓珈了！

「阿文！」親人們也難受焦心的勸阻，「妳眞的要傷害她嗎？」

李媽媽看向聶泓珈，她始終沒有避開過李媽媽痛恨的眼神，但是……這是個跟伯勳一樣大的孩子，她現在狼狽不堪，剛剛被她扯掉了頭髮、打傷了臉、頭跟身體，處處瘀青帶著血……刀子如果插進這孩子的體內，她是否眞的會得到救贖？

心裡會平靜嗎？會感到快樂？甚至有替伯勳復仇的快感嗎？

「她一直在流血！」李媽媽緊閉起雙眼，莫名其妙的吼了起來，「快點送醫！那個傷口太大了！」

邊吼著，她收起了美工刀的刀刃，塞回聶泓珈的手裡。

血的確不停流進眼裡，聶泓珈再次用掌根抹去，有些丈二金剛摸不著頭腦。

「伯勳是比妳好千倍的孩子，他很善良。」李媽媽咬著牙，湊近了聶泓珈，「他不會希望我這麼做的。」

李媽媽氣得渾身顫抖，但卻沒有再做什麼，而是匆匆的朝樓下奔去！

「還不快點送她去縫合！」經過聶爸身邊時，她還催促了一句。

李家人紛紛錯愕，接著趕緊追上李媽媽，現場一陣靜寂，大家完全反應不及，唯有聶爸急著上前，查看女兒那血流不止的傷口。

「我沒關係，等等去保健室就好。」她慌張的左顧右盼，「杜書綸！杜書綸呢？」

咦？杜爸杜媽都嚇了一跳，書綸？同學面面相覷，哇咧，杜書綸人不在！

「保健室處理不了，妳這個眞的要縫，都撕裂了。」聶爸扣著她的手臂，「我載妳去快點！」

「你在停車場等我，我還有更重要的事！」聶泓珈轉著手臂，甩開父親，「我先去找杜書綸！」

天鵝湖爲什麼停了？

斷腿學姐爲什麼不跳舞了？

杜書綸趁機去做了什麼!?

第十三章
嫉恨者

血一直影響聶泓珈的視線，她那渾身是傷的樣子也很嚇人，不過她才不管這麼多，三步併作兩步的衝上社團大樓二樓，結果迎面撞上了人！

「喂喂喂——」強而有力的手抓住了她，才沒讓雙腳都打滑的聶泓珈向後摔下樓梯。

她瞇著左眼看著眼前的精壯的人，酷酷的又具有男人味，是秦聿嬿的舞伴！那個很冷靜的人！

「哇，學妹，妳怎麼傷成這樣？」蕭御晟吃驚的看她頭上的傷。

「我沒事……學長……你剛練完舞嗎？有看到杜書綸嗎？有個戴眼鏡……」

「他去洗手間了。」蕭御晟直接把她拉到平台上站穩，「妳是摔車嗎？」

呵呵，聶泓珈笑不太出來，焦心的往男廁方向看。

「妳也來找秦聿嬿嗎？她請假了！戴眼鏡的也是來問的。」蕭御晟嘆了口氣，「我覺得她一直跟十幾年前那個學姐在一起，不太好。」

「是嗎？我也……」聶泓珈愣住了，她緩緩看向學長，「十幾年前的……哪個學姐？」

「張依依啊，就吊死在舞蹈教室那個。」蕭御晟說得稀鬆平常，「她整個人都不對勁了，我本來想說當她舞伴，看能不能讓她分神，可是有點難！」

聶泓珈嚥了口口水，有點跟不上。

「學長你……看得到……」

「嗯，一直都看得見，而且她都在裡面跳舞，我一開始為了閃她練得很辛苦！嘖，但後來想說反正她也不知道我看得見，我們有時也不會眞的撞在一起，就算了。」

聶泓珈說不話來了，爲什麼學長可以這麼從容？他不怕斷腿學姐嗎？或是學姐不會跟他要腿？

「珈珈……珈珈！」杜書綸總算出現，「怎麼弄成這樣！」

杜書綸擔憂的查看她的傷口，被打成這樣，這是需要縫合的傷口！

「你現在問會不會太晚了？你趁機跑到這裡來做什麼？」聶泓珈一激動就牽扯到傷口，「唔，該死！」

「爸媽都來了，妳不會有事的，我也沒那個本事護住妳，不如先過來看看有沒有辦法阻止學姐！」杜書綸攙著她下樓，「我知道今天這一切，都是因為婁承穎嫉妒發狂才引發的！」

「阻止學姐？我們什麼都不會怎麼阻止……啊！那個學長說他——」聶泓珈回頭想說什麼，才發現蕭御晟早就已經走了，「秦聿嬿的舞伴學長知道斷腿學姐的存在，說叫什麼……」

好痛，她記不住。

「張依依。」看來杜書綸問過了，「我把我們之前在廟裡求的佛珠跟護身符都藏在舞蹈室的四個角，門上也掛了八卦鏡，看這樣能不能壓制學姐。」

冷靜，聶泓珈強迫自己冷靜，「那沒有用，最多把她困在舞蹈教室裡，但她如果……」

不被淨化、或是驅走的話，亡靈一樣能影響秦聿嬿的。

「說不定能呢？秦學姐今天不在啊，如此把她困在那裡？學長答應我，要試著說服老師關閉舞蹈教室，叫大家暫時去別的地方練。」

學校哪還有別的地方？禮堂的洞還沒修好啊！

聶泓珈疼得無法思考，杜書綸連忙帶她離開，杜爸杜媽正跟無頭蒼蠅一樣找尋他們，好不容易碰到了，先抓著她上車送醫。

「你回去上課！」杜爸吆喝著，「又不是你受傷！你這小子，珈珈被打時你到哪裡去了？」

「我又沒用！聶爸一個人都有兩個我寬了！」不然他搬救兵幹嘛？「珈珈需要我在身邊！讓讓！」

杜書綸沒在理，直接就進了車子，還不忘交代杜爸跟導師請個假。

混亂中總算車子是駛離了，杜爸煩得要命，還是只能去找導師替孩子們請個一節課事假。

無人在意的腳踏車棚角落裡，站著剛送走李家人的婁承穎。

他真的覺得自己沒救了。

他應該要懲罰聶泓珈的，要讓她飽受李伯勳生前的遭遇，被霸凌欺辱到生不如死，最好也能從樓上跳下來，一命換一命的去抵銷她犯的罪。

但是光是李媽媽第一個巴掌打下去時，他就想衝出去拉住李媽媽了。爾後每一句痛罵、每一拳，都像打在他身上一樣，他比聶泓珈還痛！他不希望任何人傷害她！明明就跟美女扯不上關係、明明都不溫柔也不可愛、更不像女孩的傢伙，爲什麼會這麼讓他在意？

這份在意更加折磨他，他越心疼聶泓珈，就越對不起李伯勳！

他的心被反覆拉扯，他都快瘋了！

「爲什麼爲什麼爲什麼！」轉過身，他重重的搥在石灰牆上，「到底爲什麼會喜歡她？到底爲什麼……」

閉上眼，腦海裡浮現的卻是摟著聶泓珈、勾著聶泓珈的杜書綸。

他的胸口有團火在燃燒，越燒越旺，燒得他心痛、燒得他輾轉難眠……如果這把火是他們放的，是不是他們消失了，他的世界才能獲得平靜？

額頭的傷縫了三針，其他都算小傷，上藥貼個紗布就算完了，聶爸其實非常氣忿，但這件事真的要計較起來就是個無止境的迴圈。畢竟是聶泓珈霸凌在前、李伯勳自殺在後，有絕對的因果關係，現在李家人痛失至親的發洩，如果他們再報復回去，只怕事情沒有歇止的一天。

聶泓珈也有輕微腦震盪，醫生建議留院觀察，但她只想要趕快離開。

「妳到底在急什麼？」聶爸不悅的制止，「爸陪妳，留院觀察。」

「我自己的身體自己知道，現在還不是休息的時候！」聶泓珈推著父親往外走，「杜爸杜媽，你們先回去啦，我跟杜書綸要回學校！」

「還回去？妳……」

「我們眞的有事！」連杜書綸都趕人走了，「我跟珈珈也想喘口氣，但得先把事情解決了，才能平安。」

「解決什麼事？」聶爸早發現事有端倪，「你們到底在忙什麼？」

「那個事關大家安全，越少人知道越好的事。」杜書綸說得乾脆，「聶爸，這事情不是你柔道很強或是槍法很準可以COVER的。」

聶爸當即嚴肅的望向女兒，幾度吃力的想開口，但心裡卻相當掙扎。

「不是媽媽！」聶泓珈趕緊說明，「你知道我看得見，但這跟媽媽無關，媽媽早已了無罣礙的離開了，記得嗎？」

母親死後沒多久，她在後瞧見了站在屋裡的母親，仍舊看著他們父女倆，在廚房如平日一般煮飯、打掃，直到某一天，她認眞的對媽媽說，我們都很好，媽媽可以前往自己的路了。

那晚是她最後一次夢見媽媽，媽媽抱著她，搓揉她的頭，吻吻她的臉頰，要她堅強，她的珈珈以後會是最強大帥氣的孩子；此後，連媽媽的亡魂她都不曾再見過了。

她知道，媽媽離開了，人死後有該繼續的路，不該被親人的思念束縛住。

兩家的大人都知道珈珈的體質敏感，幼時常常哭泣或是指著角落說有人，但大家全當瞧不見，自然應對；再大一點後，聶泓珈就很少提起這些事了。

「有危險嗎？」杜爸擔憂的問。

「人跟鬼都沒多安全。」杜書綸指了指她的額角，斷腿學姐至少目前沒讓她縫三針。

聶泓珈白了他一眼，「那我自願的。」

「自願？珈珈，妳怎麼能把刀遞給李太太，讓她傷害妳呢？」杜媽很焦躁，「妳就不怕萬一她眞發狂殺妳怎麼辦？」

杜書綸震驚的看著母親，再轉向聶泓珈，「妳拿刀給李媽媽？」

「我讓她有氣就發，既然這麼希望我死，我把決定權交給她……」聶泓珈虛弱的笑笑，「放心，我賭她不會眞的下手。」

「怎麼敢啊！她是失去兒子的母親，每個母親都希望手刃仇人的——」

「因爲她知道我不是唯一該負責的人。」聶泓珈眼眸低垂，大人們根本什麼都知道，「並不全部是我的錯，只是把我當唯一個情緒宣洩口罷了！」

是啊，當年事涉這麼多人，如果不是有人說謊、造謠、僞造照片，把李伯勳是性變態的事說得繪聲繪影，只顧仗義不會用腦子的聶泓珈也不會為朋友出頭。

「但他們終究是沒有對汪崇婷他們下手。」聶爸其實最不滿這件事，「當初妳那群『好朋友』，還不是個個都過得快快樂樂，就只有妳變得……」

鬱鬱寡歡、行屍走肉，那時差一點他都覺得要失去孩子了。

雖然最後珈珈看似沒事，但個性不變，張揚的孩子成了畏縮，恐懼人群不願社交，這更加令他心痛。

「我不想去想這些了，你們快回去吧！」聶泓珈催促著，悄悄朝杜書綸使了眼色。

「對對對！快點走！」杜書綸直接動作，或拉或推著兩家父母往醫院門外走。

聶泓珈輕撫太陽穴，她還是頭暈，但有好多事要做，她怕一鬆懈，等等又有莫名的攻擊會產生……說到這個，今天那個一年級可愛學妹居然沒有趁機來火上澆油，還眞稀罕！

顧詠藍不知道是眞喜歡杜書綸？還是自尊心作祟？不過被嫉妒所波及的她，眞的沒有餘力再去應付了！

婁承穎是她怎麼都想不到的加害者，她至今還是不敢相信，他喜歡她？

「學妹？」前方走廊上，胡芝霖驚訝的喚了她。

聶泓珈趕緊抬首，看見走近的胡芝霖，笑容卻僵在嘴角……學姐那雙裹著繃帶的雙手……滲著黑色的液體。

「學姐？妳──」她猛然站起卻一陣暈眩，胡芝霖身邊的護理師恰巧扶住了她，「啊抱歉！」

「妳怎麼了？頭受傷了？」胡芝霖關切的問候，只可惜她手還不能動。腐臭氣味隨著胡芝霖的逼近而傳出，聶泓珈定神再瞧，她的繃帶上已經沒有任何黑色液體，但是黑色的邪氣層層纏繞。

「學姐，妳的手沒事嗎？」聶泓珈憂心的問，「有做檢查嗎？」

「沒事啊！我好好的！」胡芝霖聳了聳肩，「就是住院住得煩！」不會沒事的！這氣味是腐爛的味道，正是從手那兒傳出來的。

「拜託一下，可以再仔細檢查傷口嗎？求一個安心！」她突然看向護理師。

「呃，每天我們都有檢查，醫生也都會看喔！」護理師狐疑的打量著聶泓珈，這個學生在激動啥啊？

左邊自動門再度打開，送走爸媽的杜書綸折返回來，「學姐……嘿。」

「杜書綸也來了！學校發生什麼事嗎？」胡芝霖覺得不尋常。

「沒什麼，她撞傷。」杜書綸說謊向來不打草稿，「已經處理完畢了，我們要回學校了。」

回學校前，要先去厲害的廟宇求符、求香灰，還得再去警局把惡魔給的手指虎取回！

離開前，聶泓珈簡直一步三回頭，胡芝霖學姐手看起來太不對勁了！

「我看到了，很不對勁的陰氣繞著她的手。」她還沒開口，杜書綸就主動說了，「但我們時間有限，妳也請醫院再三檢查了，仁至義盡。」

事實上，他認為檢查不出什麼的，甚至也來不及了！

如果傷口有問題，在已經接合的前提下，說不定斷肢跟學姐原本的身體都會受到感染；如果是惡鬼下的手，那就更無能為力了。

聶泓珈一顆心懸著難受，她頭疼頭暈，所以站在一旁讓杜書綸負責找共享單車，時間有限，他們只能挑最重要的事情做。

「你最近好像被我影響到了，跟著敏感起來。」她弱弱的說著，「以前多半都是我先看見。」

「磁場會影響吧，加上我也撞鬼這麼多次了，跟惡魔也沒少打交道，還重傷。」杜書綸說到這點就無力，「如果容易遇到，我防禦力又不高，那我寧願感受得到、看得見，至少還有防範！」

邊說，他下意識壓了壓制服下的唸珠。

昨天把玩唸珠時，他也發現到上面每顆石頭的光澤黯淡許多，而且每次防護的範圍半徑也在逐次遞減，總覺得似乎因著使用次數而威力減弱……這商品不行啊，居然有使用期限的！

這樣匕首跟手指虎比較好，物理防禦耗損力比魔法防禦低啊！

「先去請法器跟符咒吧！我之前看唐姐他們對付亡靈時，符紙、佛珠都很重要。」聶泓珈跨上腳踏車，自己唉呀了一聲，「我們這叫臨時抱佛腳。」

「總比不抱好。」杜書綸也吁了一口氣，「我本來還想說去找江依綺學姐的家人或是塔位去聊聊，但想想沒用啊，她人一直在學校！」

「一個死後都在那邊練舞十一年的人，執著度不是我們能想像的。」聶泓珈倒是非常能體會這種人。

如果學姐跟他們同年，前兩個月當大家躺平之風盛行時，她勢必也不是會被影響的那個。

他們決定分開行動，杜書綸記憶力好，由他去廟宇找人幫忙，看能不能有咒文可用，先背下來再說；聶泓珈則先去警局，取回自己的手指虎。

如果可以在今天把嫉妒之火滅掉，明天，明天大家都能過上平靜的生活了吧？

一曲舞畢，秦聿嬿喘著氣休息，她走向鏡前將音響關閉，拿起水瓶灌了幾口，一邊擦汗。

她今天請假，除了去做筆錄外，也是暫避鋒頭，畢竟黃淇雪昨天才「斷舌而亡」，而且她人就在對面馬路上，搞不好有人又要牽扯她；忠明他們不會，那兩個人就是跟著徐立暄起舞而已，學校總是有一個又一個的團體，無腦的就喜歡跟著同學行事。

但除了徐立暄外，討厭她的人也不少，嫉妒她的人太多了！秦聿嬑逕自笑出了嘲諷，老師以為她不知道，老師有時對她說話尖酸，也是因為天分不及她，心底湧現的嫉妒心而已。

她從未因自己的天分而驕矜自喜，也沒瞧不起任何人過，相反地，她比誰都認眞努力，只為精益求精；不過大家總認為她驕傲，腦補的能力如果有他們跳舞的實力好，那該有多好！

而且，班上隨便抓一個人，都是她羨慕的對象！

光是與家人同住，能一起吃飯，對她而言就是一件極奢侈的事情了，這群身在福中不知福的人啊！

秦聿嬑透過鏡子往天花板看去，奇怪，今天那學姐怎麼沒在這裡？

而且她放學後便來練習，到現在居然沒有一個同學來練舞，下個月就是全國大賽，大家不是應該更積極才對嗎？

算了，秦聿嬑無所謂的聳聳肩，專注自己的練習才是重要的！

今天的心情格外的好，跳起舞來更加順利，秦聿嬑對著鏡裡的自己微笑，一定是因為討厭的人都不在的關係！

比較可惜的是，她沒辦法保留黃淇雪的舌頭。

靜寂的社團大樓內安靜無聲，今天根本沒有任何一個社團留下，秦聿嬿並不知道上午蕭御晟向學校提出申請，最近事故太多，因爲同學接連出事讓大家心慌，建議舞蹈教室暫時封到下週一；由於社群上各種靈異傳聞流傳，各班也陸續發生攻擊事件，美術班就兩起了，舞蹈班死傷更重，最後學校乾脆停止社團活動一週。

精疲力盡，秦聿嬿滿身是汗的走進更衣室，刻意到徐立暄、曾悅迎、胡芝霖與黃淇雪的櫃子前都停留幾秒，滿臉得意。

「腿再美有什麼用，現在無法炫耀了吧！」她再停在胡芝霖的櫃子前，咯咯笑了起來，「手再巧也沒用啊，戳這麼多羊毛氈，想跟妳買一雙舞鞋吊飾妳還擺臉色，當妳沒了手，才藝就一無是處了。」

彈了一下黃淇雪的櫃子，「別以爲隨便講人就不會有事，妳現在後悔了吧？嘖，也來不及了。」

終於，她來到了自己櫃子前，但沒忘回頭看了自己左後方那個，徐立暄的櫃子。

「沒有腳，妳還能去哪兒？」她科科的笑了起來，從輕笑到大笑，最終是放肆的瘋笑！

她從未這麼希望一個人死！

那個人就是徐立暄，高中三年她每天都活得辛苦，被找碴、被破壞東西都是小事，那些辱罵、無中生有的謠言，以及說她是援交妹的羞辱，才是更令她受不的事。

她沒惹過任何人啊，如果天分是種罪，那爲什麼不是嫉妒的人有罪？她感念於過度練習磨破的腳，感念於手上染血，更謝謝自己的心有不甘，否則哪有機會看到鏡子上那令人驚恐的魔法陣！

十一年前的學姐，也跟她一樣，日日在舞蹈室裡練習與哭泣，從來不知道自己犯了什麼錯。

那天，也是她喚醒了學姐，否則學姐根本不知道時光已經過了十一年，而惡魔並沒有回應她。

女孩打開置物櫃，櫃門裡貼了面鏡子，她望著鏡裡的自己，神情看起來輕鬆無比。

「結果我們都一樣，都會嫉妒瘋狂。」

那晚，她看見了鏡上的魔法陣，聽見了可怕的聲音自地底傳出，更看見了存在於鏡內的上吊女孩——在那一刻她明白了所謂的「人性」，是如何的自私，只要達到自己的目的，可以不擇手段。

秦聿嬿換下一身汗濕的舞衣，偌大的更衣室裡只有她一人，可空氣如此清新，她忘情的在更衣室內再跳了一小段古典舞，自己哼著曲調，悠美的旋轉，更衣室裡的燈突然閃了一下，秦聿嬿朝天花板望去，是依依學姐來了嗎？她有幾分緊張，因爲她恨的人們解決後，就該換解決依依學姐的怨念了。

都十一年了，依依學姐要報復誰？說不定那人沒在舞蹈界了？而且，她怕幫助學姐的方式，會不會傷到自己？

跟惡魔許願，不是通常都沒有好下場嗎？

思及此，秦聿嬿快速的換上衣服，漸冷的空氣讓她些許不安，她趕緊檢查有無遺漏物品後，急著離開更衣室……咔。

清楚但輕微的聲音傳來，正要把大門關上的她愣了一下。

那是置物櫃開啓的聲音。

她把要關上的門又開了條縫，藉由走廊上的光線，隱約的能見到那扇彈開的置物櫃。

眾所周知，置物櫃不是那麼輕易會鬆開的。

女孩僵在原地，手仍緊握著門把，但是潛意識的恐懼已經讓她不自覺的發起抖來。

「學姐？」她試探性的喚了聲，平時學姐出現時，不會弄得這麼陰風慘慘的。

學姐與她都是在舞蹈室見面，而學姐對其他人下手時，她是瞧不見的。

總不會是別的……不會的不會的，她在心裡喃喃唸著，腦海裡卻湧現了最近學校裡大家在談論的各種八卦奇談。

從去年開學，一年級學妹的終極自殺開始、莫名起火的汽車、失蹤的老師、一場颱風後引發的怪象與「躺平」風氣、甚至到了學校科展頒獎那天，全校師生集體失憶，而禮堂地板破了一個大洞，之前失蹤的老師屍體卻出現了。

然後她遇上了依依學姐……

怕什麼？她都見過亡靈、喚過惡魔了！只是她並沒有想進去把櫃子關上的意思。

因爲，那是徐立暄的櫃子！

說時遲那時快，彈開的櫃門倏地像被什麼拉開一樣，唰地向後大開了。

「哇！」她下意識的尖叫出聲，同時把更衣室的門用力關上！

沒有鎖門的打算，她轉身就急忙的朝著樓梯奔去！只要下樓，穿過穿堂，就能離開學校了！

只是她還沒衝到樓梯，卻戛然止步。

大樓的燈光通明，沒有一絲陰暗詭譎，可是在樓梯口上的那雙舞鞋，卻讓她自腳底寒上了背脊。

那雙，黑色布面繡以金線紅珠的手工舞鞋，獨一無二。

那雙，絕對不可能出現在這裡的鞋子，應該在……警察那邊？

啪！一隻手兀地從樓梯下方伸出，用力擊打著地面，撐著身子要起來，像是有人剛摔在階梯上，這會兒正準備撐起身子。

曲起的手臂，撐起了黑色長髮的頭顱，果眞有那麼一個人，爬上了二樓樓梯口。

她甩動頭髮，騰出一隻手撥開了前髮，露出那張熟悉的臉龐。

『差點就趕不上了。』女孩望著她，笑了起來。

女孩上半身向後微拱，像是在做什麼準備似的，深吸了一口氣。

下一秒，她瘋狂疾速的就朝她爬了過來！

「哇啊啊啊啊啊！」

她嚇得扔掉了手裡的東西，扭頭就跑！

身後的女孩爬得飛快，身形詭異的朝她衝去，她連回頭都不敢，只知道沒命的跑！

追在後方的女孩，是沒有小腿的，她只能拖著下半身，雙手穿戴著她的舞鞋，瘋也似的尖笑著。

『還我的腳來——』

「呀——妳已經死了！死了！」她歇斯底里的尖叫著，「學姐！依依學姐！救我啊——」

她朝上方奔去，但第一個轉彎時就嚇得煞住步伐……因爲，四樓樓梯口爬著另一個她熟悉的少女：一絲不苟的包頭，十一年如一日的舞衣，慘白的臉色與腥紅的雙眼，右眼下方一顆痣，最特色是那張永遠沒有表情的臉。

「學……學姐？」爲什麼學姐的表情好可怕……她跟平時一樣沒什麼波瀾，

但現在卻透露著凶狠？

『該換我了吧？』江依綺的聲音很輕很柔，卻每一字都令人汗毛直豎，『我想要一雙，會跳舞的腿。』

秦聿嬿嚇得踉蹌，她整個人都靠上了角落，這角度往下可以看見三樓爬來的徐立暄，而上方卻是江依綺。

「是，是啊學姐，妳不是要找害妳截肢的人嗎？」秦聿嬿結結巴巴的說著，「要他們賠妳一雙腿……」

她嫉妒，所有有腿的人，憑什麼大家都有腳能跑能跳？即使不能跳舞的人，也都能正常行走！

當初她聽見這怨念時很是詫異，因為這樣對學姐來說，但凡有腳的人都是她嫉妒的對象啊！或許縮小到害她截肢的人會更好，但現在，範圍似乎更狹隘了些？

『與其要這麼多人的腿，我不如要一雙有天分的腿！』江依綺勾起陰惻惻笑容，雙目灼灼的瞪著她。

是啊，一般人的腳有什麼用？不如要這雙具有才能的腿，事實上秦聿嬿比她更有天分，所以她的腿更適合她！

「不……不是……」秦聿嬿聽出來了，這太扯了！

她放聲尖叫著，而社團大樓回應她的，還是只有她自己的回音。

此刻，徐立暄上來了！

「呀！」秦聿嬿咬牙抓著樓梯扶把，利用自己輕盈的身段，硬生生來個側翻，順利的越過了徐立暄，跳到了下方！

腳雖不慎扭了一下，但很快就掰了回來，秦聿嬿踉蹌的持續往二樓衝去，上方的江依綺緊隨在後。

「惡魔，我以你之名，在此召喚你——」秦聿嬿哭喊著，「利維坦！」

驚慌失措，秦聿嬿到一樓時再度倒滑，連摔了五階滾落在地，卻撞上了剛準備上樓的一雙腳。

聶泓珈看到滾到腳邊的秦聿嬿，眞的一把火腹中燒。

「學姐！惡魔是可以這樣隨便喊的嗎！」她眞的是氣急敗壞的一把揪了她起來，「妳就——哇！」

上方一陣黑影衝至，杜書綸眼明手快的立即先拿出八卦鏡照去！

『啊！』黑影尚未撞擊八卦鏡就反彈離開，看得他們瞠目結舌！

「有效耶！」杜書綸喜出望外的看著手裡的鏡子，「早知道多要個十幾片，直接把我們圍起來就好了！」

秦聿嬿哭著想要奪門而出，奈何掙不開聶泓珈的箝制，拼命扭著手腕，「放開呀！有鬼，她們想要割我的腳！」

「她們？」聶泓珈一陣抖，「爲什麼用複數？除了斷腿學姐外還有誰？」

事到如今，秦聿嬨還有所保留，眼神飄忽。

「把她扔給厲鬼好了，橫豎不關我們的事。」杜書綸涼涼的生出一句。

「徐立暄！是徐立暄！」秦聿嬨果然立刻衝口而出，「她們爬向我，要拿走我的腳！」

徐立暄！雖然知道她凶多吉少，但是……這麼快就變成惡鬼了？

「已經是惡鬼了嗎？」聶泓珈壓低了聲音，「這算快還是慢？」

「有點怪啊，眞有怨念，應該死後很快就要算帳的啊！」杜書綸眉頭緊蹙，「這時才現身總覺得不對，難道又是惡魔幫忙，是爲什麼不能幫一下我們人──」

手掌直接捂住他的嘴，聶泓珈滿眼警告，要惡魔幫助人類，等於向惡魔許願，是什麼下場不知道嗎？

「學姐，如果她讓曾悅迎學姐被火車碾斷腿、讓黃淇雪學姐在校外斷舌，妳覺得離開這棟樓妳就會沒事嗎？」聶泓珈嚴肅的把秦聿嬨往一樓深處推去，「還不如別擴大戰場，波及無辜的人。」

「不不……徐立暄是她活該！」秦聿嬨被推得踉踉蹌蹌，「依綺學姐！我們是合夥人啊，是妳告訴我，嫉妒就是要催毀他們，把他們的優勢拿走，我們就再也不必嫉妒了啊！」

聶泓珈盯著樓梯，但惡寒突然從一樓的另一端的角落傳來！

拖曳聲自黑暗中傳來，的確像是有人拖著身子在地上爬行的聲響，『是啊，所以……我要妳的那雙腳……』

「杜書綸！」

感受到威脅逼近，聶泓珈立刻上前擋在秦聿嬿面前，她抬起手腕的佛珠，跟著灑出一把香灰……咳咳咳！

杜書綸擁有的法器比較多，他照本宣科的在空中畫出一個符咒，架勢十足，但是當猙獰的學姐一躍而起時，輕易的就突破了符咒的界線！

沒用！還不如八卦鏡！

「蹲下！」聶泓珈大喝一聲，隨著杜書綸原地蹲下，她已然揮出狠狠一拳！手指虎狠砸在江依綺臉上，在黑暗中，聶泓珈似乎清楚的看到橘金的流線般的傳遞到學姐臉上，她的臉像玻璃龜裂，在慘叫中彈跳入牆！

「哇啊！哇——」一波未平、一波又起，冰冷的手冷不防圈住了秦聿嬿的腳，將她向後拖去！她死命的用腳踹著抓著她的亂髮女孩，「滾啊！放開我！放開！」

杜書綸旋身滾過去，隨手抓了張符紙，就壓在徐立暄的背上，同時抽起背包上的礦泉水，朝她身上淋澆而下！

『嘎……呀呀阿——哇啊！』一陣青煙竄出，徐立暄劇烈抽搐，看上去痛不欲生，整個人都要反向彎成蝦子狀了！

秦聿嬿哭著往前爬，聶泓珈則上前抓著她的手，快速的拖到身邊，看著痛苦的徐立暄，心中不忍但也沒有辦法，她是意料之外的人。

「唸……唸咒！」她提醒著杜書綸，「先淨化她！」

秦聿嬨收緊手上的力道，「什麼咒……徐立暄會怎麼樣？」

「我們也不知道，但至少可以先讓她不再傷人……這是驅鬼。」破壞靈體，跟對付人一樣，讓其沒有反抗能力。

秦聿嬨看著杜書綸唸著聽不懂的話語，而徐立暄可怕的慘叫聲卻越來越激烈。

「等等——等一下！她都死了，為什麼要這樣對她！」秦聿嬨突然衝上前，二話不說推開了杜書綸！

什、什麼狀況！杜書綸整個人被向右推飛出去，不誇張，他真的有兩秒的離地，再側摔在地上！

聶泓珈沒來得及拉住秦聿嬨，她的行為太出人意料了！只見她竟把壓在徐立暄背上的符紙跟佛珠拿走，再縮著身子後退。

「妳快走！妳走！」

『秦聿嬨！』徐立暄咬著牙，亂髮遮面下唯有懷怨的雙眼可見，『妳把腳還給我！』

秦聿嬨看向那亂七八糟的傷口，「對不起……我沒辦法！」

『啊啊啊——』嘔啞嘈雜的尖叫聲帶著忿怒，但徐立暄似乎已經被傷到了，她只能往前匍匐數步，『妳爲什麼要這樣啊？』

杜書綸爬了起來，眞的是無語。

「妳嫉妒她，她嫉妒妳，妳們兩個眞的是有大病。」他撫著摔疼的右側。

徐立暄顫動，一臉不可思議，誰嫉妒誰？

「妳有幸福的家庭，憑什麼？」秦聿嬿哀傷的看著她，「我討厭妳父母恩愛，哥哥姐姐都對妳好……看看現在，妳家人再也不會幸福了。」

多好。

有一個徐立暄的死亡亙在那兒，徐家人就再也無法像過去一樣無憂無慮，歡聲笑語。

『啊……啊……』哽咽聲隨之傳來，徐立暄至死都沒有想到，她是因爲這樣慘死的。

她討厭秦聿嬿，因爲秦聿嬿美，因爲她跳舞跳得太好，討厭一個人不需要太明確的理由，就是看不順眼，憑什麼這麼多優點都在她身上？

她曾以爲自己因爲欺負秦聿嬿所以遭到反撲，結果？

被嫉妒的人是她？

噠叩。清脆的聲音陡然在大家背後響起，聶泓珈倏地回身。

『妳要一個沒用的人的雙腿做什麼？』江依綺不再爬行，她是以斷骨站立著，『我看過她跳舞，毫無美感。』

秦聿嬿直接躲到聶泓珈身後去，但她又怕接近徐立暄殘破的靈體，嗚咽的只想找角落躲……不由自主的看向五公尺外的大門，如果衝出去……

噠噠噠，江依綺又在跳舞了！天鵝湖的音樂再度傳進聶泓珈耳裡，這一次連杜書綸都聽到了，掩住耳朵。

「拿走誰的腳，妳都活不過來了！妳再也不可能跳舞！」聶泓珈看著又在旋轉跳躍的江依綺，雙眼鎖著她的動作，計算著距離，「就算再活一次，妳也是只能面臨截肢的命運！」

哇塞！杜書綸瞠目結舌，珈珈認真起來，也是拿刀往別人痛楚戳的啊！

江依綺沒有說話，突然開始大跳、一下、兩下——再一個伸展，直接來到聶泓珈面前了！

她再度揮拳，但這一次，卻被江依綺的手給擋下了！

喝！聶泓珈反應及時，她即刻滑步後退，可是江依綺並沒有鬆開她的手，反而握住她，把她拽拉近身前。

「妳別碰她！」杜書綸跑了過來，二話不說反手握刀，直接割開亡者的手臂！

江依綺的手登時皮開肉顫，惡魔之刃造成的刀傷四周迅速腐敗化成枯骨，江依綺張大了嘴，氣忿恐懼的發出尖叫！

『我的手啊啊啊啊！』

伴隨著尖叫，她冷不防地撞開杜書綸，居然朝著他們斜後方衝去——糟！聶泓珈跟著轉身，下意識想護住秦聿嬿，卻發現學姐不是衝著秦聿嬿去的！

江依綺直接跳撲到徐立暄身邊，粗暴的直接撕斷她的手！

『哇……哇啊啊啊——』徐立暄慘叫著，她淚眼汪汪的朝著秦聿嬿伸長手，『秦聿嬿！救我——』

才伸出去的右手，立刻又被江依綺抓住、撕開。

杜書綸每每看靈體撕扯，都會有一種像在撕饅頭的錯覺，如此輕鬆寫意……而且兩個都沒有小腿的人已經夠驚悚了，現在上面那個還在分拆另一個人的靈體，然後……江依綺吞下了那些殘肢。

「我覺得不太妙……」杜書綸嘴沒動，聲音在喉間咕嚕。

聶泓珈顫抖著應和點頭，因為江依綺已經不似平時的冷靜，那一絲不苟的頭髮早已紊亂，如紙的面容上也已龜裂，或許是剛剛被手指虎打到的原因，但她現在整個皮膚底下都泛出一種黑色的紋路，龐大邪氣超過了平時能感受到的亡者氛圍。

在角落裡瑟瑟發抖的秦聿嬿正悄悄移動，要不是鬼就亙在往出口的路徑，她眞的就逃了！

『……他說得一點都沒錯，我不在乎誰害我，我只想要一雙會跳舞的腳。』江依綺吃下徐立暄後，身形變得更大隻了些，『是我們要一雙有才能的腿！』

她扯下徐立暄的頭顱，嘴巴撐到最大，一口就把頭吞進去了。

那顆頭在她身體上浮動著，推擠著她的靈體，最終從江依綺的背上冒了出來；於是爬行著的江依綺就有了兩顆頭顱，原本的位置是江依綺本人，在背上皮膚下的是徐立暄。

「這是名副其實的背後靈耶！」杜書綸還在那邊感嘆。

『我們都沒了腳，妳也不能有！』剛冒出來的徐立暄就開始發瘋，『全世界都可以有，就妳不行！』

只要想到再也不能跳舞的秦聿嬿，她就覺得喜不自勝！對，秦聿嬿的存在就是個錯誤，大家就是想看她失敗、悽慘，最好當然是永遠不能再跳舞！

兩個亡靈強大的欲望都針對秦聿嬿，這是當然的啊，現在可是雙倍的嫉妒啊！不看著秦聿嬿失去所有，怎麼會甘心？

「學姐！過來！」聶泓珈朝著秦聿嬿大喊，伸長了左手。

「哇——」秦聿嬿哭著朝聶泓珈衝去，於此同時，本該只能爬行的江依綺，卻活像動物一般，敏捷的朝他們這裡跳撲而來。

聶泓珈一把抓住秦聿嬿就往後甩，右手曾幾何時抽出了插在後腰的驅鬼戒尺，像打棒球般的朝著江依綺的臉部狠擊而去！

都打臉耶，珈珈！杜書綸在後面觀望，他武力值不高，必須判斷最大的安全範圍才能出手……現在！江依綺摔落在他面前，杜書綸拿起八卦鏡直接扔在她背上……就徐立暄頭顱的位子！

接著他在空中畫了個現學現賣的結印，開始唸起咒文；聶泓珈也背了一下午，從口袋裡翻找出對應的符紙，咬著牙朝江依綺臉上……不！她把符紙塞進了江依綺的嘴裡！

『啊啊……我沒有要你們！』江依綺怒吼咆哮，以腿骨一蹬而起，直接原地一個迴旋，踹向了杜書綸！

呃……杜書綸腹部頓遭重擊，他朝後飛撞而去，落在了樓梯附近。

秦聿嬨一個大跳越過了他，她抓到了空檔，朝著門口狂奔而去！

『秦聿嬨——』徐立暄與江依綺的聲音重疊著，滿滿的不甘心，甩掉八卦鏡、吐掉符紙，轉身朝門口追去！

那些法器沒有用！聶泓珈呆在原地，看著惡鬼轉身……不行！不行出去！

她拆掉手上的佛珠串，準備圈住亡者，撲上前去。

「珈珈！」眼尾瞥了眼撫著肚子縮在地上的杜書綸，他手裡正拿著惡魔之刃。

「扔過來！」聶泓珈朝惡鬼跳撲上去，及時抓住了江依綺可怕的斷腿，而惡魔之刃鏗鏘的落在她身邊的地板上……就差一公尺！

「你明天開始給我練臂力！」聶泓珈咬著牙大喊，太弱了啦！

江依綺雙腿隨便一舞動，力道就大到足以震開了聶泓珈，她往後一翻滾，順勢抄起了惡魔之刃！

秦聿嬿拉開大門衝了出去，在江依綺追出去前，聶泓珈扔出了惡魔之刃。

『呀——』淒厲的叫聲傳來，原本要爬出去的江依綺終於重重落地。

黑色的刀插進她的背，就在徐立暄的臉旁，但是惡魔之刃的殺傷力不是區區亡靈能夠承受的，那是惡魔界的東西啊！

黑色的物質注入靈體內部，疾速漫延，江依綺的靈體劇烈顫抖，但是她一次都沒有回頭，而是將手反到背後，試圖拔起那柄惡魔之刃。

不行！杜書綸狼狽的站起，「不能讓她拔刀！」

學姐的執念有夠深！即使惡魔之刃會傷害她，她也要拔刀！

聶泓珈的手因爲剛剛打了學姐而疼得受不了，雖無傷口卻麻得難以動彈，不過事情還沒結束啊！她還是爬上前，再度掄起左拳。

以手指虎爲錘，狠狠的再把惡魔之刃搥進江依綺的靈體裡。

『呀——』又是可怕的鬼哭神號。

有了聶泓珈的前車之鑑，杜書綸不敢直接碰觸亡靈，似乎碰觸到手會麻痺似的：所以他摘下了惡魔念珠，當繩子圈住了江依綺的斷腳，這無疑是另一重傷害，但至少可以把她拖進來一點。

「法器沒有用！」聶泓珈連佛珠都用了，「鏡子、戒尺、符都沒用……要用惡魔的法器嗎？」

她是眞的於心不忍。

因爲不管是江依綺或是徐立暄，她們都是受害者啊！惡魔法器當然可以阻止，因爲它會殘害靈魂，這些亡者會破碎的墮入地獄，備受折磨。

「這個執念是不會停止的。」杜書綸看著全身已漫成黑色，痛徹心扉還是往前爬的江依綺，「學姐，妳們是不是堅持要秦聿嬿的腳？」

『對——就算我不能用，我也要折斷她的腳！』

兩個女孩的聲音重疊，多有默契的有志一同。

聶泓珈打從心底發毛，嫉妒眞的太可怕了！

「怎麼辦？我們……」殺掉靈體？聶泓珈顫著雙手，她不要。

杜書綸喉頭緊窒，其實他有更好的方式。

一直以來，他都是以這個方式爲前提，在進行一切的！

只是珈珈不知道。

「妳再把刀子搥進去點，我怕她跑掉。」他交代著，接著捂著肚子痛苦的跑去找剛被弄掉的書包。

他肚子爆痛的，那斷骨沒戳進他肚子裡眞是三生有幸。

「對不起，學姐！」聶泓珈咬著牙，對準刀柄，再搥了一下。

『啊啊——爲什麼！我只是想跳舞！』江依綺尖吼。

對，十一年前的妳無辜，妳只是想跳舞，但現在……妳要的是很多人的腳，妳先是嫉妒有腳的，再來卻要秦聿嬿的腳。

這是被什麼影響了？是誰告訴她的，剛剛學姐說了，他說得一點也沒錯，誰？

半爬回的杜書綸拿著奇異筆，遲疑的看著這全身散發邪氣的亡者，距離一公尺他都怕，這寒氣跟壓迫感，總感覺唸珠要是不綁牢，等等學姐一個翻身而起，再一腳就能用斷骨刺穿他身體了。

「看好她，必要時拿刀亂戳。」杜書綸調整個呼吸，但再如何準備，唯有心慌。

脫下奇異筆蓋，他直接以江依綺爲中心，在地板上畫了一個圓，然後，開始在上面寫字。

聶泓珈屏氣凝神，蹲著的雙腿抖得無法控制，她知道杜書綸在畫惡魔的陣，寫著惡魔文，紅色的奇異筆每寫一筆，她都可以在字的邊緣看見一閃而逝的金色光芒……這樣好嗎？是不是變成杜書綸在召喚惡魔了！

結果，這一分神，江依綺竟偷用左手反手朝背，不惜傷及手掌，一把拔出了惡魔之刃。

『滾！』她一觸及惡魔之刃就是慘叫，但一秒扔出，同時整個人如魚躍般跳了起來！

聶泓珈來不及阻止，看著江依綺抬起的腳，真的對準了杜書綸——「不行！」

顧不得其他，聶泓珈整個人跳上了靈體，狠狠壓制，然後一拳朝剛剛惡魔之刃戳出的傷口搥下去！

『嗚——』

再一拳、再一拳，不能傷害杜書綸，爲什麼不看看自己擁有的！爲什麼只嫉妒他人擁有的！

停手吧，拜託！

「珈珈！可以了！」杜書綸的吼聲傳來，同時她的身體被圈住，從亡者身上拖離。

江依綺被手指虎打得上半身只剩薄薄一片，可是她……撐起身子，右手還是往前匍……匐……杜書綸看著她的手即將爬離他畫的圈，趕緊把聶泓珈扔到一邊，衝上前去。

「利維坦大人，這是獻給您的祭品！」杜書綸突然大吼，「那個……雙重嫉妒、兩個互相吞噬的靈體，吸收了所有嫉妒的源頭！」

江依綺不可思議的回頭，『你憑……憑什麼召喚利維坦？那是我的，那是我召喚的——』

唰！社團大樓的門突然向外打開了！一股強大的吸力咻地瞬間將唸珠給吸走了！

多熟悉的風啊！杜書綸想起了那晚在前院的風！糟糕！

他突然也不受控制的往前，趕緊轉身滾帶爬的朝著聶泓珈的方向爬去，但是他、他、他在範圍內啊！

「珈珈！」他喚著聶泓珈，她正陷入力竭的半昏迷狀態，眼神迷濛的看著眼前的一切。

徐立暄的頭顱，硬生生從江依綺的靈體被吸出來，「剝」的一聲，靈體碎成好幾塊，一塊塊的被吸到半空中去；利維坦的「Buffet」不是吸取整個靈體，而是將靈魂拆解成碎塊，再慢慢品嚐。

所以那晚的滿天星斗下，才有漫天的靈魂碎片相輝映。

『是我召……喚的……』江依綺哭喊著，卻看著自己的手指一寸寸的分解，『我嫉妒所有的……』

她的頭被吸走了，後面也就聽不見了。

杜書綸就在斷腳後方，等等就快換他了。

右手、肩頭、身體……杜書綸的手指扣著地板，還是移動了啊！厲鬼都贏不了惡魔，區區人類怎麼能敵？

「聶泓珈！」

喝！手指虎的冰冷及時敲上了杜書綸的手指骨，聶泓珈反手一握，將他給拉了進來。

事實上手指虎碰觸杜書綸的瞬間，他就脫離了吸力的威脅了。

聶泓珈用盡最後的力氣把他們兩人都拖到樓梯上去，離門口那條直線越遠越好後，她無力的癱躺在樓梯上，若不是還有呼吸，看上去只會以為她掛了。

磅！

杜書綸上氣不接下氣的撐著樓梯轉過身，風已不再，社團大門磅的關上，地上只剩一堆碎符紙、破掉的八卦鏡、斷掉的戒尺、他們被扯爛的書包，以及門口那個紅色的魔法陣，滿目瘡痍！

唯獨沒有厲鬼、沒有亡靈，天鵝湖的音樂也停了。

他可沒有召喚惡魔，他畫的是獻祭陣。

「沒許願就不算，免費贈送！」他也無力的躺了下來，肚子還是很痛，「感謝利維坦大人，願意回應我那低級的咒文。」

謝謝他，願意吃掉祭品。

幽幽的轉向右方，女孩平靜的暈了過去，他泛出淡淡微笑，輕撫了她的臉，然後「啪！」手指改成輕拍她的臉。

「不要裝死，聶泓珈，我們還要打掃一下……喂，聶泓珈！我超痛的……喂！」

誰來負責棺罩？
我們，鶺鴒說，
夫婦倆一起，
我們將負責棺罩。
——誰殺了知更鳥——

第十四章

出口

秦聿嬿更衣室的置物櫃裡，找到了徐立暄失蹤當天的編織包、曾悅迎遺失的羊毛氈，她直接被列入嫌疑犯，也讓警方順利的申請到搜查令；當武警官帶著搜查令進入寬敞的四十坪大房子時，只覺得冷清。

很難想像秦聿嬿一個人生活在這裡，物質足了，但精神遠遠不及。

當他打開冰箱時，沒想到有人會把同學的頭顱，好整以暇的冰在一個玻璃箱裡。

徐立暄的頭顱被玻璃盒裝妥，就放在冰箱裡，即使冰箱保存，也已經開始腐敗；整個家裡都沒有魯米諾反應，所以不是分屍現場，秦聿嬿也不交代，她說是學姐送她的，送來時就只有那雙腳跟頭了。

至於其他部位，她都不知道，只能問學姐……那個已經被惡魔吃掉的學姐，要取得筆錄相當困難。

「唉，沒辦法，誰叫我是專門辦特別案件的對吧！」武警官已經無語了，「所以江依綺有跟你們提過徐立暄剩下的部分在哪裡嗎？」

又是熟悉的病房，杜書綸有氣無力的躺在病床上，不悅的皺起眉，「我們光阻止她扯下秦聿嬿的腿就來不及了，你覺得有空聊天嗎？」

老李皺著眉，冷不防地揭開杜書綸的病人服。

「喂喂喂——」杜書綸害羞的連忙拉住衣服往下蓋，「李警官你幹嘛！」

他的肚皮是一整片的瘀青，看上去其實挺嚇人的。

著。

次，「內臟有受損嗎？內出血？」

「沒、沒有！喂！你們不要一直過來掀人家衣服！」杜書綸面紅耳赤的嚷嚷

「怎麼弄的？這麼嚴重？」武警官總算關心患者傷勢了，走過來再掀開一

鍵之一。

天還在沉睡，醫生說其實沒有大礙，體力透支加心力交瘁，昨天上午的傷也是關

武警官趕緊走到隔壁病床，聶泓珈抬上救護車時已經無意識了，已經過了一

「哎，那聶泓珈是不是更嚴重？她一直沒醒啊！」

的大幸了。

覺得不必有人陪著，他就是肚子被踢得瘀青而已，能走能動啊！

暗暗摸著自己的肚子，沒被江依綺的腿骨戳破、內臟也沒出血已經是不幸中

昨晚兩家的爸爸顧了一夜，才剛回去休息，等等杜媽會來接班；其實杜書綸

武警官確定聶泓珈沒事後再度返回，眉間終於稍稍舒展。

「所以？現在狀況是不是暫時沒事了？」

「再觀察一下，看看你們那邊情殺案會不會少一點。」杜書綸說話有氣無力

的，「現場有幫我們收拾善後吧？魔法陣得擦掉——站在外圍擦。」

站在裡面的話，又是祭品了。

「知道，基本常識我還是有的。」武警官沉吟數秒，「所以還會有多少失蹤

者？」

「這我哪知道！但引發看似這次事件的是十一年前的死者，但跟秦聿嬿也脫不了關係，現在她被抓了、徐立暄的頭顱你們也找到了，據我所知，應該沒了。」

「顧詠藍呢？」老李提了個令人驚愕的名字。

杜書綸先是以爲自己聽錯了，接著又問了一次，「誰？」

「顧詠藍，你們學校一年級的學妹，知道吧？聽說是你的仰慕者，非常針對聶泓珈的人……之一。」武警官指指頭頂，「我聽說她用花盆砸過聶泓珈？」

杜書綸倒抽一口氣，「她失蹤了？」

「咦？你不知道？」武警官反而有點訝異，「她失蹤好幾天了，我想說跟嫉妒有關，是不是也在學校裡……」

「不不，她只是受影響的人……吧？我還眞不知道她失縱了，難怪，這兩天這麼清淨！」認眞說，她沒出現挺好的！「那三年級有個學姐，她也很愛在網上罵珈珈……」

老李即刻搖頭，「不，她沒事，沒她的名字。」

「不過她也沒來找珈珈麻煩，大概沒那喜歡我，呼！」杜書綸倒還挺樂見其成的，「召喚惡魔的人已經被吃掉了，舞蹈室鏡子我們也砸碎了，我是希望這樣能讓事件平息！」

那天他痛得快死了，還是在警察來前爬上二樓，先把舞蹈室的鏡子砸碎，他可眞敬業！

「毀掉召喚陣就能讓事情停止嗎？早知道我也去砸啊！」老李可扼腕了。

杜書綸望著老李，無力的扯扯嘴角，「最好這麼容易，那是惡魔！我們無能爲力的……我只是想把一切可能性都抹掉！無論如何，利維坦就是回應了鏡中的召喚陣。」

也回應了他的獻祭。

他願意將召喚者吃掉，應該代表一個結束？或許利維坦叔叔玩夠了，度假結束、或是他吃飽了也行啦！夜店生意這麼好，他總該回去管管吧！

無論如何，還他們平靜的生活就好。

「啊啊啊——我不要！我要我的手！不要砍我的手啊啊啊啊！」

外頭傳來可怕的哭嚎聲，適巧杜媽帶著點心來看杜書綸，門一開就聽見淒慘的哭聲漸而遠去，她不由得看向推走的病床，忍不住皺起眉！

「媽！」一見到母親，杜書綸精神抖擻，他可指定了好料。

「剛剛那個女生，好像是你們學校的呢！」杜媽看向武警官，頷首。

杜書綸即刻看向警察們，老李領會的立即走了出去。

「眞抱歉，我不知道兩位過來，我就只帶了書綸跟珈珈的飯……」杜媽不好意思的說道。

「沒事沒事，我們也帶了點心給小朋友！」兩方在那邊客套來客套去，杜書綸只想快點吃東西！

「唉，我聽說失蹤的女學生，是被那個古典舞天仙殺的！一個女孩子怎麼會這麼殘忍？切下腳還剁了頭？」杜媽聽了心驚膽顫，「多大的怨？不都是學生嗎？」

「就是因為是學生啊，世界只有這麼大，只有學校、同儕、課業。」武警官也是嘆息，「一方嫉妒天仙美麗有才能，但卻不知道……她們更是天仙嫉妒的對象。」

幸福的家庭、友愛的兄姐，靈巧的手藝、美麗的長腿以及辯才無礙的口才。

「唉，人總是只看著自己沒有的，嫉妒他人有的！卻從不滿足於自己擁有的。」杜媽把盛好的雞湯遞給杜書綸，由衷感慨。

「如果每個人都能這麼知足，世界早就和平了。」杜書綸挑了挑眉，「適當合理的羨慕嫉妒，有時也是促使人上進的動力嘛！想像某某某一樣，所以我要努力，這樣的心態也不錯啊！」

例如徐立暄，如果是以秦事嬿為目標去精進，說不定會有不同的成績？

「是啊！例如那些嫉妒你的人，可以採取努力唸書……」

「No No No，錯誤例子！努力在天賦面前，完全不值得一提的！我是天才啊，武警官！」杜書綸說得大言不慚，「上次我在樹林裡的慘狀你忘了嗎？那些人努力到都靠吸毒逼自己唸書了，獎學金還是我拿了啊！」

啪！杜媽不客氣的直接朝他頭敲了一下，武警官只有翻白眼，「所以你才會差點被殺掉。」就這態度，純屬活該。

門再度被推開，老李神情不佳的走了進來，看樣子有大事。

「截肢嗎？」杜書綸在他開口前，直接說了。

杜媽再打了一下，老李一陣驚愕！

「你怎麼知道？就上次情殺案被波及、砍斷雙手的女學生！接口處壞死，還有噬肉菌，甚至已經吃掉原本身體的上臂了！」老李壓低了聲音，「前天來檢查時，還是正常的，結果兩天內疾速壞死。」

噺……杜書綸喝湯的聲音大了點，武警官幽幽轉過去。

「你早知道了？」

杜書綸立即隔著簾子指向隔壁床，「珈珈來醫院縫傷口那天，就聞到腐爛味了……哎，武警官，胡芝霖也是被秦聿嬿嫉妒的人之一啊！」

「手巧的那個？她就只是動手能力好一點……我眞的以爲是因爲這群人霸凌她，秦聿嬿才找上亡魂替她報復……」

「這想法沒錯啊！正因爲這票人動不動就找秦學姐麻煩，每天都在她面前晃，秦學姐要嫉妒人得要先有目標嘛！徐立暄那票自然變首選啊！」杜書綸聳了聳肩，「不然舞蹈班冷暴力她的人也不少，爲什麼只找徐立暄那群人？」

就是因為天天在面前晃、就是因為秦聿嬿只看得見她們、所以才會看見自己沒有的東西，從羨慕到嫉妒。

武警官無奈至極，起了身，「我們還有很多後續要處理，徐立暄的屍塊找不到、還有好幾樁失蹤案跟一堆情殺案要收拾，過幾天再來看你們。」

「我們很快就出院了，再說吧！」杜書綸已經啃起雞腿來了。

「這麼快就要回去上課啦？」

「是啊，要趕快回去！我們班還有個人要解決呢！」

哼，婁承穎。

利維坦走了，嫉妒的情緒平靜下來。

混亂逐漸平息，激動的情緒也已不再，前幾日大家那種激化的氛圍像是一場惡夢，在江依綺的靈魂被吃掉後，一切就回復太平。

被同學砸傷手的美術班學生，最後依舊裹著石膏前去比賽，在石膏上開個洞插畫筆，加上左手輔助，依然拿下了首獎。

而聶泓珈當年的事依舊掛在網路上，所有人也都知道她曾是一個霸凌者，但更多人仔細研究了當年事件的始末，該負責的人應該還有很多，聶泓珈只是其中一份子，且是個被人利用的蠢蛋。

但沒有人再無端的找麻煩，之前針對她的女孩們都不再來找碴，甚至路上碰見時也都像不認識般的沉靜；而新標籤「英雄少女」現在牢牢貼在她的身上，別說透明人了，聶泓珈連去買個飲料都會被熱情招待。

她只能等這風波過去，反正不管好事壞事，人們的記憶都是短暫的，再過幾天就沒人記得她了。

網路上罵聲停止，挑撥者亦不再鼓動，李家人也沒有再說什麼；李媽媽那天想明白了，她這四年來日日渴望可以親手殺死害死兒子的人，可當有會機會時，她根本下不了手。

因爲她知道，殺掉聶泓珈，並不會讓心裡平靜。

而且，的確不是她一個人的錯。

杜書綸的話如刀，每一刀都插在心口上！身爲母親，她的確從未在意過孩子在校的狀況，無論人際關係、或是被欺負的事，她隱約察覺到卻選擇忽視，因爲她的太忙太累了！不努力工作就沒有錢生活，只希望伯勳當個好孩子，不要拿事煩她！

就這樣，李伯勳一個人被寂寞與無助吞噬。

她把自己的錯，也歸咎在聶泓珈身上，那種情況，不找一個人恨她該怎麼活下去？最後動手的聶泓珈就是倒楣蛋，戴眼鏡小子說得沒錯，她的單親背景就是個完美的目標，其他造謠的人、合成照片的人，他們都沒聲討。

「號外號外！」張國恩連奔帶喊的衝進了教室裡，「那個一年級的顧詠藍死了！」

「咦？」一堆人紛紛驚呼出聲。

聶泓珈詫異的等一個答案，坐在旁邊的杜書綸根本不以爲意。

「記得她旁邊那個瘦乾乾的跟班嗎？高美純？她也失蹤好幾天，警察先找到她的，因爲她拿顧詠藍的錢去花，還提款，買了一大堆東西——然後她說她已經殺了顧詠藍，就扔在橋下的洞裡。」

大家聽了是瞠目結舌，那個小跟班不是跟顧詠藍很好嗎？

「爲、爲了什麼啊？」李百欣有點難想像，因爲那個女孩看起來很內向啊。

「錢吧，應該是嫉妒顧詠藍家有錢，誰叫顧詠藍動不動就炫耀財力，那台名牌腳踏車全校誰不知道！還有動輒請跟班們吃東西，她覺得自己在炫耀，卻不知道人家嫉妒的要死！」杜書綸甩著筆，他之前倒沒想到除了才能與感情外，家境也是能讓人嫉妒的一環。

「幾天前的事？」聶泓珈比較在意這個。

「一個星期有了，剛剛才找到屍體，都被野狗啃食了。」張國恩也皺著眉，「不是啊，那個跟班這樣不是傷敵一千自損八百嗎？她殺了人、偷走的錢能用多久？還不如一直跟在她旁邊。」

「對吧，每天被錢砸的感覺也挺好的！」有人跟著訕笑起來。

杜書綸無奈的笑著搖頭，「你們這些說風涼話的，就是不缺才說得出來！眞正會嫉妒顧詠藍的人，一定是匱乏、自卑，才會跟著嫉恨啊！」

不必猜都知道，高美純家境應該不太寬裕，基本上光顧詠藍每天豪車接送，學校裡一堆人跟她都有差距了！

而自卑的人天天跟在一個炫耀財力的人身邊，加上顧詠藍說話也不客氣，眞的把同學當跟班使喚，從指使她意圖潑珈珈水、到讓她扔花盆，有幾個人能甘願？

頤指氣使、自以爲是，只是更加刺激自卑心理，當嫉妒變成恨，自然就到了自食苦果的時候了。

那天武警官說她失蹤時，他就有預感不妙，只是他想偏了，他以爲是某個愛戀顧詠藍不得的男生一時失控殺了她咧！

他是眞不在意那個顧詠藍，眼尾不停朝後門瞟，那個總是早來的傢伙，怎麼會早自習了還沒到咧？

才想著，他們等待的人終於出現了。

婁承穎一走進教室內，全班即刻鴉雀無聲，他在大家的注視下走向座位；班上都已經知道聶泓珈這次的所有事，都是他一手策劃的，從鐵拳學姐開始，到找李伯勳的家人來，每一關都是爲了讓聶泓珈痛苦而設置的。

聶泓珈被暴打、遞刀子給受害者家屬的影片雖然社群網站被刪除了，但是私底下依然在流傳，裡面自然也有婁承穎承認他設計了一切，就是希望聶泓珈被霸凌到死的言論。

「霸凌者就該一律死刑」、「霸凌者通通去死」，這種話在網路上隨處可見，婁承穎也只是做了眾多網民想做的事，但是當他眞的宣之於口並付諸行動時，他就立刻變成了「心理變態」、「心機深沉」與「反社會人格」的代表人物。

班上不是每個人都接受聶泓珈過去的錯，但他們更不能接受婁承穎設計陷害的行爲——尤其，在發現打從他轉進S高開始，一切都是蓄謀時，大家只覺得他噁心！

婁承穎沒有入座，而是默默收拾抽屜裡的東西，班上同學的視線跟針扎似的，滿懷敵意的看著他。

終於，在鐘聲響起時，他將東西都收進袋子裡，然後深呼吸一口氣，調整情緒，面對了全班的視線。

「這兩年來很高興有緣跟大家做同學，發生了這麼多事，請諒解我的不得已，我即日起就轉學了，願大家以後有機會再見。」

深深一鞠躬，與同班兩年的同學告別。

「誰要跟你再見，你可以去演戲了，婁大影帝！」

「還什麼很高興跟大家當同學，演兩年了，要演到謝幕是吧？」

冷言冷語跟著冒出，班上同學沒人想領他的情，既然他一切都是假的，誰要跟他當朋友？

婁承穎沒再多說並走了出去，聶泓珈目送著他離開，幾秒遲疑後，終究還是追了出去。

同學們看著這幕百感交集，周凱婷更是不齒的嘖了聲。

呼，杜書綸終於放下了書，也起了身。

其他人都坐不住了，紛紛想去看看熱鬧，只是椅子才剛發出聲響，李百欣即刻站起來阻止。

「別動別動！你們幹嘛！關你們什麼事啊！」她攔住了同學，「給他們點空間吧！」

這件事，只有他們自己能解決。

「你沒必要這樣做的。」

腿長的聶泓珈要追上他，自然是輕而易舉；婁承穎正往樓下走，回首朝上看著趕到的她，莞爾一笑。

「我做了大家應該都希望的事，讓霸凌者負責，以死謝罪，結果看看現在的我……」他雙手一攤，帶著諷刺與無奈，「反而成了過街老鼠了呢！」

「有些事說說可以，眞的做了就是另外一回事了。」聶泓珈轉了轉眼珠子，「想想，有個十惡不赦的人走在路上，大家都知道他是罪犯，但這時突然跑出一群人拿著磚塊跟鐵棒揍他，你覺得路人會幫他？還是搖旗助陣？還是冷眼看著他被活活打死？」

婁承穎不語，他扯了扯嘴角，因爲如果是他，他應該是會上前阻止的那個。

「每個人都可以用鍵盤處刑，但現實中，卻很少人能接受一條生命在眼前流逝，這就是人類的本能，惻隱之心，善良的那部分！」

這也就是儘管大家對她口誅筆伐，李媽媽總說要將她千刀萬剮，但當李媽媽手中有刀時，卻下不了手的主因之一。

「終究是我對不起李伯勳，身爲他好友的你恨我是理所當然的！我沒資格叫你放下，但我還是希望你能好好過日子。」她頓了幾秒，「李伯勳不會怪你的。」

哼，哼……婁承穎嘲諷的笑出聲「妳憑什麼代表他發言？」。

「我等過他，但他沒來。」聶泓珈平靜的望進了婁承穎的雙眼，「他也沒在醫院，我去找過了。」

她是看得見的，亡靈可以輕易的感應到她的磁場，歷經這麼多事，婁承穎也該知道亡者能傷害她；李伯勳如果眞的痛恨她的話，早在死亡後沒多久，可以直接殺到她家，報復她、折磨她。

她那時關在閣樓整整一個月，都沒等到李伯勳。她去了醫院，站在他跳樓的地方，也站在他落地的地方，完全沒有感應到。偶爾入夢，卻都是她的心魔所致。

婁承穎心臟緊縮，難受得揪著胸口，一時難以呼吸，「他、他在等機會，他跟江學姐一樣，等了十一年，才能等到一個共鳴……」

「學姐是因爲召喚惡魔，她沒等到惡魔的回應，才會困在舞蹈教室。」聶泓珈蹙起眉，「你希望李伯勳召喚惡魔嗎？」

婁承穎吃驚的看向她，惶恐搖頭，「不不不，他不會，他不是那種人。」

「是啊，他連對我尚未如此，又怎麼會怨你！」她幽幽的說，「他甚至沒困在自殺之地，我不清楚爲什麼，可是……這反而讓我更加愧疚。」

李伯勳是否眞的放下一切，甚至沒有怨恨過她、或是汪崇婷那些人？這樣的寬闊胸襟，只是讓她更加良心難安，足以折磨她一生啊！

婁承穎痛苦的緊握雙拳，咬著牙，「伯勳就是那樣善良的人，他或許不恨你們任何人，但我恨妳。」

「我知道，一萬次的對不起，都沒有用。」聶泓珈微微一笑，「這輩子，就請你繼續恨我吧。」

總比你失落的好。

她忍住淚水，想好好的跟婁承穎告別，他卻始終沒有對上她的眼，轉身下樓。

「對了，李媽媽他們已經準備要起訴汪崇婷他們了。」

他是背對著她說的，然後匆匆下了樓。看著遠去的背影，曾經的小太陽，已經失去了溫暖的光芒。

一陣風掠過，杜書綸擦身而過的下了樓。

「杜——」

「妳別跟來。」

咦？聶泓珈緊張的絞著衣角，書綸想幹嘛？

杜書綸一路跟著婁承穎往腳踏車棚去，婁承穎才剛把袋子掛上，終於瞧見了他。

「天才有什麼指教？」

「你一直都看得見或聽得到魍魎鬼魅對吧？」杜書綸雙手插在口袋裡，悠哉悠哉的走近。

婁承穎眼眸低垂，不予回應。

「我猜是聽得見，你天生的缺憾總會在另一邊補足，而且你一直隱瞞，是想伺機陷珈珈於險境！那天珈珈在更衣室被斷腿學姐攔住時，她在裡面求救，你就在門外聽著，什麼都知道，卻選擇離開。」杜書綸不爽的抿了抿唇，「我再說個近一點的，怠惰之風盛行，大家合力要把祭品布偶熊拖走，覆蓋上天使文時，有一組咒文出了錯——是你故意的吧？」

婁承穎略顫了手，很快的調整心態，繼續整理背包。

「我要是沒想錯，跟詐騙集團舉報，我跟珈珈是內鬼的，應該也是你吧？」杜書綸句句猜測，但其實已經證實了，「你還眞是爲了傷害珈珈，不遺餘力耶！」

婁承穎喉頭一緊，拳頭攢緊，「伯勳可是死了。」

「麻煩你轉去汪崇婷、陳偉松、高存志那幾個人的學校，也這麼積極的對付他們好嗎？你在這裡下的都是死手，而且……你怎麼會想破壞魔法陣？惡魔降臨對你也沒有好處啊！」

「我只知道不能讓她如意！」婁承穎驀地回頭怒吼，「我來之前不可能知道這裡會有惡魔這種東西，我最多只有接觸亡者……」

杜書綸咬著牙瞪他，「這麼恨她，那你告什麼白？」

眞是一擊必中，婁承穎覺得心窩上被揍了好幾拳。

「我不知道，我就是……一邊恨著她，一邊又受不了珈珈受苦。」他轉過身去，無力的靠著腳踏車。

「滾遠點，越遠越好，你要是需要其他人的學校資料，我免費提供！」杜書綸眞的是怒從中來，回想起多少危急關頭，都因爲他的搞破壞，差點讓他們掛點好嗎！「你去讓造謠李伯動性騷的汪崇婷生不如死好嗎？這邊已經受夠罪了，換個人，公平點。」

杜書綸轉身就要走，又突然止了步，「我再說一次，只有我可以叫她珈珈。」

誰給他的臉啊！

婁承穎雙手緊緊握在龍頭上，看著那怒氣沖沖的背影，心臟唯有緊窒的難受，萬般情緒交織，他覺得自己都快瘋了。

人，眞的會因爲心痛而死嗎？

✠

少年探頭進舞蹈教室，立刻被站在門邊的人給嚇到。

「靠！你站在這邊嚇人啊！走了！你待在這裡看什麼？」

舞蹈教室正在整修中，整間教室的鏡子不知道被誰打砸碎了，大家現在都得另找場地練習！

「懷念一下，我以後應該都不會進來練了。」

「嗄？不是下星期就修好了？」

蕭御晟搖搖頭，他是不會再進來了。

這裡的氣場太差了，各種不甘的怨念交纏，待久了對人有影響，他已經報了外面的補習班，到外頭去練都比在學校強。

那個上吊的學姐不在了，徐立暄那票死了四個，凶手還是秦聿嬿……他倒是不意外啦，只是，不過考個大學，有必要鬧成這樣嗎？

記得那天秦聿嬿臨時請假，原本說好那天要合練的，結果那個天才學弟突然跑來拜託他清場，他有很重要的事情要跟那個上吊學姐講。

那天只有他跟另一位同學在練習而已，他也知道舞蹈室有鬼，所以大方的讓他進去；他不知道學弟要幹嘛，只是學弟出來後，他主動告知學弟他也看得見的事。

天才學弟說他只是跟學姐溝通，關於想要的東西應該要精準些，東西要精不在多。

他不太明白，只知道秦聿嬿跟江學姐當朋友太久也不好，所以接受了學弟委託，跟學校申請關閉舞蹈室……他卻沒想到，關閉當日，舞蹈室鏡子就被砸破，秦聿嬿被補，江學姐消失了。

「明天就要大賽了，我很緊張耶！你怎麼老神在在！」

「哎唷，你就專心跳自己的就好了！不過就考個大學！」

是啊，不就考個大學而已，爲什麼搞到腥風血雨？

話說回來，現在的確平靜許多，不知道是不是跟學弟的溝通有關？

所以江學姐……得到了她要的「精確」物了嗎？

✥

兩週後，在武警官的安排下，聶泓珈與杜書綸前去看守所探望了秦聿嬿。他們在開放式的桌邊見面，走進來的她一如平時的優雅，看上來氣色非常好，眉宇間甚至還帶著淡淡笑意。

「哇！居然會是你們。」秦聿嬿笑了起來，「我真沒想到耶！」

「學姐……心情很好？」杜書綸倒是不意外。

「嗯，很好！在這裡認識很多人，而且每天都可以看見人，大家一起吃飯、一起睡覺。」秦聿嬿真的是打從心底的開心，「很熱鬧，一點都不寂寞了呢！」

聶泓珈只覺得有點鼻酸，牢獄生活對秦聿嬿而言，彷彿一種恩賜。

「我們的確就是想來看看妳的狀況，畢竟妳跟亡者相處太長時間，當然，警方一直在找徐立暄的遺體，但妳堅持不肯說，他們希望我們來問問。」杜書綸一股腦兒的直接交代，完全沒要套話的意思。

聶泓珈不敢相信的圓著雙眼看向他，「你吃了誠實豆沙包啊？」

「我賭學姐不知道徐立暄遺體的事。」杜書綸乾脆的指向秦聿嬿，「一直以來都是江依綺下手，否則哪有這麼多不在場證明！」

秦聿嬿點頭如搗蒜，「我沒騙人，我只說我要拿走他們的哪個部位，學姐就會交給我。」

「妳嫉妒徐立暄的美好家庭，其實只要讓她死就好，爲什麼要取走她的腳跟……頭？」聶泓珈提出了此行最大的疑問。

太詭異了，拿一雙沒用的腿做什麼？

秦聿嬿移開眼神，盯向了桌面。

「順便跟妳說聲，胡芝霖學姐也不在了，她的斷肢遭到感染，本來截斷了兩條手臂想保命，但終究來不及，全身敗血。」杜書綸提了個「小禮物」。

聽見胡芝霖的死亡，秦聿嬿卻露出一臉惋惜。

「是學姐做的吧……我沒要她死的，我其實都希望她們活著，但失去巧手而已。」

曾悅迎活著沒有腳、黃淇雪活著但失去舌頭啊！

而已？而已？聶泓珈不由得心裡發毛，這才是最殘忍的吧！

「因爲妳手不巧嗎？」杜書綸打趣的問。

「是啊，我手很笨的，而且——誰讓她不幫我戳個舞鞋的羊毛氈。」她聳了聳肩，「我說了要跟她買的，她偏不要……唉，以後她也不必戳了。」

嘖嘖，要不是江依綺學姐從中作梗，秦聿嬿學姐對嫉妒的陷害眞是一流啊！

聶泓珈咬了咬唇，小心翼翼的觀察著她。

「學姐，妳是不是喜歡徐立暄？」

喝！秦聿嬿一顫身子，瞬間僵硬的笑容幾乎一秒告知了他們答案！

果然！聶泓珈跟杜書綸在心裡暗叫Yes！因爲再怎麼分析都覺得離奇，畢竟哪有舞蹈學霸嫉妒學渣的？但在「嫉妒」這個前提不動的情況下，扣掉才能與金錢，就剩感情了吧！

加上她保留徐立暄的頭顱，嫉妒美貌也該是走毀容路線，不是好整以暇的放在玻璃盒子裡，然後每天開冰箱都跟那顆頭面對面啊！

秦聿嬿要的是「喜歡的人的陪伴！」。

她終於泛起淡淡的笑，抬頭重新看向了他們，「砍掉她的腳，這樣，她就不能離開我了，對吧？」

她聽說了，考不上舞蹈學校的話，徐立暄可能會出國唸書，這樣她就會離她很遠很遠。徐立暄是個非常討人厭的人，不停的欺負她，不讓她有一天安寧，還擁有她無法擁有的幸福家庭。

「學姐多少有點M傾向啊……」杜書綸喃喃說了個欠揍的結論。

「爲什麼友誼的羊毛氈不能給我？爲什麼笑容不能給我？爲什麼她對大家的友善卻不能給我？」秦聿嬿長長嘆息，「她擁有我所沒有的一切，全世界，我最嫉妒的人就是她！」

這麼幸福的人，把她留在身邊的話，她也會幸福的吧？

天哪！聶泓珈真的覺得毛骨悚然，遠比利維坦在旁邊，或是斷腿學姐爬向她時更加令人膽戰心驚！

「學姐現在幸福嗎？」杜書綸自然的問。

「嗯！」秦聿嬿雙眼閃閃發光，一臉燦笑，「非常幸福！」

「那就好。」杜書綸由衷的祝福學姐。

看看秦聿嬿現在的模樣，不比在學校裡有生氣多了！

「謝謝你們來看我，那個……我知道會面時間還沒到，但是我答應了大家，要跳舞給她們看。」秦聿嬿有點焦急的起身，「大家都在等我了，所以我得……」

「哇，跳舞……啊！」聶泓珈一驚，「今天是全國舞蹈大賽！」

「是啊，不能去那個舞台有點可惜，不過我現在覺得沒關係了！」秦聿嬿突然朝著他們，做出舞蹈謝幕的優雅動作，「我先去了！」

看著她踏出輕盈的步伐離開，聶泓珈一時間不知道該說什麼。

杜書綸笑了起來，拍了拍她，「走吧！」

或許，這才是秦聿嬿要的幸福？

秦聿嬿沒有說謊，獄友們齊聚在餐廳，場地甚至還空了出來，今天是原本她心心念念的舞蹈大賽，但現在她覺得在這兒跳舞更加重要！音樂聲響起，曼妙的舞姿瞬間贏得所有人的讚嘆，警察們也跟著觀看，角落悄悄出現的武警官，有些心疼的看著舞動的女孩。

千年一遇的古典天仙啊！

如雷的掌聲在獄裡響起，秦聿嬨燦爛的笑著，朝著四周一一行禮道謝，她好喜歡這樣的氛圍，這算得上她實質意義上，第一次不是爲了名次與成績的表演！

「這是我第一次的舞台表演，非常謝謝大家！」

掌聲不斷，秦聿嬨了無遺憾的接受著掌聲洗禮。

這也是最後一次了吧！

她坐回一旁的座位，在長褲遮掩下的雙腳下，已經有一圈灰黑。

那天晚上，徐立暄終究還是抓傷她了。

誰來敲響喪鐘？

我，牛說，

因爲我可以拉鐘，

所以，再會了，知更鳥。

當喪鐘

爲那可憐的知更鳥響起，

空中所有的鳥

都悲嘆哭泣。

——誰殺了知更鳥——

尾聲

轉學與搬家並行，婁承穎騎著腳踏車四處辦理各項手續，心情比想像的平靜。

如杜書綸所言，他打算轉去汪崇婷的學校，事情的確因她而起，是她騙所有人說，李伯勳摸了她的胸部，這才是霸凌事件的開端。

杜書綸猜的並沒有錯，他一直都聽得見亡靈，他也是感應得到人，向黑道報出他們的姓名、刻意破壞魔法陣也都是他，畢竟在天平上，他永遠會選擇傾向李伯勳那端。

不過，還有一個人是讓他更加在意的。

紅燈停止，他抽空喝了點水，已經超過兩星期了，算算時間已經差不多了吧？

他放不下的人事物太多，而佔據他思維太多的，是杜書綸。

讓他夜不成眠、輾轉反側，他們都說事件平息，可是他胸中那團火卻始終沒有消滅，他強烈的、嫉妒著杜書綸。

所以，轉學那天，他破壞了杜書綸的腳踏車。弄鬆點小零件而已，它們會在他每次的騎乘中，越來越鬆，越來越鬆，直到某一天……或許在過馬路時，或許在大車附近時，總之，他的輪胎會離開腳踏車，剩下的，只能祝他幸運。

他不急著離開S區，就是在等待這條新聞。綠燈亮起，婁承穎趕緊把水壺插回架上，向前騎乘而去。耐心，終究能得到回報的！

軋——

✠

「杜書綸！麵包出爐囉！」

暑假前最後一個週末假日的午後，杜媽烤了一盤可頌，滿室生香，聶泓珈幫忙準備了下午茶點，難得聶爸也休假，大家可以聚在一起！

杜書綸正在房間裡專心的使用電腦，「就來！」

他三個螢幕上有著複雜的畫面，螢幕切割成好幾個視窗，每一個視窗負責一個帳號，上頭有發表過的文章，也有未來會匿名發表的文章，每個視窗的標題都不一樣。

有「汪崇婷過往歷史，造謠同學摸胸，致同學死亡」，另一個視窗是「陳偉松合成裸照逼死同學」，下一個視窗是「張美華謊稱同學偷拍，霸凌欺辱同學致墜樓」，這些文章會在固定的時間點發送，排程後的日期最遠到五年後。

樓下突然傳來車聲，又是一陣熱鬧。

「武警官，我懷疑你是屬狗的，聞著出爐香味來的喔！」聶爸朗聲大笑，太巧了吧！

「這麼巧！哈哈！」武警官進門，身後跟著一個久違的熟面孔。

聶泓珈嚇了一跳，幾秒後才反應過來，禮貌的行禮，「王警官好。」

王警官，是當年負責李伯勳案件的警察。

「怎麼到這裡來了？這麼遠……」聶爸是抱有防備心態的。

「別緊張，因為小武有跟我聯繫相關的案件，最近李伯勳的母親已經正式起訴了當年參與霸凌的人，特地來告訴妳一聲。」王警官沉吟幾秒，「由於當年妳已經經過審判，他們也沒針對妳。」

聶泓珈心頭一緊，「找、找汪崇婷他們？」

「是，重要相關的人都找了！我們在調查中也瞭解到，後來妳也被那些人嚴重霸凌，妳……要一起起訴他們嗎？」

咦！聶泓珈當即拒絕，「不！不必！我不想再回憶那些事了！」

「先進來吧，別在門口說話，我剛可是烤了一盤麵包呢！」杜媽熱情的招呼大家進屋，好好聊個天，吃點點心。

「不必，這……」武警官還想婉拒，無奈盛情難卻。

大家紛紛落座，一時間屋內好不熱鬧，幸好杜爸的餐桌也是自己打造的變形桌，可以從四人桌，變成八人桌。

「其實妳那些同學這幾年也都不好過，網路上好像一直都有人在針對他們，不管在唸書或是打工的，每隔一段時間總有人把事情寫出來，或是發照片攻擊，所以他們每個人在校人緣都不好，工作也不順利，這也算一種現世報吧！」

「咦？居然有人關心那件事？」聶泓珈很訝異，當初她被千夫所指時，自然沒人敢逆風幫她，是暗暗來嗎？

不過……這幾年並沒有人針對那件事曝光她啊！所以有個人針對了當初所有的霸凌者，卻跳過了她？

是因為她乖乖受審嗎？

「對了，你們去看婁承穎了嗎？」武警官喝了一口咖啡，眞是偷得浮生半日閒！

「啊，還沒，這兩天才有空……等杜書綸有空。」她有點無奈，因為杜書綸很討厭婁承穎啊！

「唉，他狀況不好，昏迷指數還是三，醫生說應該是腦死了。」武警官不由得嘆息，「好好的一個孩子，意外眞的說來就來！」

「對啊，聽說騎到一半，輪子直接飛出去，所以他也失去控制，才被卡車迎面撞上！」杜爸感嘆的搖頭，初聽聞時眞是心驚膽顫！是孩子的同班同學啊！

樓上的杜書綸站起身，再瞥了一眼電腦螢幕，滿意的一鍵關閉。

誰說沒有人怪罪那些始作俑者與造謠者？

誰說沒有人檢討利用他人正義感的人？

誰說聶泓珈是唯一的背鍋者？

他關上電腦，走出房間，輕快的步下樓，杜媽一聽見腳步聲，抬頭看上去，「你快點！就你最慢！」

「武警官好，王警官好。」杜書綸謙恭有禮的打招呼，聶泓珈則拉開身邊的椅子，他自然的坐下。

「現在因爲腳踏車解體得有點可疑，我們正在調查是不是人爲的，可能被破壞螺絲之類的！」

「人爲？腳踏車可以這樣動手腳嗎？」聶泓珈伸手拿了一顆剛出爐的可頌，遞給杜書綸，「我們等等檢查一下腳踏車好了，感覺眞可怕！」

「但誰會去破壞那孩子的螺絲？」杜媽當然認識婁承穎，之前跟珈珈很好的。

杜書綸從容的咬下一口可頌，悄悄的勾起淺淺的笑容。

誰殺了知更鳥？
某人笑著說，是我。

後記

歡迎看到這裡的大家，這本書東西有點多，但說複雜也還好，就是在嫉妒中，順便翻一下聶泓珈的舊帳。

嫉妒這個情緒眞的多到可以用「從小到大」，「到處都有」來形容了！我很相信原罪就是因爲這個天性，因爲連一兩歲的小孩都會有，例如：弟弟妹妹的出生、被分走的寵愛，爲了爭寵而做出什麼行爲？而背後的本質，難道不是嫉妒嗎？

接著小屁孩時期，家族裡長輩因爲「嫉妒」的攀比，校內的嫉妒更沒少過，但凡長得漂亮一點，都會成爲被攻擊的對象——是，女生間攻擊的對象。

外貌這點一直是難以避免的問題，我在書寫時曾想過要以男性爲主要角色，但我很不想承認——男人間的嫉妒，眞的很少會爲那種瑣事、做出毒辣、或是恨之入骨的表現。

男人的嫉妒都是一閃而過，或是變成想讓自己變得更強更好，去獲得想要的東西，但我不是說都沒有，只是說比例甚少；近年來有名的例子有幾個，例如因爲嫉妒成績比他好的，直接槍殺校園，還有一個毒殺整個宿舍的，但就是少。

女性的嫉妒可就太多了，什麼都能產生妒意！小到撞衫、或是誰先拿了新款流行包都可以被嫉妒，多到不可勝數。

酸葡萄心理就是種嫉妒展現，不管自己做不做得到，別人有了就是不行。

長大後大家也都知道，最近不是常有人勸說：「你過得好，千萬不要講出去」，因爲你一講，太多人等著你過得不好、看你失敗、或是有機會絕對落井下石，這也是嫉妒的一種。

羨慕嫉妒恨，這五個字其實很有意思，性質相近，但等級不同，界線也很模糊；事實上本就不需要羨慕他人，因爲每個人都有每個人的課題，你羨慕嫉妒他光鮮亮麗的這一部分，那是你看不到他生命另一面的陰暗痛苦。

我敢說我很少嫉妒他人，我甚至也不羨慕，因爲我只羨慕我自己！我自己過得好好的，就夠了。

再來說說聶泓珈的舊帳，她過去就是那種張揚的人，有著厲害的武力值，揮著義氣的大旗，便去霸凌他人。這其實是許多青少年的過程，同儕大於一切，沒有什麼事比朋友更重要，不管是被利用、或是義氣相挺，全是無腦衝動，但也是自我探索的過程。

畢竟青少年時期大腦本來就還未成熟，那時期這是學習教育探索自己的階段。

但、是，受傷害的人還是受傷了，被霸凌的人依舊在深淵中掙扎著，所以錯誤無法抹滅，這也就是聶泓珈希望當個透明人的原因；她知道自己犯了錯，就算李伯勳不是被她直接害死的，但層層關連牽扯下，她依舊難辭其咎，她也是推動他人命運的一環。

這裡我想討論的是：犯錯者究竟有沒有改正的機會？

事實上現在在各種社群上，會看見一種風氣，似乎任何錯事，都直接判死刑就好了！我先聲明，我不但堅決反對廢死，我甚至痛恨廢死，但這不代表我支持任何犯罪都是死刑。

我們現在幾乎是任何能放上網路公審的事，大家都希望把對方往死裡逼，還能振振有詞順便還可以賺流量。而且罪無論大小，似乎社會已不再接受「犯罪能改」的途徑。

所以我在想，聶泓珈國中時曾因誤會拳打了同學、拳打之前也沒有少霸凌過，但她後來知錯了、遵守法律判罰、放棄成為國手、試著改過，這樣的人，究竟有沒有「改過」的資格？

事實上，聶泓珈國中的案例如果放在現今的網路上，大家覺得，留言會是怎麼樣的腥風血雨呢？

我們，誰又會是不停補刀的一員呢？

這世上有太多議題是難有一個解決的方案的，受害者的立場、加害場的立場，有意與無意，都是需要考量進去的，而我們最不需要的，是「民粹」的解決方向。

依舊希望同一件事，大家都能從多面向去思考，也別跟著網路偏激留言起舞，任何事情，深思，再深思。

話說叔叔這次登場了一下下，由於最近看到國外一位網紅參加完變裝Party、清晨穿著「異形」搭地鐵回家，畫面太有趣，所以讓喜歡奇裝異服的叔叔套上異形裝，我覺得他一定愛死了。

這兩個月我玩ＡＩ玩得很開心，不知道大家是不是也一樣？對於ＡＩ有很多種聲音，對我來說，工具沒有錯，關鍵在使用者，成爲擅於使用ＡＩ的人，不要成爲被奴役或是被淘汰的人吧！

最後，由衷感謝購買這本書的您們，購書才是對作者最實質且直接的支持，沒有您們的購書，作者便無法繼續書寫下去，謝謝！

笭菁

※本書純屬虛構，如有雷同，完全巧合※

境外之城 166

SIN原罪VI：妒・嫉恨者

作　　者／笭菁
企畫選書人／張世國
責 任 編 輯／張世國
發　行　人／何飛鵬
總　編　輯／王雪莉
業 務 協 理／范光杰
行 銷 主 任／陳姿億
資深版權專員／許儀盈
版權行政暨數位業務專員／陳玉鈴
法 律 顧 問／元禾法律事務所　王子文律師
出版／奇幻基地出版
城邦文化事業股份有限公司
台北市 115 南港區昆陽街 16 號 4 樓
電話：(02)25007008　傳眞：(02)25027676
網址：www.ffoundation.com.tw
e-mail：ffoundation@cite.com.tw
發行／英屬蓋曼群島商家庭傳媒股份有限公司城邦分公司
台北市 115 南港區昆陽街 16 號 8 樓
書虫客服服務專線：(02)25007718・(02)25007719
24 小時傳眞服務：(02)25170999・(02)25001991
服務時間：週一至週五09:30-12:00・13:30-17:00
郵撥帳號：19863813　戶名：書虫股份有限公司
讀者服務信箱 E-mail：service@readingclub.com.tw
歡迎光臨城邦讀書花園 網址：www.cite.com.tw
香港發行所／城邦（香港）出版集團有限公司
香港九龍土瓜灣土瓜灣道86號順聯工業大廈6樓A室
電話：(852) 2508-6231 傳眞：(852) 2578-9337
馬新發行所／城邦（馬新）出版集團
【Cite (M) Sdn Bhd】
41, Jalan Radin Anum, Bandar Baru Sri Petaling,
57000 Kuala Lumpur, Malaysia.
電話：(603) 90563833　傳眞：(603) 90576622
E-mail：services@cite.my

封面插畫／山米Sammixyz
封面版型設計／Snow Vega
排　　版／芯澤有限公司
印　　刷／高典印刷有限公司
■2025 年6月3日初版一刷

售價／380元

國家圖書館出版品預行編目資料

SIN 原罪 VI：妒・嫉恨者／笭菁著 —初版—
台北市：奇幻基地出版；
家庭傳媒城邦分公司發行；2025.6
面：公分．–（境外之城：.166）
ISBN 978-626-7436-91-2（平裝）

863.57　　114005506

ISBN 978-626-7436-91-2
Printed in Taiwan.

※ 本故事內容純屬虛構，如有雷同，純屬巧合。

廣　告　回　函	
北區郵政管理登記證	
台北廣字第000791號	
郵資已付，免貼郵票	

115 台北市南港區昆陽街16號8樓

英屬蓋曼群島商家庭傳媒股份有限公司城邦分公司 收

請沿虛線對摺，謝謝

奇幻基地

每個人都有一本奇幻文學的啓蒙書

書號：1H0166　書名：SIN原罪VI：妒・嫉恨者

｜奇幻基地・2025年回函卡贈獎活動｜

買2025年奇幻基地作品（不限年份）五本以上，即可獲得限量隱藏版「山德森之年」燙金藏書票！
子版活動連結：https://www.surveycake.com/s/ZmGx
：布蘭登・山德森新書《白沙》首刷版本、《祕密計畫》系列首刷精裝版（共七本），皆附贈限量燙金「山德森年」藏書票一張！（《祕密計畫》系列平裝版無此贈品）

山德森之年」限量燙金隱藏版藏書票領取辦法

動時間：即日起至2025年12月31日前（以郵戳為憑）

加辦法與集點兌換說明：

2025年度購買奇幻基地出版任一紙書作品（不限出版年份及創作者，限2025年購入）。
於活動期間將回函卡右下角點數寄回本公司，或於指定連結上傳2025年購買作品之紙本發票照片／載具證明／雲端發票／網路書店購買明細（以上擇一，前述證明需顯示購買時間，**連結請見下方**）
寄回五點或五份證明可獲限量隱藏版「山德森之年」燙金藏書票，藏書票數量有限送完爲止。
每月25號前填寫表單或收到回函即可於次月收到掛號寄出之隱藏版藏書票。藏書票寄出前將以電子郵件通知。
若填寫或資料提供有任何問題負責同仁將以電子郵件方式與您聯繫確認資料。若聯繫未果視同棄權。
若所提供之憑證無法確認出版社、書名，請以實體書照片輔助證明。

特別說明

活動限台澎金馬。本活動有不可抗力原因無法執行時，主辦單位有權決定取消、中止、修改或暫停本活動。
請以正楷書寫回函卡資料，若字跡潦草無法辨識，視同棄權。
單次填寫系統僅可上傳一份檔案，請將憑證統一拍照或截圖成一份圖片或文件。
隱藏版「山德森之年」燙金藏書票一人限索取一次
本活動限定購買紙書參與，懇請多多支持。

您同意報名本活動時，您同意【奇幻基地】（城邦文化事業股份有限公司）及城邦媒體出版集團（包括英屬蓋曼群島商家庭傳媒股份有限公司城邦分公司、書虫股份有限公司、墨刻出版股份有限公司、城邦原創股份有限公司），於營運期間及地區內，爲提供訂購、行銷、客戶管理或其他合於營業登記項目或章程所定業務需要之目的，以電郵、傳眞、電話、簡訊或其他通知公告方式利用您所提供之資料（資料類別 C001、C011 等各項類別相關資料）。利用對象亦可能包括相關服務的協力機構。如您有依個資法第三條或其他需要協助之處，得致電本公司（(02) 2500-7718）。

人資料：

名：＿＿＿＿＿＿＿＿ 性別：＿＿＿＿ 年齡：＿＿＿＿ 職業：＿＿＿＿＿ 電話：＿＿＿＿＿＿＿

址：＿＿＿＿＿＿＿＿＿＿＿＿＿＿＿＿＿ Email：＿＿＿＿＿＿＿＿＿

對奇幻基地說的話或是建議：＿＿＿＿＿＿＿＿＿＿＿＿＿＿＿＿＿＿＿＿＿＿＿＿＿＿＿＿＿

限量燙金藏書票

電子回函表單QRCODE

請剪下右邊點數，集滿五點寄回奇幻基地即可參加抽獎，影印無效。

1
A Year of Sanderson
2025